ちくま文庫

絶滅危急季語辞典

夏井いつき

筑摩書房

目次

夏

干飯◉ほしいい 190
蛍売◉ほたるうり 192
母衣蚊帳◉ほろがや 193
みどりの冬◉みどりのふゆ 194
麦熟れ星◉むぎうれぼし 198
麦藁籠◉むぎわらかご 201
虫篝◉むしかがり 203
ローマ字の日◉ろーまじのひ 204
露台◉ろだい 206
和清の天◉わせいのてん 207

秋

秋渇き◉あきがわき 212
秋の村雨◉あきのむらさめ 214
蟻吸◉ありすい 215
おしあな◉おしあな 218
鬼の醜草◉おにのしこぐさ 219
風祭◉かぜまつり 222
蛾眉◉がび 224
釜蓋朔日◉かまぶたついたち 226
雷声を収む◉かみなりこえをおさむ 227
かりがね寒き◉かりがねさむき 228
行水名残◉ぎょうずいなごり 230
牽牛子◉けんごし 231
鹿垣◉ししがき 232
洗車雨◉せんしゃう 234
爽籟◉そうらい 236
つまくれない◉つまくれない 237
二星◉にせい 238
八朔◉はっさく 239
竜淵に潜む◉りゅうふちにひそむ 240
われから◉われから 242

冬

綾取◉あやとり 248
負真綿◉おいまわた 250
大原雑魚寝◉おおはらざこね 251
回青橙◉かいせいとう 253
竈祓◉かまばらい 254
神帰月◉かみかえりづき 256
北窓塗る◉きたまどぬる 258
狐の提灯◉きつねのちょうちん 260
朽野◉くだらの 262
玄帝◉げんてい 264
小晦日◉こつごもり 265
子持花椰菜◉こもちはなやさい 268
社会鍋◉しゃかいなべ 270
節季◉せっき 272
粗氷◉そひょう 274
炭団◉たどん 275
蝶々雲◉ちょうちょうぐも 277
煮凝◉にこごり 278
鶏初めて交む◉にわとりはじめてつるむ 281
はなひり◉はなひり 282
氷海◉ひょうかい 284
雪坊主◉ゆきぼうず 286
夜着◉よぎ 289
夜興引◉よこひき 290

新年

大服◉おおぶく 294
女礼者◉おんなれいじゃ 295

着衣始◉きそはじめ　296
鶏日◉けいじつ　297
狗日◉くじつ　297
猪日◉ちょじつ　298
羊日◉ようじつ　298
牛日◉ぎゅうじつ　298
馬日◉ばじつ　298
幸木◉さいわいぎ　300
佐竹の人飾◉さたけのひとかざり　304
尾類馬◉じゅりうま　305
大根祝う◉だいこんいわう　311
帳綴◉ちょうとじ　313
勅題菓子◉ちょくだいがし　315
文庫本化に寄せてのあとがき　337
解説　古谷徹　341
季語索引　346
手毬◉てまり　318
綯初◉ないぞめ　322
成木責◉なりきぜめ　323
初駅◉はつうまや　326
初竈◉はつかまど　327
菱葩餅◉ひしはなびらもち　328
振振◉ぶりぶり　329
御代の春◉みよのはる　330
料の物◉りょうのもの　332
礼帳◉れいちょう　333
若夷◉わかえびす　335
若潮◉わかしお　336

イラスト　キム・チャンヒ

絶滅危急季語辞典

まえがき

俳句を始めてみると、歳時記という書物を眺めるのも趣味の一つとなる。どうせ眺めるのなら写真がいっぱい載ってる方が楽しいよな、と大判の歳時記が欲しくなる。ちまちま倹約して大判の歳時記の春・夏・秋・冬・新年全五冊を手に入れると、もうそれだけで心がウキウキしてくる。

やっと手に入れた宝物のような歳時記を日々めくっていたら、小さな疑問が湧き起こってきた。歳時記というからには、一つ一つの季語について解説と例句が付いて然るべきなのに、例句が載ってない季語もあるのだ。その季語を使った句が探せなかった編者の怠慢か……とも思ったが、どうもそういう類の問題ではないことが次第に分かってきた。

例句の載ってない季語たちは共通の問題を抱えている。例えば本書、春の部の目次をみて頂きたい。のっけから並んでいるのが「石牡丹」「磯嘆き」「妹がり行く猫」「鬱金香」等など、意味も分からなければ、読み方すら不安な言葉の数々。これでは確かに例句をヒネるなんて無理か……と同情したとたん、持ち前のファイティングな心が動き出した。

　そんならワタシが作ってやるッ！

　まずは、これらの季語を「絶滅寸前季語」と名付け、俳句新聞『子規新報』紙上にて「絶滅寸前季語保存委員会」なる連載を始めた。そこに投句してくれる人たちを委員会メンバーと位置づけ、「絶滅寸前季語保存活動」が動き出した。根気よく続けるというのは大したもので、連載予定期間が終わる頃には、それを本にしてやろうという奇特な出版社も現われ、さらに今回文庫本化のお話をいただいて本書が世に出ていくわけだから、まさに瓢箪から駒の展開である。

　本書は文庫本化の二冊目。前著『絶滅寸前季語辞典』に対し、「続」の一字をつける書名はそのまんま過ぎて芸が無いとも思え、こちらは『絶滅危急季語辞典』と改めた。二冊どちらから読んでいただいても差し支えはないが、前著同様、役に立たないことにかけては右に出るもののない読み物辞典である。

　絶滅しかけている季語を蘇らせることを、使命としてのみ続けていくのではつまらない。難季語に挑むことを楽しみ、摩訶不思議な季語の存在に好奇心を動かす。季語を楽しむ心は、日本語を豊かに慈しむ心でもあるのだ。そんな思いが、日本人すべての胸へ届く日を夢みて、私たち絶滅寸前季語保存委員会の活動は続く。

春

石牡丹　いしぼたん❖三春❖動物

❖「磯巾着《いそぎんちゃく》」の副題。刺胞《しほう》動物花虫類《かちゅう》イソギンチャク目の総称。円筒状の体に多くの触手があり、それを使って小魚・小えびを捉えて食べる。

風流ぢゃ、と思う。それなりに洒落たネーミングぢゃとも思う。が、それもこれも「石牡丹」とは「磯巾着」のことであると知ってから思えることであって、いきなりこの名前をぽんと出されたらお手上げである。

絶滅寸前季語保存運動を始めるようになって手に入れた人の悪い趣味に、「ねえねえ、これって何だと思う?」と言って、絶滅寸前季語の正体を当てさせる遊びがある。「穀象」のことを「コクゾウ? 新発売の冷蔵庫ですか?」という某テレビ局ディレクターがいれば、「銀竹」のことを「ギンチクって、たしか銀行貯蓄の略語だったと思います」と自信満々に答える某自動車会社営業マンもいる(答え・穀象=米につく虫、銀竹=氷柱《つらら》のこと。詳しくは前著『絶滅寸前季語辞典』ちくま文庫版一四七頁・三〇二頁参照)。

「ねえねえ、石牡丹って何だと思う?」

この質問の、最初の生贄《いけにえ》になったのは、たまたまワタシの部屋に用も無く入ってきた娘。「……石のボタン」と、素っ気なく答えて出て行った。……ま、妥当な解釈である。

試合間近のボート部の猛練習を終え、ボロ雑巾みたいになって帰ってきた息子をつかまえて訊《き》く。「ねえねえ、石牡丹って何だと思う?」「頼むからそんなくだらないクイズやらせる前に、飯喰わしてくれよ」と懇願される。それもまたごもっともな意見。
たまたま電話をかけてきた某編集者にも訊《たず》ねる。どこぞの島に取材に出ているらしく電波がビミョーに切れ切れながらも「ねえねえ、石牡丹って何か知ってる?」と食い下がる。俳句も嗜《たしな》み、博学で有名な男なので、知ってるかもなーと思いつつ答えを待つこと五秒。そして、電波の向こうからかすかに響いてきた返答とは……「それって、フランス語ですか?」「……?」発音というのは、誠に難しい。

ふらんすは遠し磯巾着あをし　　夏井いつき

石の上に咲いたその姿は一見花のようではあるが、色さまざまの触手を水中に広げ、獲物が近づいてくるのを虎視《こし》眈々《たんたん》と待つ毒針。歳時記を開けば磯巾着の例句は山のようにあるのに、「石牡丹」の句は探せど探せど見つからない。「ねえねえ、石牡丹って何だと思う?」なんて季語当てクイズが成立するようでは、この絶滅寸前季語の前途はどう考えても……暗い。

まつくらに海溝ありぬ石牡丹　　夏井いつき

磯嘆き　いそなげき❖晩春❖人事

❖「海女《あま》」の副題。海女が海中から顔を出したときにつく息のこと。「海女の笛」ともいう。

なんとも哀愁ただよう季語である。『枕草子』の中に、この海女についての記述があって「海の底から上がってきた海女が船端につかまって放つ息は、そばで見ているだけで泪がこぼれるような思いがするわ。夫が妻を潜らせておいて自分は海上を漂っているなんて、目がくらむぐらい呆れてしまうじゃありませんか」なんて嘆いているのだが、当の海女夫婦にしてみれば、いらんお世話である。妻と夫の共同作業の上に成り立っている生計。宮中で生活の不安もなく短文書き散らしてるオネエサンに、なんでうちの父ちゃんが悪く言われんといかんのや！　ってな話である。

海女組合理事長再婚てふ噂　　夏井いつき

絶滅寸前季語保存活動とは、絶滅寸前季語を使った名句を生み出すことが最重要課題ではあるが、忘れてはいけないのが啓蒙活動。こんな季語が絶滅しそうになってますよ、忘れられてはいますがこんな面白い季語もありますよと世間の皆様にお伝えしていくことも、俳句集団「いつき組」組長にして絶滅寸前季語保存委員会委員長であるワタクシの大切な任務だ。

　そんな啓蒙活動の一環として、我がブログ『夏井いつきの100年俳句日記』において絶滅寸前季語例句募集キャンペーンを実施。スレッドを立ち上げては、兼題を発表し、作句を呼び掛けた。

その記念すべき第一回の募集がこの「磯嘆き」。日常の記事にはいつも素早い書き込み反応があるのだが、さすがに絶滅寸前季語ともなると皆さん考え込んでしまっているのか、なかなか投句が来ない。大丈夫かなあ、例句集まるかなあ……と心配し始めた日、電車に乗ってたら知らない人が声をかけてくれた。

「あ、あの……組長ですよね？　毎日ブログ読んでます！」

「あ、ありがとうございます〜」

「あ、あの……『磯嘆き』っていうの、季語なんですか？」

「ハ、ハイ、季語です」

「一句できたんですが……」

「あ、ハイ、どうぞ言ってください」

「メモしてくれますか」

「ハ、ハイ勿論です……ハイ、どうぞ」

磯嘆き磯野波平おとこでござる　　ミスター横河原

す、すんません。

電車の中なのに、素で爆笑してしまった。あまりに大胆不敵な一句だったので、俳号を教えて下さいといったけど「名乗るような者ではございません」と、私の降りる一つ前の駅で颯爽と降りて行かれた。

ミスター横河原（@乗ってた電車の線）と勝手に呼ばせて頂くが、こんな有難い反応こそが絶滅寸前季語保存運動の小さな励み。ありがとさんです！

彼との約束どおり、この句をブログに紹介したあたりから、投句が一気に増え始めた。

夫婦船波間の千鳥や磯嘆き　　慧竿《けいかん》

【磯野波平に思わず吹き出してしもうたんで（、◇、）エライッ！　オイラも書き込んどこっ！】というコメントと共に投句してくれた慧竿さんは、私が担当しているラジオ番組のリスナー。

磯嘆き鉛を一つ増やしけり　　高橋白道

【絶滅季語なつかしいです。挑戦させていただきます】と参加してくれた絶滅寸前季語保存委員会の古参メンバー高橋白道さんは、天台宗正観寺のご住職。

目指したる夫の光の磯嘆き　しんじゅ

【スイマーとしては参加せずにはおれません‼】とこの兼題に使命を感じ取って下さったしんじゅさんは、「松山はいく」観光ガイド。

投げキッスしてくれるなと磯嘆き　あみ

吾妹子の磯嘆きへと投げキッス　だいりあっ

【一日考えましたが……こんなんしか出来ませんでした】というあみさんへ、【ようしと作ったら、あみさんと似てました〜】という、だいりあっさんからのコメント。投句と共に届くこんなコメントも楽しみの一つ。神奈川在住あみさん、愛媛在住だいりあっさん。二人に面識はないが、共に難季語に挑む仲間意識がほのかな友情を育んでいるに違いない。

半生をお前と呼ばれ磯嘆き　吾平

「吾平」と書いて「あいら」さんは、大阪在住二十代のお嬢さん。労働を通しての信頼感で繋がれた海女夫婦を想像しての一句か。

磯嘆き介護タクシー着く時刻　　大塚めろ

現役海女の婆さんに、舟の上にいる爺さんが「そろそろ介護タクシーが来るから陸に上がるか」なんて言ってるんだろうか。いやいや、いまだに海女やってる婆ちゃんに介護タクシーは無縁か。だとすれば、七十歳の海女夫婦が介護している九十歳の母親、なんて話だろうか。その九十歳の婆ちゃん、つい数年前までは現役だったりして?

潮風をぷはんと吐いて磯嘆き　　牛後

蒼々と染まりし喉や磯嘆き　　更紗

「磯嘆き」の「嘆き」が、吐く息であることに注目しての二句。「ぷはん」という擬音語のリアリティー。潜り続ける「喉」の感覚を「蒼々と」と表現した詩情。「磯嘆き」という季語から肉体感覚を引っ張り出してくることができるのも俳人という人種の才能に違いない。

磯嘆き止血のための指を吸ふ　　みかりん

磯での仕事に切り傷はつきもの。血の出ていることに気づいてその「指」を吸うのは海女自身か、はたまた舟に引き上げてくれた夫か。

彼の島の女人禁制磯嘆き　　樫の木

神様が祀られている小さな「島」には「女人禁制」の言い伝えがあるのだろう。「彼の島」のあたりでは誰も漁をしないのでサザエやアワビがさぞや太っているはずだが、信心深い海女たちは一切近寄らない。海に生きる人たちの、海への畏怖の念が一句の底に垣間見える。

磯嘆き空の深さよ眩しさよ　　雨月
黒潮よ聞けわが歌を磯嘆き　　ソラト
陸よりも海は親しく磯なげき　　ぽたん
磯嘆き鳥は真上にかたまりぬ　　タイスケ

見上げる「空」の深さ、豊かな「黒潮」の波動、「海」への親近感、空へ広がっていく視点、絶滅寸前季語がこんなふうに息を吹き返していくことに、ささやかな感動を覚える。みんな、やってくれるよなあ！と嬉しくなる。

言葉は古くなったから死ぬのではなく、人々が使わなくなるから死ぬのだと改めて思う。俳句を愛する者の一人として、季語の命をできる限り繋いでやりたいと思う。そんな志を共有していくのが絶滅寸前季語保存委員会の活動なのである。

妹がり行く猫　いもがりゆくねこ❖初春❖動物

❁「猫の恋」の副題。


実は、今、ワタシの手元に昭和三十九年、四十年初版の角川書店『図説俳句大歳時記』全五巻がある。なんでこんなシロモノが手に入ったかというと、俳句仲間でもあり、共に子供たちに俳句の楽しさを伝える活動に取り組んでいる三重県の県庁ウーマン・中山恵理子さんが、「『絶滅寸前季語辞典』の続編を書くのに役立ててください」という手紙を添えて送って下さったのだ。

この歳時記は、重いし分厚いし、解説・考証は至れり尽くせり懇切丁寧だし、はっきりいってここまで詳しくなくてもいいんだけどっていうか、痒《かゆ》くないところまで掻きむしってくれるっていうか、まあそんなカンジのレア物なのだが、この歳時記のウリは何といっても、各頁の両端にズラリとならんだ白黒写真。どう見ても、アマチュアが撮ったのではないか（失礼！）と思うようなスナップ写真から貴重な映像まで取り揃え、さらにはその季語にまつわる絵図・文献・資料等が満載。そのうえ、各巻ソノシートの付録付き。ちなみに、今、手にしている春の巻には、「季節の声・No.1『春・野鳥』」と書かれた懐かしの赤い半透明ソノシートが付いているのだ（ただ残念なのは、これを聴くための機械が無いってこと）。そんなこんなで、この角川・図説俳句大歳時記（以後、『図説大歳時記』と呼ぶ）は、前著執筆の折に活躍してくれた講談社・カラー版新日本大歳時記（平成十一年、十二年初版。以後は『大歳時記』と呼ぶ）と共に、ワタシのお気に入りとして常に手の届くところにあるのだ。

実は、この二冊を比較して読んでいくと、いろいろ面白いことに出くわす。例えば、この「妹がり行く猫」という季語、まるで万葉調の「猫の恋」って感じで面食らうばかりなのだが、実はこれ、昭和三十九年版の『図説大歳時記』には掲載されてないのだ。つまりここに、昭和三十九年には採録されてなくて平成十二年に復活している季語、名付けて「黄泉《よみ》がえり季語」を発見しちゃったという訳。『大歳時記』の解説によると「（略）猫の妻、猫の夫《つま》、恋猫、浮かれ猫、戯《たわむ》れ猫などの言葉から、和歌の雅語を使って、妹がり行く猫、猫の思い、猫の契などと、猫の恋を洒落て表現している」ということのようだ。

「猫の恋」なんていえば一見ロマンチックそうに聞こえるが、要はあの喧嘩のように激しい発情・交尾を指しているだけのこと。和歌の雅《みやび》の時代から、俳句の俗の時代へと動くなか、卑俗かつ猥雑な俳句の世界にほんの少し雅の心を取り戻してみるかという洒落心だったのかもしれない。

が、この手の話ってのは、持って回った言い方をするとかえってイヤらしくなったりするもの。「妹がり行く猫」なんて名付けられた恋猫は、スケベ心を腹の底に発酵させつつ、それでいてそんなことには何も興味ないようなフリをしつつ、よそのカップルが街角でキスしてるとこを可能なかぎりの横目で観察しつつ、すごすごと家に帰っていく男みたいだよなあ。

妹がり行く猫や益荒男《ますらお》ぶりの月　　夏井いつき

鬱金香　うこんこう❖晩春❖植物

※「チューリップ」の副題。牡丹百合《ぼたんゆり》ともいう。原産は中央アジアながら、西欧、特にオランダで品種改良がなされた。

植物における和名と洋名の関係で、最も驚かされたのは「麝香連理草《じゃこう》」の正体だったが（『絶滅寸前季語辞典』ちくま文庫版五七頁参照）、この「鬱金香」も負けていない。

以前、中学校の教員をしていた頃、国語辞典に親しむことを目的に、ある本で仕入れたアイデアを拝借アレンジして、「国語辞典的たほいやゲーム」という遊びに子供たちともども熱中したことがある。このゲーム、どんなふうに遊ぶのかというと、例えばワタクシ愛用の『日本国語大辞典』全二十巻をめくっていて「たほいや」という語に出くわしたとする。これが何ものであるのか、人々はこの正体を知らないであろうと判断したら、その語の意味を問う四択問題を作る。つまりこんな具合。

❖「たほいや」とは、何か。次の四つのうちから選びなさい。

①大分県山間部で行われる、どんど焼きの行事。タホイヤタホイヤのかけ声とともに子供たちが古いお飾りを集めて歩く。「たごいや」ともいう。
②紀伊半島あたりに上陸する台風のことを指す、漁師言葉。
③静岡県などで、山畑でイノシシなどを追うための小屋。「やらいごや」ともいう。
④沖縄南部に残る民謡で、「海の神の婚礼を祝う」ことを意味する囃子詞《はやしことば》。

言葉ってのは面白いもので、その語感が持っているイメージを考え始めると、あれやこれやと想像が広がっていき、だんだんどれもこれもそれらしく思えてくる。例えばこんな具合ね。

❖「鬱金香」とは、何か。次の四つのうちから選びなさい。
①チューリップの和名。「牡丹百合」ともいう。
②チューリップの根を干して作るお香の一種。
③インドネシアの古名。江戸時代に記されたとされる『国名録伝』によると「印度根周」の当て字も散見される。
④インドネシア料理の前菜の後に出る甘い紅茶のこと。

さーて、今度は誰をゲームの餌食にしようかなあ。

鬱金香首をかしげてばかりかな　夏井いつき

うまのあしがた・蛙の傘・おこりおとし

うまのあしがた・ひきのかさ・おこりおとし❖晩春❖植物

※すべて「きんぽうげ」の副題。毒草で、茎から出る液に触れると皮膚が腫《は》れる。「うまのあしがた」は葉の形から。「おこりおとし」は、瘧《おこり》（間欠熱の一種）に効いたから。「蛙の傘」は、小《こ》金鳳花《きんぽうげ》とも呼ばれ、水辺や湿地に自生する。

こういうものからは、逆パターンのクイズが作れる。つまりこんな具合。

❖「うまのあしがた・蛙の傘・おこりおとし」は、どれも同じものを指す呼び名である。次の四つのうち正しいと思うものを一つ選びなさい。

①里芋の葉
②牛の肝臓
③陀羅尼《だらに》助《すけ》丸
④金鳳花《きんぽうげ》

語感から連想されるイメージをどんどん膨らませ、こんな四択問題がすらすら作れちゃう中学生って素晴らしい！……かなあ？　なんとでも先生を言いくるめちゃうような生徒が育ったとしたら……せ、責任はとれない。

うまのあしがたつづいてつづいて青い空
蛙の傘ならんでならんで水の音
おこりおとし摘みましょ摘みましょ日が暮れる

夏井いつき

オランダ雉隠　おらんだきじかくし❖晩春❖植物

❖「アスパラガス」の副題。
それでは「たほいやゲーム」練習問題です。あなたも問題作りに挑戦してみましょう。

❖「オランダ雉隠」とは、何か。次の四つのうちから選びなさい。
①
②
③
④

❖夏井いつき的出題例
①ユリ科の多年草。高さ一・五メートル。西洋独活《うど》の異名。
②漢方薬の一種。頭痛・生理痛・歯痛など鎮痛効果あり。
③明治時代の紳士の洋装の背中部分に縫いつける裏生地。
④オランダ製の便器。

そしてこちらの出題例は、本書イラストとして登場している、殿様ケンちゃん&爺が作った問題。ちなみに二人は『殿様ケンちゃん俳句ノート』（マルコボ・コム刊）の登場人物で、簡単な俳句の作り方を教えてくれる、子どもたちに大人気のキャラクターである。

❖殿様ケンちゃん出題例
①僕の嫌いなアスパラガス。
②僕の嫌いな苦い腹薬。
③僕の好きなカステラ。
④僕の好きな奇術師の帽子技。

❖爺　出題例

①阿蘭陀《オランダ》国から渡来した長細い野菜。青臭くて食べられない。
②阿蘭陀国から伝来した神経痛薬。煎じて飲む。苦いが効く。
③阿蘭陀国の宣教師たちが使う首のところに襞《ひだ》のあるマント。
④阿蘭陀国の使節団の最も下っ端の役人名。いわゆる下足番。

四択を外しオランダ雉隠　　夏井いつき

数の子製す　かずのこせいす❖晩春❖人事

※以下に記するポメロ親父の「能書き」参照。

我が俳句仲間に、ポメロ親父と名乗る男がいる。かれこれ十年以上続いているラジオ番組『夏井いつきの一句一遊』の初期からのリスナーでもある。この番組は月曜から金曜日までの帯ながらわずか十分間の放送。毎週兼題となる季語を一つ発表し、その季語を使った俳句を募集し、発表するという内容だ。

ポメロ親父は、どんな季語が出題されても己の類稀な蘊蓄《うんちく》能力を発揮し、必ず「能書き」と称する文章を付けて投句してくる。この努力に頭が下がる。なんせ番組は十分間という短さだから、毎回彼の苦心の「能書き」を読んであげられるわけではない。が、彼の努力は彼自身を俳句界未曾有の蘊蓄親父に育てあげてきた。

ポメロ親父の「数の子製す」に関する能書き

20世紀初頭の北海道では、100万トン近いニシンの漁獲がありましたが、50年ほどの間にどんどん減って、ほとんど獲れなくなりました。稚魚の放流などの資源回復により、最近ようやく水揚が少しずつ増えています。

数の子といえばふつうは塩数の子を連想しますが、歳時記に依れば「数の子製す」の本意は、干し数の子を作ることのようです。いまでも北海道の留萌《るもい》市あたりでちゃんと作られているようですが、さすがに黄色いダイヤモンドの名に恥じない結構なお値段がしています。

この「能書き」を読んで「数の子」の水揚げが増えていることを知り、よしよし、ここにも生きながらえようとしている季語があるなと安心する。が、最後の一行を読んで、心に暗雲が広がった。「黄色いダイヤモンドの名に恥じない結構なお値段」うーむ、そうか。この不況の折、今年のお節料理「数の子」は我慢しようかしら、なんて言い出す奥さん方が増えないとも限らない。絶滅寸前季語は、その名の通りさまざまな要因によってあっという間に衰退していきかねない危惧《きぐ》を孕《はら》んだ言葉たちだ。油断はならない。

そんな私の心配を助長するかのようにこんな投句も届いた。

角川文庫俳句歳時記第四版にない数の子製す　　こうや

たしかに、載ってない歳時記だってあるに違いない。となれば、これぞ我が絶滅寸前季語保存委員会の力を結集して詠み継ぎ、次代の歳時記への採録を呼びかけねばならぬ。

風向きも数の子製す日和なり　　蕃

本来ならば「数の子製する日和」と連体形にすべきだが、文法無視の「数の子製す日和」という造語を愛してしまった（文法学者の先生方、ごめんなさい）。今日の「風向き」もお日さまの具合も「数の子製す」ためにあるような「日和」だぞと、まるで自分が浜に向かってグングン歩き出しているかのような気分にさせてくれた一句。

数の子製す子子孫孫へ樽五千　けい

数の子製す浜に莚の二百枚　ポメロ親父

「数の子製す」現場を見たことがないのだが、五千個の「樽」や二百枚の「筵」が並んでいる場面が見えてくる。こんな道具を「子々孫々」と伝えてきた時代はすでに遠くなっているのだろう。

数の子製すてらてら光る水の音　しんじゅ

数の子製す数多の水の高ぶりぬ　ターナー島

「数の子製す」という作業に必要なものが「水」。その水のさまがこんなふうにも表現できるのだなあと感心する。前句、「てらてら光る」のは「水」ではなく「水の音」と読めば、「てらてら」というオノマトペは新しい表情を持ち始める。後句、一つ二つと数えられない水を敢えて「数多の水」と表現したのは、「数の子製す」ための樽や甕《かめ》に満たされた一つ一つの「水」だと解釈させて頂いた。「製す」という現場の、まさに動いている水の「高ぶり」である。

蛙合戦　かわずがっせん・かえるがっせん❖三春❖動物

❖「蛙軍《かわずいくさ》」とも。繁殖期になると、たくさんのカエルが水田などに集まり産卵するが、たいてい雄の方がかなり多いため、雄同士で激しく争う、その様をいう。

『大歳時記』には、さらに詳しい解説が付されている。

蛙の産卵は、雌が雄を背負った形で行われるので、交尾のように見えるが、雌が産んだ卵に雄が上から精液をかけるだけである。交尾のように見える姿は、正確には抱接と呼ばれる。抱接の際に雌の腹部を押さえる雄の前肢の力はなかなか強く、それが雌の産卵を助けることになるが、それによって雌の腹部に傷ができたり、ときには産卵の消耗もあって、雌が死んでしまうこともある。雄だけでなく、雌にとっても必死の戦争である。

「蛙が嫌いな私。蛙がのたうちまわっている光景を色々と想像していたら、オエーッとなりました」というメッセージ付き投句を送ってきたのは、絶滅寸前季語保存委員会のエース・山口市の杉山久子だ。正直に言うと、前著『絶滅寸前季語辞典』を書いていた時は、こんな季語があることに気づかなかった。発見したとたん、私もオゲーッとなった。

公園の池なんぞで餌を投げてると、鯉という鯉がグチャグチャ集まってきて、岸に向かって押し寄せ、仲間の上に乗り上げ、変な音を立てながら餌を取り合ってるのに出くわすことがある。あのクチュグチュペクヂュぐぢゅちゆびぐちゅとかっていう生身の濡れた体から発せられる音を思い出してしまう季語である。

蛙合戦はじまるまへの泥しづか　えなりかずこ

大あくび蛙合戦ゴング鳴る　石丸風信子

川波の騒ぎて蛙戦かな　ノブロー

実は、最近この季語の名を（まったく似つかわしくない）とある場所で耳にした。先だって、沖縄から福岡経由で松山に帰ろうとした飛行機の中。福岡空港を飛び立ち、やれやれあと四十分もすれば松山じゃと思った矢先の、いきなりの機内アナウンス。「松山到着時刻は、未定となっております」。んんん？　一瞬、悪い冗談かと思ったら、今度は機長からのアナウンス。松山空港で、飛行機が胴体着陸し滑走路に燃料が流れ出しているというではないか。

そんな不安にゆれつつ、搭乗機は松山空港を見下ろしながらの旋回を続けた後、燃料補給のため高松空港に降りることになった。さらに高松空港着陸後に、松山空港閉鎖の情報が入ったため、乗客は代替輸送のためのバスの到着を待つしかないという手持ちぶさたな時間を過ごしていた。

最初不満の声をあげていた乗客たちもすでに諦めの境地に達し、携帯電話で連絡を取ったり居眠りをしたりと、思い思いにその時間を遣り繰っていた。私の後ろの席にいたオジサンが、同じグループのオバサンたちに向かってこんな話をし始めたのが、耳に入ってきた。

「あんたらは、ガール戦《いくさ》なんかは見たことねーやろが、ありゃ、すごいがー」

ん、ガール？　イクサ？　少女、戦争？　なんぢゃそりゃ？

「ガールぢゃちゅーても、やっぱ器量よしの方がえらしゅーて、一つの雌に雄がよってたかってもうぐちゅぐちゅよ。モテる雌はのおー、乗られ過ぎて腹が割けたりするんぢゃけーなー！」

蛙合戦生きてあの世が見え隠れ　福岡重人

蛙合戦みているじじとばばとじじ　滝神ヨシオ

蛙合戦目玉もろとも泥うごく　阿南さくら

このあたりまで聞いて、「ガール」が「蛙」のことだということが分かってきた。団体客のおばさんたちは、このおじさんの説明に、「コワーイ、ザンコクー」なんて女学生みたいにキャーキャー反応していたが、そのうち一人のおばさんが、不用意にも大声でこんな発言をした。

「なー、こんなかで、誰がその腹が割けるほどの器量よしの雌ぢゃろかぁ⁉　あっはっはっ！」

蛙合戦悲しくてやりきれぬ　梅田昌孝

一瞬あたりの空気がカタマッタのが、私にも伝わった。事の成り行きに思わず興味津々、背中越しにヨヨヨッ？　と耳を傾けた。が、ほんの三秒ほどの不気味な沈黙の後、オバサン軍団はこのキワドイ発言を完全に無視し、そんな話なんぞは最初からなかったかのごとく、持参のポンカンを賑《にぎ》やかに剝《む》き始めた。そして、話題は唐突に今年のポンカンの味という至極平凡なものに移ってしまっていた。ガールの世界も人間の世界も、誠に難しいものである。

雲太る蛙合戦果てしより　　杉山久子

ぎぎ・ぐぐ　ぎぎ・ぐぐ❖三春❖動物

❖「ごんずい」の副題。ゴンズイ科。海岸沿いの岩礁に生息するナマズ目の海水魚。胸鰭《むなびれ》の棘《とげ》を動かし、発音する。「ぎぎ・ぐぐ」はこの鳴き声からの呼称。幼魚の群れは、春に巨大な団子状になり、「ごんずい玉」と呼ばれる。

なんじゃこれ？　と思う。絵本の中の蛙兄弟かと思う。うちの子供たちが小さい頃のお気に入りの絵本に『ぐりとぐら』というネズミの兄弟のお話があったが、「ギギとググの大冒険」なんてのもいかにもありそうな題名ではないか。

「亀鳴く（春）」「蚯蚓《みみず》鳴く（秋）」という季語は、鳴かないものが鳴いているように感じるという極めて俳人好みの季語だが、この「ぎぎ」「ぐぐ」の「鳴く」という動作。

これって鳴くうちに入るのか。「胸鰭の棘を動かすこと」は鳴くことなのか。が、よくよく考えてみれば、秋の虫たちは「羽を擦り合わせる」ことが「鳴く」こと。ちなみに、朝日新聞社刊『鳥獣虫魚歳時記』の「虫」の項を繙《ひもと》いてみると、「鳴く虫にはバッタ目のコオロギ科とキリギリス科の昆虫が入る。いずれも雄の左右の前翅に発音器をもち、これをこすり合わせて種類ごとに特徴ある音を出す」とある。となれば、喉から出る音でなくても「鳴く」ことはできるということか。

かかりつけの鍼灸医・ニイナ先生のところに行くたびに、待合室でよく会うサラリーマン風の男がいる。なんでこんな日中に、ネクタイ締めたままで鍼灸院に来られるんだろうと最初に出会った時に思ったので印象に残っているのだが、たまたま同じ曜日に予約するらしく、時々会う。彼の隣に座っていると、首の骨なんだか肩の骨なんだか分からないが、体を動かすたびにグリグリグギグギってヘンな音がする。気味悪くてたまらなかったんだが、あれも一種の「鳴く」だと思えばいいのか。少なくとも、ごんずいのギギだのググだのと、いい勝負には鳴けてると思う。

ギギと鳴きググと応えるぎぎとぐぐ　　夏井いつき

曲水　きょくすい❖晩春❖人事

❖上巳《じょうし》（三月最初の巳《み》の日）の節句に宮中で行われる宴。清涼殿《せいりょうでん》に湾曲した小さな流れを作り、上流から流れてくる酒の入った杯が自分の前をすぎないうちに詩を作り、杯をとって飲むというもの。

我が絶滅寸前季語保存委員会の使命とは、その名の通り「絶滅寸前の季語を守る運動を繰り広げること」であるが、その方法としては次の二つがある。

①絶滅寸前季語を使った名句を作り、次代の歳時記にその存在を残す。

②絶滅寸前季語に新しい息を吹き込むべく、できる限りその季語を実践してみせ、後世に引き継ぐ。

この二つの使命を胸に、全国に散らばる絶滅寸前季語保存委員会の面々は日夜努力を重ねてくれているのだが、それにしてもこの「曲水」という季語は手強い。例えば、同じ春の部の絶滅寸前季語でも「寒食《かんしょく》」みたいにダイエットのついでに実行できそうな季語もあれば、「春窮《しゅんきゅう》」みたいに命賭けてやるしかない恐ろしいのまであるが（『絶滅寸前季語辞典』ちくま文庫版四二頁・六一頁参照）、この「曲水」は、まず大口のスポンサーを見つけてこないと維持継続は困難だ。

『大歳時記』の写真には、鮮やかな衣装に身を包み曲水の宴を楽しんでいる（のか、観光のために演じさせられているのか、バイトで連れてこられて烏帽子《えぼし》がすぐにズレるので困惑しているのか、よく分からない）人たちが写っているが、ここに見えるものだけでもとんでもない費用である。まずは水辺に座って短冊に何かしたためている人たちの装束。水干《すいかん》・烏帽子・沓《くつ》等ワンセットを人数分。この写真には四人の公家の姿が見えるが、曲水用水路はまだ延々と続いているようでもあり、この流れの先にさらに何人座っているのかは判明しない。その御公家たちの世話をするのかどうかよく分からない稚児《ちご》風・巫女《みこ》風の人物が遠くに三人。さらに見物人なのか愛人なのか分からない十二単《じゅうにひとえ》の女が二人。もうこれだけの衣装代だけでもかなりのものである。費用はさらにかさんでいく。水路に流す杯・短冊・筆等を含む「曲水」用具一式、杯を流すための水路造成工事費、水路のまわりに広がる日本庭園のための造園費、庭園・水路を作り上げるために必要な土地購入費等。

かくして慎重な討議の結果、ワタクシこと絶滅寸前季語保存委員会委員長は、誠に不本意ではあるが、当面当委員会の活動を、①のみに賭けることを決断した。無念ぢゃ。

曲水の詩や盃に遅れたる　　正岡子規

桑摘 くわつみ❖晩春❖人事

❊蚕飼《こがい》のため、桑の葉を摘むこと。

テレビ番組のロケで養蚕《ようさん》農家を訪ねたとき、蚕《かいこ》が桑の葉をクシャクシャクシャクシャ食べ続けるさまに見惚れた。背伸びするように体をもたげ、ゆらゆらと頭を振りながら桑の葉を食べ続けるさまは、まことに見飽きない。ロケが終わってからもあまりにしつこく見てたもんだから、その農家のオジサンが「こいつはもうすぐ繭《まゆ》ごもるから、持って帰るか」と何匹かの蚕と、両腕にひと抱えの桑とを分けてくださった。貰った蚕を手の上に乗せて喜んでいるワタシに「ほんとにそれ、ロケ車に積んで帰るんですか?」と嫌そうな顔をして聞くディレクターなんて、完全無視。ワタシは意気揚々とかわいい蚕たちを連れて帰った。

蚕たちの食欲はすさまじい。貰ってきた桑はみるみるうちに減っていく。ワタシは心配になって、最も近い場所で桑が摘めるところはどこか? といろんな人に聞いて回ったりもしたが、何故かすぐに蚕たちの食欲は衰え、ある朝、気がつけば糸を吐き始めているではないか。やがて純白の繭がいくつもいくつも出来上がるに至って、ワタシは一日に何度も何度も繭を眺め何句も何句も俳句を作っては楽しんだ。が、それも束の間。

動かない繭はただのオブジェと化し、ワタシはその繭の存在をすっかり忘れていた。ある日、繭を入れていた紙の箱の中でカサカサ音がするので、不思議に思って蓋をとってみた。すると、中から何匹もの蛾がワタシの顔をめがけて飛び出した。すぐには何事が起こったのか理解できず、紙箱の蓋を持ったまま呆然としていた。蚕が蛾になる、なんて当たり前のことをすっかり忘れていたワタシは、ハッと我に返り、恩知らずにもあの美しい純白の繭にウンチみたいな汁をくっつけて飛んでいった蛾を罵《ののし》ろうとしたが、逃げ遅れたのが一匹箱の隅でゴソゴソしているだけであった。

桑摘の桑摘み過ぎしまま乾く　　夏井いつき

告天子　こくてんし❖三春❖動物

❖「雲雀《ひばり》」の副題。

似たような呼び名で「叫天子《きょうてんし》」というのもあるらしいが、共に漢名とのこと。『図説大歳時記』には『滑稽雑談《こっけいぞうだん》』(一七一三)からの引用として「中華、告天子等の名も、高くあがる類の謂ひなり。和名、雲雀と呼ぶ」とあり、『大歳時記』の解説には「漢名の告天子・叫天子はその句を古めかしくする懸念があり、用法が難しい」とある。誠に御説ごもっともである。それを裏付けて余りあることに、「雲雀」の句はわんさかあるのに、どこを探しても「告天子・叫天子」の例句は見つからない。

句を古めかしくしないで、しかも雲雀らしさを出すという難しい注文に立ち往生。絶滅寸前季語保存委員会委員長の苦悩は続く。

天は半球いま高音なる告天子　　夏井いつき

シネラリア　しねらりあ❖晩春❖植物

※「サイネリア」のこと。キク科の多年草で、草丈《くさたけ》は三十センチほどになる。菊に似た花をつけ、花色は紫、赤、白、藍など多彩。

この「シネラリア」という名こそが本名なのに、「シネ〜」という音が病人の見舞い品に使われる時に具合が悪いという理由で読み替えられたという、異色の絶滅寸前季語。言うなれば、これは花屋の経営戦略によって暗殺されかけている季語なのだ。そんなバ

カな理由で大切な季語を抹殺されてなるものか！　と立ち上がるのが、絶滅寸前季語保存委員会であり、その委員長ことワタクシである。

サイネリア花たけなはに事務倦《う》みぬ　日野草城

し、しかし、実際に「シネラリア」という音が一句にどのような効果を及ぼすかを検証してみると、問題多発。例えば、「シネラリア花たけなはに事務倦みぬ」なんて句は、会社の仕事机に「死ね」なんて書かれて日々虐《いじ》められてるＯＬみたいだよな、たしかに……。

「シネ〜」という響きを残し、しかも自殺願望句にしないという難問は、すでに俳句界のプロジェクトXと呼んでも過言ではない。嗚呼、遠くに中島みゆきの歌声が聞こえる。

シネラリア地上の星をつかむべし　夏井いつき

春興　しゅんきょう❖三春❖人事

◈江戸時代に正月のうちに句会を開き、発句《ほっく》、脇句《わきく》、第三句（これらを三つ物といった）を印刷して知友のあいだで贈答しあうということが行われ、これを春興といった。しかし、これとは別に、春の遊楽全般を指していうこともあった。

江戸時代の皆さまは「春興」と名付けて、俳諧をこんなふうに楽しみ、広げていたのだと思うと、羨ましくも素敵である。しかもこの季語、新年の連句の会で作った三つ物（発句、脇句、第三句）を印刷して贈り合うということならば、今のワタシたちにも実行可能なアイデア！　おおーやれるではないか！
が、そんなワタシの前向きな喜びを打ち砕くような絶滅寸前季語保存委員会の面々の作品に、打ちのめされることしばし……。

春興か外務大臣の目に涙　あきんど

春興のろれつ回らぬぼくなのさ　梅田昌孝

が、ちょっと待て。こんなクダラナイ発句に脇と第三句をつけて蘇らせることだって可能かも知れない。いや、それこそが「春興」という大人の遊びかもしれないぞ～と思いついたものだから、連句トモダチの一人である金子どうだ先生に声をかけ、絶滅寸前季語的プロジェクトX「春興」が立ち上がった。果たして、この駄句二句に「春興」パワーは立ち向かえるのか⁉

駄洒落俳人協会名誉会長であり、絶滅寸前季語保存委員会の活動にも深い理解を示して下さる金子どうだ先生からは快諾の連絡。早速、問題の二句を送り付け、脇句をつけて頂くことにする。そこにワタクシが第三句をつけて「三つ物」という名の「春興」が完成するという段取りだ。どうだ先生から、どんな脇句が届くか楽しみに待つこと五分。あっという間にメールの返信が届く。早すぎはしないか……一気に不安が広がる。

春興か外務大臣の目に涙
前原ガンバレ！…いや前畑か？

あきんど
金子どうだ

なんちゅーくだらなさだッ！　脇句が目に入った瞬間ガクゼンとする。こんな出来で「春興」という季語を蘇らせるなんて無理やろ……と、第三句を付ける気力が失せる

（※「前原」は元外務大臣、四十八歳四か月の戦後最年少にて外相就任。韓国人献金問題にて辞任した平成時代の政治家。「前畑」はベルリンオリンピック200m平泳ぎの金メダリ

スト。「前畑ガンバレ！ 前畑ガンバレ！」と二十回以上絶叫し続けたNHK河西アナウンサーの実況中継が有名な昭和時代のアスリート)。

いや、こんなことで挫《くじ》けてはいかんッ！ ……今のは無かったことにして、残りの一句に望みを託す。

春興のろれつ回らぬぼくなのさ　梅田昌孝
あいうえおあおかきくけこかこ　金子どうだ
春興のろれつ回らぬぼくなのさ　梅田昌孝
朝のニュースの特許許可局　金子どうだ
春興のろれつ回らぬぼくなのさ　梅田昌孝
NHKからTBSへ　金子どうだ

金子どうだ先生、こちらの発句が気に入ったのか、怒濤の脇句攻勢！ その粗製濫造ぶりに怒りすら覚える。だ、ダメだ、こんなもんを印刷して知人に配るなんざぁ、「春興」という季語の息の根を止めることになりかねない。絶体絶命のピンチに追い込まれた絶滅寸前季語保存委員会委員長ことワタクシは、金子どうだ先生からのメールにチェックマークを付け、冷ややかに削除ボタンを押した。これもまた「春興」という季語を守る行為であるに違いない。

春興や泣いて馬謖《ばしょく》斬ることも　夏井いつき

春恨　しゅんこん❖三春❖人事

❁「春愁《しゅんしゅう》」の副題。

『大歳時記』には「(略)『春恨』『春怨《しゅんえん》』『春の恨み』という言葉になってくると、ただの愁いではなくなってくる。はっきりした根があってのことで、男女の情にかかわってくるものとなる。そんなことを考えると、春という季節は罪が深いといえそうである」という意味深なコメント。

そういう解釈からいけば、いきなりこんな想像に入ってしまう人間もそりゃあいるに違いない。

春恨の色よ妊娠検査薬　桃心地

形も色もない「春恨」という感情に色があるとすれば……という発想が「妊娠検査薬」というモノを見つけ出してくる。面白いといえば面白いが、これが詩かと問われるとちょいと自信が無い。ブログ『夏井いつきの100年俳句日記』を使っての絶滅寸前季語例句募集キャンペーン第二弾として取り上げた「春恨」というこの季語。「恨」の一字のインパクトが強く、どうしてもドラマはそっち方向にいってしまうらしい……。

春恨や幸せそうに貢いでは　のり茶づけ

春恨や貢ぎしものの箇条書　だいりあっ

「恨む」の理由を想像すれば「貢ぐ」という状況が、あぶり出しの構図のごとく浮かび上がってくるのか。「幸せそうに貢いで」いるくせに、「貢ぎしもの」をキッチリ「箇条書」にして残しているとは、そら恐ろしい。「春恨」の発露はまさにその行為にあるのかもしれぬ。

春恨やタロットカード並べおり　笑松

「恨み」が生み出す「迷い」は、「タロットカード」に託す占いへ。下五「並べおり」とのみ描写し、その先の結果を云々と語らないことで、詩のエリアに片足を残せた一句。

春恨の手紙の束のよく燃える　とりとり

春恨の離婚届けはペーラペラ　依里

「春恨」の重さに耐えかねて、諦めることに人生の舵を切る人もある。「手紙の束」は「春恨」の色の炎を上げ、「春恨」の重さと紙一枚の「離婚届」の対比が「ペーラペラ」という自嘲のオノマトペとなる。

春恨や手首に残る浅き傷　杉本とらを

妻がいないただそれだけで春恨　小木さん

「春愁」と「春恨」の違いは、その思いの深刻さという決定的な違いもある。「手首」を切らざるを得ない精神状態に追い込まれた過去を物語る「傷」、最愛の「妻」が「いないただそれだけで」という言葉の奥にある悲痛。

春恨や清志郎の歌口ずさむ　郁

追悼の思いをこめたこんな一句もあった。ロックミュージシャン忌野清志郎《いまわのきよしろう》氏は二〇〇九年五月二日逝去。我が青春の歌として「清志郎の歌」は心に深く刻まれている。「春恨」という季語の重さを扱いかね、人間ではない生き物へ発想を向けた人たちもいる。

春恨やパンダとわれを分かつ玻璃《はり》　南骨

春恨はカバのあくびに放り込む　ふわり

春恨や犬をめがけて石を投ぐ　理酔

「玻璃」に閉じ込められた「パンダ」たちの表情に「春恨」を嗅ぎ取り、「カバ」のあんぐりと開けた口に「春恨」を「放り込む」と開き直り、「犬」に向かって己の「春恨」を「石」として投げてしまう。俳人たちの「恨」の心は、こんなふうに昇華されていくのだなあと思う。

春恨やソウル駐在最後の日　まさか
春恨やウラジミールからの手紙　柱新人

固有名詞と取り合わせた時、「春恨」という季語は思わぬ表情を持ち始める。「春恨」という季語で表現する「駐在最後の日」の思いは「ソウル」の熱い人情と響き合うし、人名とも地名ともとれる「ウラジミール」という固有名詞は、「春恨」に満ちているのかもしれぬ「手紙」の内容を様々に想像させる。

春恨の大地のゆれにまなこ閉じ　かえれない
ヨウ素百三十一の春恨　雪花
春恨や突如マイクロシーベルト　蓼蟲

「恨」の一字を背負う出来事として東日本大震災を思い浮かべた人もいたようだ。閉じた「まなこ」の奥に凄惨な光景が蘇る。「ヨウ素百三十一」「マイクロシーベルト」といった無機質な表情の言葉が「春恨」という季語の持つ強い感情とぶつかり、淡々たる恐ろしさへと変容する。

春恨や大和魂連れて来よ　あさぎ

「愁」ではなく「恨」ともなれば民族意識を語ることだってできるかもしれない。が、案外、へなちょこな男たちへの恨み……という話なのかもしれないな、この句。

春恨やクリーニングの裾の札　あねご

春恨やあの木二階を越えました　まとむ

「恨」の一字が重いからこそ、軽いオチ、ささやかな俳諧味で逆にバランスをとることも考えられる。「クリーニング」の「札」を外さないまま外出していた自分への笑い、「あの木二階を越えました」という口語の軽さと笑いが、「春恨」という季語に肩すかしを食わせる。

春恨の埃被りし造花かな　美和

春恨や針とび多きソノシート　錫樹智

強い感情を感じさせる季語だからこそ、モノとの取り合わせが有効に働くとも考えられる。「埃」を被り、すぐに「針」が飛ぶといった負のイメージで描写される「造花」と「ソノシート」は、昭和の色合いにくすんでいる。忘れかけた時代の「春愊」もまた色あせてそこに在る。

春社　しゅんしゃ❖仲春❖時候

❀春の社日《しやにち》。社日とは春分または秋分に最も近い戊《つちのえ》の日をいう。社《しや》は、中国で土地の神のことを指し、その祭りも社と呼んだ。日本でもその両方を指し、祭りとしては春社では五穀の種を供え豊作を祈り、秋社は初穂を供え収穫を感謝する。

絶滅寸前季語保存委員会の活動において、「春社」の兼題《けんだい》で俳句を募集し、副題の「社日」を使った投句が来ることを否定するわけではない。が、ここはどうしても絶滅寸前季語そのものを詠んでほしいと、ワタクシこと委員長は切に願う。

例えば、「春社」と「社日」の違いをきっちりと詠みわけるとすれば？　……というふうに発想したい。「春」の一字が付くことによって、どんなニュアンスが付け加えられるのか、「秋社」となればそれがどう変化するのか、それを丁寧に探っていくことが、この活動の大きな楽しみの一つであるし、季語という言葉を慈しむ行為でもあると思う。

その結果、絶滅寸前季語に、あとしばらく生き残る力を吹き込んでやることができたら、それこそ、作者冥利に尽きるというものだ。

乗り上げてをるは春社の猫車　阿南さくら

盛り土か何かに「乗り上げ」たまま放りっぱなしにされている「猫車」を想像した。「春社」というこの和製感謝祭は、土地の神に豊作の祈りを捧げるもの。普段使われている鍬《くわ》・馬・牛・猫車等は、ささやかな休息の時間を得ることになる。「猫車」が乗り上げている盛り土には、青み始めた草も生えているだろう。その頭上には、軽やかな囀《さえず》りも満ちているだろう。社日に詣でたの詣でないのとあからさまに言わなくても、こんな表現で「春社」の一場面をいきいきと描くこともできるのだ。

春闘　しゅんとう❖三春❖人事

❖「春季闘争」の略。

毎年春に、労働組合が賃金引き上げ・労働諸条件改善要求を掲げて行う全国的な共同闘争であることは言わずと知れた話なのだが、この季語は、景気低迷の続く社会構造によって絶滅の危機にさらされているという、極めて珍しいケースである。「春闘」といえば、自動車、電気機器、鉄鋼などの大手製造業から闘いの火蓋が切られ、各労働組合では交渉に向けての準備が始まる。

春闘や高炉は絶えず白煙　　てん点

激しい賃金闘争を行いつつも、その一方では「高炉」の「白煙」は黙々と上がり続ける。この煙が止まるようなことがあれば、労使共倒れ。絶やすわけにはいかない「白煙」である。

ラジオ番組『夏井いつきの一句一遊』で取り上げた兼題「春闘」にも、さまざまな角度でこの季語に迫る投句が寄せられた。

割り当ては総務課三人春季闘争　　八幡浜発

大声を買われ春闘参加せり　　不知火

デモ要員としての「割り当て」だろうか、「総務課三人」という具体的な数字がリアル。人それぞれいろんな能力があるが、持って生まれた「大声」が生かされる場として、こんな季語の現場があったとは！

空高くレジ袋舞い春闘へ　猫岡子規

春闘や拳遅れて突き出しぬ　みんとん

春闘や雨に裂けたるスローガン　侘助

デモの現場の小さなスナップショットのような三句。風に吹き上げられる「レジ袋」のさまは、空しい交渉結果を予感させるような光景でもある。「総務課三人」の割り当てとして渋々借り出されてきた身としては、「拳」を突き上げるタイミングにも乗れなくて……。やがて「雨」となり、濡れて裂けた「スローガン」はまとまらぬ労使交渉の暗示のようでもある。

春闘に出かけたっきり帰り来ず　もも

「春闘」だと言って出掛けたんだけど、要求が通ったら通ったで祝杯、ダメならダメで残念会、どうせ夜更けまで帰ってきやしないでしょうよ！　という主婦の呆れ返った嘆きの一句か。

春闘の記事職安の隅で読む　ひなぎきょう

強い賃上げ交渉に出たりしようものなら会社そのものがあっけなく潰れてしまうことを皆が知っている……春闘。ある日突然襲ってくるリストラや倒産の竜巻から、自分と自分の家族を守ることが先決だと考えざるをえない……春闘。

まさかこのまま、「春闘」という季語が消滅してしまうようでは、日本の国そのものが崩壊しかねない。現状の「春闘」を詠みつつも、やがてかつての力強い季語「春闘」が復活することを祈りたいものである。

春闘の旗巻いてある守衛室　　夏井いつき

水圏戯　すいけんぎ❖三春❖人事

❖「石鹸玉《しやぼんだま》」の副題。

『図説大歳時記』を調べてみると、江戸時代にはシャボン玉売りという仕事があったという。当時はムクロジの実の皮などの液を用い、首に箱をかけヨシや麦わらを三、四寸に切ったものでシャボン玉を吹きながら売り歩いていたのだそうな。首にかけた箱には「たまや」という文字が記されていたらしく、「石鹸玉」の副題には「たまや」ってのもあるのだそうな。うーむ、初めて知った。

おっ、ここでも大発見！　昭和三十九年初版の『図説大歳時記』には「水圏戯《すいけんぎ》と称することは『嬉遊笑覧』にしるされているが、広くいわれた名ではない」として副題にこの「水圏戯」を入れてないのだが、平成十二年初版の『大歳時記』には、副題に「水圏戯」は復活を遂げているではないか。

……とはいえ、『図説大歳時記』のおっしゃる通り、広く使われている名前でないことは確かだし、歳時記復活を果たしたといっても、例句が掲載されるところまではまだ辿り着いてない。ここは、一発派手なパフォーマンスを繰り広げ、この中国拳法風の名を世に知らしめねばなるまい。うーん、この季語の響きを活用するとすれば、キャンペーン・キャラクターとして、やはりジャッキー・チェン氏に白羽の矢を立てたい。シャボン玉を吹きながら、水圏戯と名付けた新しい回転蹴り技なんぞを炸裂させていただけると、バッチリである。うーん……でも、シャボン玉吹きながら回転技なんかやったら、シャボンの液が鼻に入って痛いだろーな、ジャッキー……。が、我が絶滅寸前季語保存委員会の任務に彼はきっと賛同し、鼻に入ってくるシャボン玉なんてなんのその、見事な「水圏戯」を世界にアピールしてくれるに違いない！

かたっぱしから壊しげらげら水圏戯　　夏井いつき

相撲花　すもうばな❖三春❖植物

❖「菫《すみれ》」の副題。子供が菫を引っかけて遊ぶことからついた。

この名が、宝塚のオネエサンたちが華々しく歌う、♪スミレの花、咲くころぉ〜の「菫」のことですよといわれても、あまりの落差に眩暈《めまい》がしそうになる。この有名な宝塚のテーマソングの歌詞が思い出せなくて、インターネットで検索してたら、こんなミニ情報をゲット。

この歌はもともと、オーストリア・ウィーンのフランツ・デーレさんという人が作曲、フリッツ・ロッターさんが作詞したもので、最初のタイトルは『白いニワトコの花が咲く頃』となってたんだって。そしてこの歌にフランス語詩がついた段階で、「白いニワトコ」が「リラの花」に変わり、さらに日本では「すみれの花」に置き換えられ、昭和五年に宝塚歌劇の名作・パリゼット（白井鐵造作）の主題歌となったのだそうですよ。

ふーむ……となると、ジャッキー・チェンの次は、宝塚歌劇の皆さんにも、我々絶滅寸前季語保存委員会の啓蒙活動の一翼を担っていただきたいではないか、豪華絢爛にして百花繚乱《りょうらん》なる宝塚のフィナーレ、後ろにクジャクの羽みたいなのをつけたオネエサンたちが声高らかに唄ってくれるこの唄！　おお、この感動！

……♪相撲花の咲くころぉ〜と、ホントに声出して歌ってみると、確実にナサケナくなれる絶体絶命の絶滅寸前季語である。

背の高き女ばかりや相撲花　夏井いつき

青帝　せいてい❖三春❖時候

❖「春」の副題。他に東帝《とうてい》・蒼帝《そうてい》・陽春・芳春なども。

「青い帝」と書いて、「青帝」。なんでこう呼ばれるのかな、と素直な疑問が浮かぶ。愛用の『日本国語大辞典』を引っ張り出す。やはり、ちゃんと出ている。（えらいぞ、『日本国語大辞典』）と心でつぶやく。彼とワタシとの関係は、かれこれ二十五年にも及ぶ信頼で結ばれている。困った時、心の中で（日本国語だいじて〜ん！）と叫べば、すぐに助けにきてくれる、いわば黄金バットみたいなものである。

「五天帝の一つ。東方をつかさどる神。また、春をつかさどる天帝。春の神。青皇。東帝。東君。転じて、春の異称」と解説があり、さらに出典の項目には「中華若木詩抄―下『春を青帝と云は、色について云ぞ。春は木を司さどる、木の色青きゆへに青帝と云

ぞ』」とある。うーん、ナルホド。さすがはワタシの黄金バット！　と思いつつ、すぐ
に次の疑問が浮かんでしまう。
五天帝って、何？

ゴテンテイだから、『日本国語大辞典』の第七巻「くれ～こきん」を調べりゃ、いい
んだ……あ、違う。もう一巻うしろだ。第八巻の「こく～さこん」まで載ってるヤツじ
ゃないとダメだ、ゲゲッ。なんせ『日本国語大辞典』はすこぶる重い。みるみるうちに
私の足元には、『日本国語大辞典』本体とその箱ケースとが散乱してくる。二十五年も
一緒にやってきたとはいえ、重い辞典を出したり探したり置いたり探したりを続けてい
くと、さすがの私もエエ加減にせーよ、黄金バット！　という気分になってくる。五天
帝なんて、もうどうでもよくなってくる。ちょっとした浮気心も出てくる。

インターネットを開き、「青帝」で検索してみる。たちどころに「青帝」についての
情報が現れる。チンゲンサイの名にも「青帝」ってのがあるらしい。文章中に出てくる
品種名が面白い。

草丈と葉身長は、「武帝」が長く、「青帝」が短かった。葉色は、「武帝」と「青
武」が濃く、「青帝」と「冬賞味」が淡かった。「武帝」と「冬賞味」の葉はねじれた。
1株あたりの調整重は、「青帝」が最も大きく、次に「冬賞味」と「武帝」であり、

「青武」が最も少なかった。「ニイハオ4号」には、異型株が発生した。（農試ニュース「中山間地におけるチンゲンサイの冬期栽培」栽培部・藤岡唯志さんレポート）

最後の「ニイハオ4号」ってのが泣かせるネーミングだ。役に立たないスパイの名前みたいだ。4号ってことは、「ニイハオ1号」ももちろんあったに違いない。是非、全員を整列させてみたいものだ。チャボにも「青帝」っていう品種があるんだって、へえー……なんて具合に、雑学知識欲をほどよく掻き立てられながら、目的の「青帝」に辿り着く。

春の神のことを「東皇・東帝・青帝・東君」といいますが、これには次のような出典があります。

尚書緯に「春ヲ東皇ト為シ、又青帝ト為ス」と出ています。また、史記封禅書「五帝東君八雲中司命之属」の注には、「東君八日也」と出ています。ただし、ここでは東君は太陽のことをいっていますが、現代では春の神のこともいいます。このような変化は「東」という字が春をイメージさせるものであるからでしょう。そのため、君と同じような意味で「東公」という語もあります。ところでなぜ「東」が春になるのかというと、辞典に書いてあります。すなわち、「五行説では、東は春のことである」と。
（漢詩作法入門講座——滄洲詩話——「春」について）

うっわー、こりゃスゴイ。こんなのがクリックするだけで次々に出てくるんだ！　おもしろーい！　と、次から次に浮かんでくるくだらない疑問符のおもむくままネットサーフを楽しんでいるワタシの足元に、今や、ただの足置きと化している『日本国語大辞典』が、引退間近の黄金バットのように静かに横たわっているのであった。

青帝の衰ひきざす膝がしら　夏井いつき

駘蕩　たいとう❖三春❖時候

❖「長閑《のどか》」の副題。春たけなわのゆったりと穏やかな感じ。

「忙しい忙しいというのは、恥ずかしいことだ」と、ある俳人に言われた。忙しいのはみんな忙しいのだ。あなた一人がことさら忙しいわけではない。忙しさで心を亡くさないように、黙って励みなさい、と。

誠に御説ごもっとも。まるで俳句界の金八先生だわ！　と拍手したいぐらいであるが……しかし、いかように考え方を変えてみてもワタシの一日が二十四時間で、ワタシの体は一個だけしかないという事実は逆立ちしても変わらない。「忙しいというのは、恥ずかしいことだ」という言葉をグッと己の胸に呑み込んだうえで、やはりワタシは忙しい。

松山市内の静かな住宅地にある中古の一軒家に引っ越した。昔ながらの、物干し台があるのが一目で気に入った。春の午後、原稿を打つ指がぴたりと止まって一文字も進まなくなると、きまって私は缶ビール片手に物干し台に上がる。見下ろす小さな庭には、花の終わった辛夷《こぶし》が若葉の準備を始めているし、門扉《もんぴ》の春薔薇はゆらゆらと背丈を伸ばしている。物干し台の一角に広げた籐《とう》の敷物の上に、寝っ転がる。春風が足の裏に心地よい。頭上に広げた洗濯物がひらひらと気持ちよく乾いている。

春風駘蕩、しゅんぷうたいとう、と声に出してみる。まことに長閑な気持ちになる。たとえ大学生の八割がこの熟語を読めなくても、たとえ俳人の大半がこの季語で俳句を作ることを忘れてしまっても、ワタシの体が春風駘蕩を悦ぶことを記憶しているかぎり、この季語をまだ絶滅させなくてすむかもしれないと、そんなことを思う忙中閑の今日である。

駘蕩や物干し台より会釈投ぐ　　夏井いつき

鷹化して鳩となる　たかかしてはととなる❖仲春❖時候

❖鷹が春ののどかな気候に影響され、鳩に姿を変える、という意味。

「○○が○○と化す」という手の季語は、中国の暦から発生したものらしく、まことに奇想天外なのが出てくる。例えば、「田鼠《でんそ》化して鴽《うずら》となる」「腐草《ふそう》蛍となる」「雀大水《すずめうみ》に入り蛤《はまぐり》となる」など（『絶滅寸前季語辞典』ちくま文庫版六九頁・一九四頁・二三三頁参照）。たかが日本の片隅でごそごそ生きてる一介の俳人が、中国四千年の歴史に楯突くわけではないが、ワタクシの経験上、絶対に、鷹は鳩にならない！　と強く言いたい。あくまでも鷹は鷹、鳩は鳩だ！

旧友のTは同級生にしてシングルマザー仲間。かつてソフトボール部の剛腕投手としてならした太腕で腕白ざかりの男の子三人を育てている肝っ玉母さん。そして、息子たちが始めた空手教室に自分も通いだし、みるみるうちに腕を上げ、つい最近もお年寄りの鞄を引っ手繰ろうとした男を見事路上に叩きのめし、警察署から感謝状を貰ったというご近所の星でもある。

その彼女がある日、ニタニタしながらやってきた。「いつきちゃ〜ん、アタシ一足先に再婚しちゃうワ〜」いきなり話し方が女らしくなってるのに驚く。持ってきたのは見合いをした日の写真だという。気の良さそうな、いくぶん線の細そうな、それなりに目鼻立ちは整った男の傍らに、大きな体を目一杯縮めて可愛く寄り添うTの姿が写っている。ふわふわの春色ワンピースが中年の恋心のごとく風にそよいでいた。なんとか、是非とも、逆立ちしてでも、幸せになって欲しいと願う親友のワタクシである。

鷹化して鳩となる日の見合いかな　　夏井いつき

田掻牛　たがきうし❖晩春❖人事

❖「田打《たうち》」の副題。「田植《たうえ》」のできる状態にするための作業を行わせる牛。

愛媛県城川町《しろかわ》「御田祭《おんだ》」に出向いた。通称「どろんこ祭」と呼ばれるこのお祭は、豊年を祈って行われる代田《しろた》神事である。面白おかしく種を蒔きながら、最後は泥んこの田で投げ飛ばし合いの騒動になってしまう「畦豆植《あぜ》え」神事があったり、十二頭の牛が頭をそろえて昔ながらの代掻《しろか》きを行ったり、そのうちの二頭がいうことをきいてくれなくて牛使いを引きずって畦に上がってしまったり、「大番」と呼ばれる天狗が神楽をあげる白装束の男たちを次々に代田に突き落としたりと、まさに泥んこの祭。

一枚の代田を取り囲む人々の群は、この愉快な神事を心ゆくまで楽しみ、おおいに笑い揺れるのである。

鼻面の紐濡れている田掻牛　　夏井いつき

凧　たこ❖三春❖人事

❖一般人には正月のイメージが強いが、春の季語。もともとは、子供の遊びではなく、村落の競技であった。糸を切り合う凧合戦は現在でも各地で行われている。

愛媛県内子町五十崎《いかざき》では毎年五月五日「大凧合戦」が行われる。テレビ番組のロケで訪れたその日、私たちは戦場のど真ん中で、前枠と呼ぶ最初の語り部分を撮影しようとしていた。立ち位置が決まりカメラの前に立ち、「今日は凧合戦の会場に来てます！」としゃべり始めるやいなや、凧糸を握った男たちが突進してくる、ガガリ（相手の凧糸に引っかけて、相手の糸を切り落とす刃のような物）がついたままの凧糸が降ってくる、どけ！　ねぇちゃん、あぶないぞ！　と怒鳴られる、頭上の大凧がいきなり失速する、水しぶきをあげて川の中に墜落する、いきなりスゴイ騒ぎ！　となった。

凧を揚げてる男たちに混じって、やはり駆け回っているのは、首にカメラをぶらさげたアマチュアカメラマンたち。私たち取材班も、右往左往してる場合ではない。負けじと大声で前枠を撮り、句帖を握りしめ、私も凧揚げに挑戦する。

一度揚がり始めた凧は、すでに私の意志とは違うところで生きている我が儘な生き物みたいだ。いきなりシュルシュルと凧糸が動きだし、糸の走る勢いで軍手の指が熱くなり、軍手が切れ始める。ほんの少しだけ凧と風との交信を楽しめるようになった頃には、大凧はそこに書かれた文字が読めないほどの高さに己の位置を定め、青空をさらに眩《まぶ》しくさせるのだ。

過日、この町の「母の日似顔絵コンクール」の審査を依頼されて出向いた。絵の良し悪しなんて全く素人なんだがなあと一度はお断りしようとしたのだが、母の日の似顔絵がすべて凧に描かれているという話を聞き、お引き受けしようと思いたった。

当日、たくさんの絵の中から松山市立子規記念博物館名誉館長・天野祐吉さんたちと選んだ最優秀賞は、おおらかな筆遣いで描かれた眼鏡のお母さんの絵だった。最後の講評の際に天野さんが「ここにある凧を是非、この町の空に揚げてもらいたい。町中のお母さんの顔が、町の空に浮かぶさまを想像しただけで愉快だ」と語られた。私も同じことを思った。そんな形でまた子供たちの元に、凧という遊びが戻っていくとしたら、それもまたなんて素敵なことだろうと思う。

大凧に弾かれ風の唸りだす

夏井いつき

太郎月　たろうづき❖初春❖時候

❖陰暦一月を指す「睦月《むつき》」の副題。

なんでも一番最初のが「太郎」で、二番目は「次郎」と決まっている。ならば、二月・如月《きさらぎ》を「次郎月」と呼ぶのだなと思えば、そんな記述はまるでない。パソコンだのインターネットだのｉモードだの、わたしゃ大嫌いだよ！　と言ってた過去はどこへやら、よーっしゃ！　ここはやっぱりインターネットよね、と、「太郎」で検索してみる。……と、ゲゲッ！　出てくるわ出てくるわ、口あんぐり。

・東京都＼／東京都庁＼／石原慎太郎
・声優＼／森久保祥太郎
・インストゥルメンタル＼／アーティスト＼／葉加瀬太郎
・歴史小説家＼／司馬遼太郎
・漫画家＼／石ノ森章太郎

いやいや、私はこんなこと知りたいんじゃないんだけど、とオタオタしている間に、サラリーマン金太郎・ゲゲゲの鬼太郎・忍たま乱太郎・ハム太郎と漫画ネタが続き唖然として画面を消す。ふと、足元に目を落とせば、知らぬまに足置き台と化していた『日本国語大辞典』全二十巻のうちの数巻がひっそりとそこにある。十三巻「たけ〜つそん」を抱え上げ、ゆっくりと繙いてみれば、こんな記述。

①長男の称。
②最もすぐれたもの、または最も大きなものに対して敬称として添える語。「利根川」を「板東太郎」というなど。
③物事の始めや、最初にあるものをさしていう語。
④「河童」の異称。
⑤「鯉」の異称。
⑥ばかもの。大馬鹿。馬鹿太郎。
⑦盗人・てきや仲間の隠語。「馬鹿者やぼんやり者をいう」「被害者をいう」「巡査をいう」「田舎者をいう」
⑧金銭をいう、人形浄瑠璃社会の隠語。
⑨江戸向島にあった川魚料理屋、葛西太郎（かさいたろう）の略称。

なんとまあ言葉の世界というのは、奥深く幅広く奇想天外にして意味深長。一言に「太郎」といっても、敬称から罵倒まで、なんという豊かなバリエーションであるか。

一時は引退間近のくたびれた黄金バットと化していた『日本国語大辞典』の、どっしりとしたこの信頼感。ああ、思わず、「辞書界の太郎」(ただし、敬称)と呼びかけたくなるような万感の思いがこみ上げてくる。

太郎月すぎて太郎の帰らざる　夏井いつき

淡月　たんげつ❖三春❖天文

❖「朧月《おぼろづき》」の副題。

同じものを指す言葉なのに、人口に膾炙《かいしや》し、広く長く生き残っていくものもあれば、マニアックな場所で静かに息絶えていくものもある。「朧月夜」は、♪菜の花ばたけに入り日薄れ、見渡す山の端かすみ深し♪　と唄にもなっているのに、「淡月」は「新発売の和菓子?」程度の扱われ方である。なぜこうなるのか、一体どこが違うのか。

季語「朧月」と「淡月」の違いは、それぞれの世界における湿度の違いではないかと思うのだ。

辛崎《からさき》の松は花より朧にて　　松尾芭蕉

この芭蕉の一句には、肌に感じとることができるぼんやりとした湿気が存在する。鼻腔の奥のかすかな湿りを思い出させるような皮膚感がある。

脳というのは、くらやみに置かれた塊だ。その塊が、何を感じ、何を考えるかは、外からの情報によって決定される。つまり「視覚・聴覚・嗅覚・触覚・味覚」という五つのルートによってのみ、脳は外界と繋がることができ、それらの情報を分析することによって、脳に「想」が生まれたり、「言葉」として結球したりするわけだ。そしてこの逆のルートを辿るのが、俳句を読むという行為。文字情報が五感への刺激となって、読者は作者が見たと同じ世界に行き着く。作者が構築したバーチャルな季語空間に、読者は己を放つことができる。

「朧月」という季語空間をぼんやりと満たしている湿度は、「淡月」の世界では希薄になる。なぜならば、「淡」は「薄い」という意味しか表さないからだ。「薄い」とは、皮膚で感じるというよりは、目で認識する言葉。「おぼろ」の語源が、「おほ」で、元々は不明瞭な感覚を指すものであったこととは、一線を画する。

季語が、単なる単語ではなく、魔法の言葉と呼ばれるのは、その語が存在する世界においで我々が感じ取れるかぎりの五感情報をインプットした言葉として認識されるからだ。月も桜も箪笥《たんす》もペットボトルも国語辞典の世界では同じ重さの一単語であるが、歳時記の世界ではさまざまな種類のさまざまな容量や質感をもつ言葉として、わたしたちの五感を刺激してくれるのだ。

が、この「淡月」という、あまりにも薄味にして淡白な季語をどう扱ったらよいのか、脳みそ枯れ果ててきたワタクシである。

辛崎の松枯れ病よ淡月よ　　夏井いつき

二十六聖人祭　にじゅうろくせいじんさい❖初春❖人事

❖副題の「致命祭《ちめいさい》」もインパクトが強い。二月五日、日本で初めてキリシタン殉教者二十六人が処刑された日。豊臣秀吉は大坂・京都の信者二十四名をとらえ、鼻と耳を削ぎ落とした後、自ら名乗り出た二人を加え、長崎の西坂《にしざか》の丘で十字架の刑に処した。スペイン人四名、ポルトガル人、メキシコ人各一名、日本人イルマン（宣教師の位）三名、日本人信徒十七名の死骸は八十日間晒《さら》された。後述の「ポメロ親父の能書き」も参照。

ラジオ番組『夏井いつきの一句一遊』でこの季語を兼題として発表したら、リスナーから困惑のブーイングがブーブー挙がってきた。「組長、十一音もある季語をどうせーちゅーんですか」なんて文句はマシな方で、「『せいじんさい』ってのは、成人祭と書くんですか」とか「星人災という言葉があることに驚きました（※そんな言葉はありません）」とか「聖人と自称する人間が起こす過ちを、聖人災というのでしょうか」とか、奇想天外なお便りが届き、ワタクシの方が目をシロクロさせるばかりだった。

この番組のリスナーであり、蘊蓄大王というニックネームを持つポメロ親父からは、半ば困惑と怒りを含んだ「能書き」も届いた。

ポメロ親父の「二十六聖人祭」に関する能書き

豊臣秀吉の切支丹弾圧により、大阪や京都などで捉えられたキリシタン二十六人が、長崎へ送致され十字架にかけられて殉教したのが一五九七年二月五日でした。その後、一八六二年にローマ法皇ピウス九世によって、全員が聖人に列せられました。長崎市西坂町の丘には日本二十六聖人記念館と記念碑が建っており、観光地のひとつになっています。

おそらく大歳時記にしか載っていない季語だと思います。兼題に出なければたぶん一生使うことのない季語だったので、良い経験だと思うことにします。

大歳時記には「致命祭」という副題も載ってはいるが、これだとちょうど五音。格段に作り易い音数となる。が、ここは敢えて十一音に挑んでいただかねば、絶滅寸前季語保存活動の意義は半減する。

二十六聖人祭の雲が歌っているんだよ　　ほろよい

なんと軽やかな詠みぶりか！　と一読驚いたが、何度も声に出して読んでいるうちに、マザーグースの歌の童心のようでもあり、その奥に清らかな信仰の心がみえてくるようでもあり、どこか怖ろしい響きのようにも聴こえ、この句から離れられなくなった。優しい言葉は怖ろしく、怖ろしい言葉は優しいのかもしれない。

日時計の影二十六聖人祭　　桂雪

「日時計の影」の映像が、十字架にかけられた二十六聖人の姿とダブってくるような印象もある。「日時計」の数字、「二十六」という数詞、移りゆく時間のイメージ。眼前にある「日時計」の向こうにさまざまなイメージが揺れ動く。

二十六聖人祭の山羊の乳　　ポメロ親父

パンの耳買う二十六聖人祭　　マイマイ

「山羊の乳」「パン」それぞれの語が、聖書の中に出てくる言葉を想像させる。生きてあった人たちの存在や思いを食物に託しての二句だ。

二十六聖人祭海鳥の羽光る　　鯛飯

長崎市西坂町の丘から見晴るかす海は、「二十六聖人」たちが生きていた時代を知っている。「海鳥の羽」は天使の羽根を想起させ、「光る」という一語は鎮魂のイメージとなって広がる。

歴史の中の一つの事件は、さまざまな角度から認識され、評価され、語り継がれていくが、二十六聖人と呼ばれた人たちの二十六の人生に思いが至る時、この季語の存在意義を受け止める。歴史の教科書でこのような事件がありましたと認識することと、季語として「二十六聖人」の心に触れることは根本的に違う種類の行為だ。五感で作る俳句だからこそ、俳人たちはその日「二十六聖人」たちが見たであろう長崎の海の光を感じとり、十字架の上で聴いたに違いない風の音を追体験しようと試みる。歴史の中に生きる季語だから絶滅しても当然だとは思いたくない。だからこそ、意志をもって詠み継いでいくべきだと思うのだ。

二十六聖人祭の風の声　　夏井いつき

睡れる花　ねむれるはな❖晩春❖植物

❖「海棠《かいどう》」の副題。中国原産。バラ科の落葉低木または小高木。優艶な花で知られる。唐の玄宗《げんそう》皇帝が楊貴妃の酔余の眠り姿を「海棠の睡り未だ足らず」と評したことに由来した名前。

この季語の謂れを読めば、「楊貴妃→酔余の眠り姿→睡れる花→海棠の花」と連想をたどっていけなくもないが、いきなり「睡れる花」といわれても、「海棠」を思うことは難しい。せいぜい含羞草（オジギソウ）や合歓《ねむ》の花を思い浮かべるぐらいか。

日本にも美女の姿を喩える言葉として「立てば芍薬《しゃくやく》、座れば牡丹、歩く姿は百合の花」なんてのがあるが、さすがにこの後に「眠る姿は」と続く言葉はない。

花柄を垂らした「海棠」のように優美に眠ることができるとは、さすがに楊貴妃。ワタクシなんぞは、逆立ちしてもできない眠り様である。

美しき水を睡れる花に遣る　　夏井いつき

初朔日　はつついたち❖仲春❖時候

❖二月一日のこと。「太郎の朔日」「次郎の朔日」と呼ぶ地方もある。いずれも、新しい年の最初に迎える朔日（一日）という意味。かつて一月十五日の小正月を新年の始まりとしていた名残である。

「初〜」の字があって、新年の季語ではないというのは、珍しい例。お目出度いドサクサで過ぎてしまう正月朔日とは違い、普通の生活が再開されて初めての朔日という意識もあるのか。そう思うと、かなり実生活に傾いた句が出てくるかな？　という予想通りの展開となった。絶滅寸前季語保存委員会メンバーの、今日の日記みたいな投句のオンパレード。

税理士の書類どさりと初朔日　　だりあ

「税理士」という人たちが作る、あの訳の分からん「書類」の山には驚嘆する。「どさりと」置かれた紙の束が、「初朔日」のオフィスの空気を揺するような一句。

初朔日集金業務完結す　　あきんど

「集金業務」も骨の折れるお仕事。ワタシんちみたいに、いつ在宅してるのかも分からないような家を何軒か担当した日にゃ、こりゃもう大変。「終わりけり」「すませたり」「完了す」なんて言い方ではなく、「完結す」とドラマチックに完結したいお気持ち、分からないでもない。

初朔日わからぬままに記事を読む　福岡重人
雀くる初朔日の日向かな　杉山久子
ふる里や初朔日の放浪記　岩宮鯉城

これらの取り合わせも、それなりにできているとは思うのだが、前出の二句も含め、やや季語が動くかもしれないという危惧を感じる作品群だ。

が、が、が、次の二句は論外中の論外。

これということのないない初朔日　梅田昌孝
アイツなんかどうでもイイいい初朔日　西沖あこ

我が絶滅寸前季語保存委員会の問題児二人。互いに面識はないはずの、愛知県一宮市の梅田昌孝クンと愛媛県松山市の西沖あこクン。君ら、ひょっとして事前に相談して投句してきてんじゃないだろうなあ??　開いた口がふさがらんワ。

最後にお口直しの二句。こちらは、東京都三鷹市の風早亭鶴クンと長野市のカテーテル・石井クン。どちらも、詩の世界からの本歌取り。「太郎の朔日」「次郎の朔日」という副題が、俳人たちの心を揺する。

達治より初朔日の便りかな　　風早亭鴿

太郎の朔日ぼあぼあの雪降ってくるぞ　　カテーテル・石井

「初朔日の便りかな」とつぶやいたり、「ぼあぼあの雪降ってくるぞ」と雪に詠嘆してみたりもする、かつて三好達治の詩を愛していたのかもしれぬ文学青年たちの横顔が見える。

春障子　はるしょうじ❖三春❖人事

※「障子」は冬の季語になっているが、春になってからの障子に映る光の微妙な変化を喜ぶ季語。

ある日のこと。叔母から突然の電話。「気をしっかり持って、聞いてよ」という大仰な出だしを笑った私ではあったが、叔母の用件はたしかにそのような内容のものであった。実家で一人暮らしをしていた母（叔母からすれば一番上の姉となる）が、病院で検査をしてみると脳腫瘍があることが分かった。それもかなり大きな脳腫瘍である。早急に手術を受けさせなくてはいけない、ということを叔母は強い口調で一気に語った。

ほんの一瞬、時間が滞った感じはしたが、やるべきことが頭の中で次々に動き出していた。私が大学を卒業した年、三か月のあっけない闘病生活で父が亡くなって以来、私にとって母は「頼るべき人」ではなく「守るべき人」となっていた。叔母にお礼を言い電話を切り、私はすぐに母に電話をかけた。そっちの病院に入院したのでは私が身動きとれないので、松山の病院に入院できるよう手配するから、身の回りの荷物をまとめておくようにと言ったら、母は家を片付けたいし誰やらのところにお見舞いにも行ってないし云々と訳の分からないことをふにゃふにゃ言い続けた末に「障子も貼り替えときたかったのに」と締めくくった。そんな母の話をアホかと思いながら聞きつつ、「そんなんは、退院してからしたらええ」と言ったら、急に素直になった。「わかった、荷造りしとく」と、今度は割にしっかりした声が返ってきた。私は即座に行動を始めた。叔母の言葉を借りれば、電光石火の入院劇となった。

母の脳腫瘍は、赤ん坊の握り拳大に太っているらしかった。癒着している場所が左半身の運動機能を司《つかさど》る場所らしく、左半身不随になることは覚悟してくれと主治医からは何度も念を押された。私も覚悟を決めたし、母も覚悟を決めた。これからの仕事をどう整理していくか、今後一人暮らしができなくなる母をどんなふうに世話していくか、頭の中はめまぐるしく動いていた。

手術は予定よりも早く終わった。癒着がひどく、腫瘍を丁寧に切り離すことは難しかったので、脳の側をスライスする形で摘出したとのことだった。そして、癒着の場所が予想よりも少しズレていて運動機能はほとんど損なわれてないはずだと主治医が言葉を結んだ時、私たちはその幸運に心から感謝した。

手術後の検査で母の脳腫瘍は再発の可能性があるものだったことが分かったが、私たちは当面、母が今までどおりに動け、生活にもたいした支障がないことを喜び合った。視野狭窄《きょうさく》だの論理的思考がどうだこうだという後遺症の問題は、手足が思うように動き、美味しくご飯がいただけるという事実の前においては、取るに足らない問題であった。

かつて住んでいたマンションには障子の部屋は一つもなかったが、母や子供たちと移り住んだ中古の一軒家には、障子の部屋がある。春のやわらかい光があふれる一階の和室が母の居室だ。何かの拍子に破ってしまうのが障子のめんどくさいところだが、母の部屋の春障子に、ひとつふたつと穴をふさぐための紙の桜が貼られているのを見ると、これもまたシアワセのかたちかもしれないと思ったりもするのだ。


母のゐる気配にひらく春障子　　夏井いつき

春のかたみ

はるのかたみ❖晩春❖時候

❁「行く春」の副題。

「行く春」の副題はさらに種類があって、ある意味バラエティーに富んでいるのだが、そんなにニュアンスいろいろあっても使えないよ〜、ってなカンジの季語たちである。「春の名残・春の行方」は和歌みたいだし、「春の限り・春の果て」はロマン小説みたいだし、「春の湊《みなと》・春の泊《とまり》」に至っては意味そのものを誤解しそうである。

私のラジオ番組『夏井いつきの一句一遊』に、しばしば投句してくる俳号とうげん氏は一向に上手にならないことで、逆に目を引かれる貴重なリスナーの一人。最近は、メールで投句してくる人が圧倒的に多くなってきたが、彼は未だに葉書でくる。しかもすこぶる字が下手である。しかも、毎回夏休みの日記帳みたいな絵が描いてある。自分の投句に合わせた絵であることは辛うじて分かるのだが、春の山の前にヒゲ面の男が手を振ってたりするその絵は、お世辞にも上手だとはいえない。が、色鉛筆をごんごん塗り重ねて描いてあるその絵は、上手下手の評価を越え、ついついそこに何が描かれているかをリスナーに伝えたくなってしまう妙な迫力がある。

番組の公開放送の折に、「とうげん51」という俳号を持つ、とうげん氏の妻が会場に来ていた。「とうげんのあの下手くそな絵を愛し始めているワタシがコワイよ」と彼女に言ったら、「あの絵を描くために、とうげんは九十色の色鉛筆を買ったんですよ」と、笑いながら教えてくれた。

九十色が全く役に立ってないよ〜と笑えてくるほどのヘタな絵ではあるが、この先、俳句が上手になる日がくるか、九十色を使いこなせる日がくるか、どちらの期待にもワタシの胸は震えてしまうことだよ。

春のかたみの色鉛筆を買ひ足しぬ　　夏井いつき

春まけて　はるまけて❖初春❖時候

❁季節が春になって、という意味。

平成十二年初版『大歳時記』には載ってないが、昭和三十九年初版『図説大歳時記』には堂々と採録されている季語である。

「春かたまけて」ともいう。動詞「まく」は、マウケ（間受け）の約であろうという。

待ちうける意から、時が移ってある時期に達する意になったものといわれる。夏まけて、夕方まけて、という具合に使われる。

……のだそうな。が、それにしてもこの季語の語感はヘンだ。競輪でスッテンテンになって帰っていくオジサンの後ろ姿みたいでもあるし、勝負を賭けた何度目かのデートに破れた「妹がり行く猫」（本書二三頁参照）みたいな男のようでもある。

「春めく」という季語は生き残っているが、「春まけて」がほとんど死にかけているのは、やはりこの語感のせいに違いない。随筆や小説の世界では、一語の語感が作品のすべてを決定してしまうなんてことはないだろうが、なんせ世界で一番短い詩である俳句にとっては、一語の語感は絶大な影響を及ぼす。季語「シネラリア」（本書四四頁参照）が絶滅の危機に瀕しているのもそれに近い理由だろう。

昭和三十九年の時点でも「春まけて」が瀕死であったことは、例句が一句も載ってないのをみれば一目瞭然。嗚呼、このまま安楽死させてやりたいという衝動を抑えきれない絶滅寸前季語保存委員会委員長のワタクシである。

春まけて夕暮まけてみな負けて　　夏井いつき

彼岸河豚

ひがんふぐ❖仲春❖動物

❁マフグ科。背側は黄を帯びた灰褐色で、黒い点が散在するのが特徴的な河豚。春の彼岸のころ産卵するためこの名がある。毒性が強く「尾張（終わり）名古屋」をもじって名古屋河豚とも。

彼岸の頃に喰うと、彼岸に行っちゃうかもしれない、終わり名古屋の彼岸河豚！　なんて、すっごいネーミングだ。料理屋の店先に、「ヱビスビールあります」みたいな調子で「彼岸河豚あります」なんて看板が出てたりしたら、ちょっとインパクトありすぎ。別に彼岸河豚が絶滅種になっているわけではないが、この名前がどこまで守られていくかについては、ささやかな懸念がある。花卉《かき》業界の思惑により「シネラリア」が「サイネリア」と源氏名のごとき別名で呼ばれているという現実がある以上、フグ調理師業界の思惑だってどんなふうに働くか、わかったものではない。「彼岸河豚」は縁起が悪いから「祈願河豚」と呼びましょうなんて、目出度い名を冠せられる日が来ないとも限らない。

彼岸河豚と名乗るに足れる斑面《まだらづら》　　夏井いつき

蛇の大八　へびのだいはち❖晩春❖植物

※「蝮蛇草《まむしぐさ》・蝮草《まむしぐさ》」の副題。

これまた凄いネーミングだ。どうしてこんなのを思いつくんだろうか。たしかに蝮蛇草は、蛇が鎌首をもたげたような姿形をしているからこう呼ばれているわけで、「蛇の〜」までは容易に理解できるのだが、謎は「〜大八」という人名の選択基準である。何故、大八であるのか。大介ではダメなのか。大五郎でもいいではないか。

そういえば、植物に人の名をつけたというエピソードを思い出した。植物学者・牧野富太郎博士は、自分が発見した笹に奥さんの名前を冠し「スエコザサ」と命名したという。こういうのもいいな、苦労かけたお前の名を付けさせてもらったよ、なんて言われでもしたら、もうジーンと胸に迫るものがあるだろうな。ワタシだって言われてみたいよな。「苦労したお前の名を付けさせてもらったよ、蛇のいつき……」って、それちょっと違う……。

蛇の大八そこに動きしものは何　　夏井いつき

ますのすけ

ますのすけ❖晩春❖動物

❖「鱒《ます》」の副題。

おいおい、今度はこんな軽いネーミングか。どうしてこんなくだらない名前を思いつくんだろうか。こんなんでいいんなら、いくらでもできる。蟹なら、かにのすけ。蛸なら、たこのすけ。蟬ならせみのすけ。こんな安易な命名が、歳時記の季語として堂々と載っていることに憤りを持たざるを得ない！　……なんて言ってはいけない立場であったことを、ハッと思い出す絶滅寸前季語保存委員会委員長こと、ワタクシ……。

本名は、親がつけてくれた名であって、これは抗いようもなく一生付き合っていかなくてはいけないが、俳号というのは己の勝手な趣味でいくらでも付けられるし、いつでも捨てられるし、これほど楽しめる名付けはない。

愛媛県ではラジオ・テレビで俳句番組が盛んにオンエアーされているが、視聴者の皆さんとワタシを繋ぐのが、この俳号というヤツ。俳号は、先生からいただくものでもなんでもなく、自分が自由に付け、自分自身を非日常の世界に解放するキーワードのようなものだと説明すると、みんな、それは自由にとんでもない俳号を付けてくる。

ワタシが気にいってる俳号の一つが、「高濱キョンシー」。高濱虚子が、自分の「清」

という名を当て字にしてこの俳号が生まれたことを思えば、「高濱キョンシー」という ヒネリ技には拍手を贈るしかない。「戻り川」が夫で、「なみだ川」が妻という、演歌歌手か、勝てない相撲取りみたいな夫婦もいれば、「ニセコ堕句センター」という一生大成しそうもない俳号もある。メチャクチャ個人的なのは「トビさん大好き・みこひめ」という俳号。トビさんって男に惚れているらしいのだが、そんなこたーワタシの知ったこっちゃない！

この「ますのすけ」なんて名も、いずれ俳号として出てくれば、可愛がってやりたいものである。

おとなしくならずに跳ねるますのすけ　夏井いつき

ままっこ　ままっこ❖晩春❖植物

※ミズキ科の落葉低木「花筏《はないかだ》」の副題。桜の花びらが水面に散り、筏のようになっているさまを指す「花筏」とは別物。

ハッ？　なんだ、この注意書きは。それなら最初から「花筏」なんて紛らわしい名前付けずに、「ままっこ」って名乗っときゃいいじゃないか。
「ますのすけ」にしても「ままっこ」にしても、その存在価値を認められるだけの理由は見つからなかったが、ただ一つ、絶滅寸前季語保存委員会推薦・俳句たほいやゲーム（本書二二五頁参照）を充実させてくれそうな季語たちではある。

ままっこの正体を問う雲ひとつ　　夏井いつき

緑の週間　みどりのしゅうかん❖晩春？❖人事

※以下に記するポメロ親父の「能書き」参照。
まずは、ラジオ番組『夏井いつきの一句一遊』に届いたポメロ親父の「能書き」から読んでいただきたい。

ポメロ親父の「緑の週間」に関する能書き
「緑の週間」は昭和二十五年から始まり、戦争中に濫伐された山林や、戦災を受けた都会の緑化を目的に、当初は四月一日から一週間とされていました。平成になって四月二十九日がみどりの日に制定され、このとき四月二十三日〜四月二十九日に変更されました。その後みどりの日が五月四日に変更になったため、二〇〇七年からは四月十五日〜五月十四日までが「みどりの月間」になっています。

つまり二〇〇七年以降「緑の週間」という季語は絶滅してしまいました。


な、なんと皆さん、絶滅寸前ならぬ絶滅季語の発見である。国が定める祝日や行事で季語となっているものは、しばしば日付変更の憂き目にあう。例えば、能書きの中にも出てくる「みどりの日」もその一つであるし、「成人の日」「体育の日」「海の日」等は連休を増やすという目的のために、決まった日付を失い、第〇月曜日という祝日になってしまった。とはいえ、作句において各々の言葉のイメージで作ることは可能だから、それほど困るということはない。

が、「緑の週間」が「緑の月間」になるってのは、どうよッ⁉「緑の週間」四月二十三日〜四月二十九日は季語でいえば晩春だが、「緑の月間」四月十五日〜五月十四日ともなれば晩春から初夏を跨いで、のうのうと季語を名乗ることになるではないか⁉これはもう季語と呼ぶことが難しい言葉と成り果てている……。

そんな今は無き「緑の週間」を懐かしみ、この手に取り戻さんとばかりに、リスナー俳人たちは八音もあるこの季語に果敢に挑んでくれた。

ユンボ強し緑の週間始まりぬ　　めろめろ

木を移植するための「ユンボ」だろう。上五「ユンボ強し」と字余りで置き、中七下五を「緑の週間始まりぬ」と一気に読ませるため、中七の字余りも気にならないリズムの作り方が巧みだ。「ユンボ強し」という詠嘆の後の切れから、一気に「緑の週間始まりぬ」という措辞が生き生きと動き出す。
どうせ八音もある季語だから、逆にもっと長くやってみてはどうか、と発想するへそ曲がりもいる。

雨粒はくっつき太る緑の週間始まる　　猫岡子規

「雨粒はくっつき太る」で切り、「緑の週間始まる」とさらに一気に読めば、作者の意図に乗ってあげることはできる。「雨粒」の中に揺らぎふくらむ「緑」を見出すことができた人には、意外に納得できる句となるに違いない。

緑の週間火の国肥後の花時計　　一走人

「火の国肥後の」という韻が楽しい。最後に出でくる大きな「花時計」が、「緑の週間」という季語が持つ色合いと対比されて、鮮やかに浮かびあがる。

「緑の週間」という季語には、一種のスローガンはあるが具体的な映像が内包されているわけではない。だからモノとの取り合わせも有効だ。

緑の週間ジョウロの裏のバーコード　金紗蘭

「緑の週間」の行事のために急遽買ってきた「ジョウロ」だろうか。「ジョウロの裏のバーコード」にまで目がいってしまうのが俳人の好奇心。作者は、中学校一年生の俳人。句歴四年目の観察眼から生まれた一句でもある。

緑の週間ぐぎぎと蛇口締むるかな　色亭エコ

こちらは、ジョウロに水を入れに行く水道の「蛇口」というモノを取り合わせた作品。「ぐぎぎ」という音が手のひらの実感として伝わってくる。句歴八か月の大学生俳人が、この兼題にて五十句投句してきた内の一句だ。

緑化週間子の名を明記せし木札　さわらび

「緑化週間」は副題ではあるが、それでも七音。決して使い易い音数ではない。音数の多い季語の使い方としては、上五に字余りで置く方法も一つ。中七下五で「子の名を明記せし木札」と焦点が絞られていく語順が巧み。

緑の週間今日も太陽モネの色　菜々枝

イメージで押し切ればこんな句も生まれる。画家「モネ」の描く、明るくて柔らかで複雑な色彩の「太陽」が思い浮かぶ。そんな太陽の下に広がる「緑の週間」という季語への心豊かな賛歌である。

屋根替　やねがえ❖仲春❖人事

※藁や茅《かや》で葺《ふ》かれた屋根の、積雪や風で傷んだ部分を替える作業。

藁や茅の家ってものが無くなっていけば、屋根替という作業も当然無くなっていく。まさに絶滅季語連鎖というやつである。

あるラジオの番組で「あなたが夏を感じるのはどんなときですか?」という質問を道行く人にしてみたことがある。二十代あたりは「ショーウィンドーに水着が並び始めたとき」なんて答えが出てくるし、中学生ぐらいだと「かき氷の旗を見たとき」って答えるのもいる。これが五十代以上になると「簾《すだれ》を吊るしたとき」という答えが出てくるようになる。

例えば、「簾」という難しげな漢字が若い世代の中で読まれなくなって、もちろん書くことなんてできなくて、エアコン生活充実の昨今「簾」の必要性も薄れてきて、そのうち「簾」という言葉自体が人々の念頭に浮かばなくなっていくとすれば、当然のことながら「簾」を購入しようとする人がいなくなる。購入したいと思う人がいなくなれば、売る人もいなくなる。売る人がいなくなれば、作る人もいなくなる。そしてやがて、「簾」というシロモノは図鑑や資料館の片隅でささやかな余生を送ることになる。

言葉が消えるということは、やがてその文化も消えていくということだ。「屋根替」が生活の一場面ではなく、「凧合戦」や「田搔牛」のごとき保存されるべき伝統として生き残るしかないところまで行き着いてしまう日は、そう遠くない。

長老の指図に屋根替の始まる　夏井いつき

野馬　やば❖三春❖天文

❖「陽炎《かげろう》」の副題。

副題にはほかにも「糸遊《いとゆう》・遊糸《ゆうし》・かぎろい・陽焔《ようえん》」などがあるが、この「野馬」だけが異質である。「陽炎」とは、日ざしが強い日に遠くの景色がゆらゆらしてみえる現象のことをいうのだが、「糸遊」「遊糸」はそのゆらゆら感を糸が吹かれるさまに置き換えたような視覚的納得をもたらしてくれるし、「かぎろい」「陽焔」はそのイメージを文字として表現し得ている。

糸遊によろづ解行《とけゆく》都哉　　高桑闌更《らんこう》

陽炎や干し広げたる網の中　　大須賀乙字

が、なのに「野馬」なの？　なぜここで、野の馬になっちゃうの？　「やば」と読むのに、何度でも「のば」と読んでしまって、思わず駅前留学してしまいそうな……絶滅寸前季語である。

看板のＮＯＶＡの四文字野馬の昼　　夏井いつき

夜糞峰榛の花

よぐそみねばりのはな❖晩春❖植物

※「梓《あずさ》の花《はな》」の異名。カバノキ科の落葉高木。山地に自生し、枝を折ってかぐと異臭がするので夜糞峰榛《よぐそみねばり》とも呼ばれる。黄褐色の雄花の穂は細かい花が多数密着して垂れ下がり、雌花の穂は緑色で直立している。

私の大学の恩師で、我が子に「愚」と名付けた先生がいらっしゃった。「人間は己の愚を悟ってこそ、新しい自分を発見することができるのだ」などという先生の御説はそのとおりかもしれないが、それにしても一生こう呼ばれる息子の人生の苦悩を想像しないわけにはいかない。

この「夜糞峰榛の花」もまた、その手の不幸な宿命を背負った名前である。

暁のよぐそみねばり花散れり　今川ただし
歌麿《うたまろ》の女よぐそみねばりの花　だりあ
よぐそみねばりの花束くださいな　ぷー

「梓の花」という美しい名前があるのだから、ことさらこの長い名前を俳句に詠んで残そうとする必要はないのかもしれない。それは、考えようによっては、ある女の暗い過去を否応なく暴こうとするタチの悪い行為に似ていなくもない。が、「よぐそみねばりの花」という、この長くてクセのある季語は、へそ曲がりな俳人たちを妙にファイティングにさせる命名である。

よぐそみねばり散るまで身元保証せよ　阿南さくら

よぐそみねばりの花より温き猫　杉山久子

以前、殺人犯・福田和子が逮捕された夜に、テレビのインタビュアーに捕まったことがある。「えええーっえ！　福田和子が捕まったってぇええ！」と、大声を張り上げ、目を剝いたそのリアクションは、どこの局のディレクターでも飛びつきそうなものであったが故に、翌朝の全国ネットのニュースにも出てしまうという快挙⁉　を成し遂げたのだが、そんなことはさておき。福田和子は、大金を使って整形もし、自由自在に髪型も変え、それは見事な逃亡生活を時効寸前まで続けたのだが、結局のところその声というヤツは変えようもなく、最後の通報の決め手となったらしい。福田和子の声も、よぐそみねばりの花の悪臭も、天網恢恢疎《てんもうかいかいそ》にして漏らさず……というやつでありましょうな。

天網恢恢よぐそみねばり花つけよ

夏井いつき

吉原の夜桜

よしわらのよざくら❖晩春❖人事

※江戸の吉原遊郭では毎年三月中に桜を植え、たそがれどきから雪洞《ぼんぼり》を灯した。このころになると、大勢の客でにぎわったという。

この絶滅寸前季語を兼題として募集してみたら、なぜか投句が殺到した。俳句の世界における三大季語「雪・月・花」に対する思い入れの強さかとも考えたが、投句の内容を見てみると「吉原」という地名の力である！　としか言いようがない。

吉原の夜桜うなじのうぶ毛立つ　かたと

吉原の夜桜浴びる男かな　梅田昌孝

この手の、いかにも「吉原」でございます的な句を筆頭にバラエティーだけは豊かであったが、これという見るべき作品が少なかったのは、この季語の手強さゆえであろう。

季語は、それぞれに磁場のようなものを持っている。三大季語「雪・月・花」の持つ磁場は限りなく広く深く強いが、「さくらんぼ・風船・春手袋」等の季語の磁場は小さく弱い。

地名もまた、それぞれ磁場を持っている。言葉の磁場が強い地名、例えば「富士山・ヒロシマ・沖縄」等は季語に匹敵するぐらいの大きな力を発揮する。その意味において、「吉原の夜桜」は、とんでもない難物季語だ。「吉原」という地名を聞いただけで、映画で見た遊郭の様子が強烈に浮かんでくるし、さらに「夜桜」の絢爛と幽玄を合わせて一句に仕上げようとすると、残りたった八音で何ができるのかと、絶望的な気持ちになる。

吉原の夜桜見ゆる櫂の音　井上じろ

吉原の夜桜の傷ほの青し　杉山久子

「櫂の音」や、ほの青い「傷」は、真正面から「吉原」という地名の磁場に切り込もうとした作品。「夜桜」という季語の美しさと妖しさが、「櫂の音」「傷ほの青し」の措辞とも響き合う。が、そんな力作たちを、あっけらかんと笑い飛ばすようなこんな作品もあった。

吉原の夜桜銀座の柳かな　　だりあ

地名と季語という他人のフンドシだけで勝負する方法もあったかと、一読口あんぐりにして、呵呵大笑《かかたいしょう》の一句である。

料峭　りょうしょう❖初春❖時候

❖「春寒《はるさむ》」の副題。春風が肌寒く感じられるさま。

本気で笑われそうだが、初学の頃、ワタシはこの季語をなんとなく「蛸料理」のことだと認識していた。で、「料峭やきしきし固き酒の栓」なんて酒飲み俳句を作ったら、某句会の先生に「きしきしという音に春の寒さが出ている」なんて誉められキョトンとしたことがある。初心者なんだから、よく分からんなりに黙って誉められときゃあいいもんを、なんせワタシのことだから「料峭って蛸料理じゃないんですか」と質問して、句会の先輩たちのアゴを外させたという暗い過去を持っている。

全く関係のない話だが、父方の一番下のやんちゃな叔母が、保育園児であるワタシにこんなことを吹き込んだ。「タコはなあ、海の底に沈んどる死んだネズミ食べよるけん、あんなグニャグニャなんぜ」と。以来、ワタシは酒を呑むようになるまで、タコが食べられなかったという暗い過去も持っている。

そんなくだらない話はさておき、少し肌寒く感じられる春の夜、厚手の志野焼の杯なんぞを取り出し、頂き物の上等な日本酒をちょこっと温め、蛸のぶつ切りなんぞで一杯やるってのは、まことに佳き料峭でありますよ。

料峭や清談の友一人欲し　　夏井いつき

夏

鮎もどき　あゆもどき❖三夏❖動物

❄ドジョウ科の淡水魚。「もどき」は「匹敵するもの」または「似て非なるもの」の意味。体形は縦に平たく、計六本の口髭を持つ。味はよく、以前は食用とされていたが、現在は国の天然記念物、国内希少野生動植物種に指定され、採集は禁止されている。

この「鮎もどき」なる魚を私は、見たことがない。モノの名というのは、いつかの時代にどこかのどなたかが、そのモノをある名で呼んでみるところから始まる。こんな当然のことを、改めて教えてくれたのが、この一句との出会いだった。

この花に櫻と名前つけた人　　谷さやん

なるほど、モノの名というのは、こんなふうに生まれてくるのだったと、いたく感銘した。以来、モノでも人でも、名前とはなんと愛しいものなのだろうと、しみじみ思うようになった。

釣り上げてみて鮎もどきらしき奴　カテーテル・石井

鮎もどき図鑑の上で居眠りす　和木下さやか

が、それにしても、「ニセアカシア」とか「鮎もどき」といったこの手の命名は、一体どうしたことなのか。そんな胡散臭い呼び方をしなくても、全く別の、それに似つかわしい名を与えてやればいいではないか。ひょっとして、最初に名前をつけた人の想像力の欠如がこんな名前を生み出したのではないか。「これ、アカシアっぽい花だよね」「鮎が釣れたかと思ったら、これかよッ」的な理由で付けられた名だとすれば、実に申し訳ない話である。人類の一人として心からお詫びをしたい。

金髪の幼なじみや鮎もどき　森比記子

鮎もどき付き人志願の女かな　大福瓶太

鮎もどきあんたあのコのなんなのさ　湊野容子

さらに詫びねばならぬのは、この魚が国内希少野生動植物種に指定されているという事実。どういう理由で種が減少しているのか、不勉強にして知らないのだが、人類の悪行の結果を背負わされているに違いないと推測する。嗚呼、もろもろの苦難を背負って絶滅の危機に立ち向かう「鮎もどき」たちの嘆きの声が聞こえる。

鮎もどきたれも心配してくれぬ　杉山久子

鶯の付子　うぐいすのつけご❖仲夏❖動物

❖鶯の雛のそばで声のよい鶯を鳴かせ、そのさえずりを習わせること。鳴かせる鶯のことを「鶯の押親《おしおや》」という。

少しばかり解説を付け加えると、中世から近世にかけて「鶯合《うぐいすあわせ》」という遊びがあった。自分が飼っている鶯を持ち寄り、鳴き声を楽しみ優劣を競うというこのコンテストのために、人々は競って鶯を飼っていたのだ。門前の小僧習わぬ経を読む……ではないが、鳴き声のよい鶯の元で育てば、優雅な鳴き声を学んでくれるのではないかという鶯ブリーダーたちの工夫が、この季語となったのだ。

絶滅寸前季語例句募集キャンペーン第三弾（ブログ『夏井いつきの100年俳句日記』にて）に取り上げてはみたものの、これまた八音の季語。四苦八苦を楽しむ投句が相次いで届いた。

鶯の付け子孟母三遷とはいかに　ねこ

まずは直球の一句。「孟母三遷」の故事はそのまま「鶯合」に熱中する人間たちへの皮肉ともなり、下五「いかに」の後の空白は読者の読みに任される。長い季語を使う時の常套テクニックの一つ、上五を字余りにして中七下五でリズムを整えた一句だ。

鶯の付子や胎教にピアノ　和人

「鶯の付子」も、「胎教」として聴かせる「ピアノ」も効果があるのだかどうだかと懐疑的な一句か、はたまた鶯も人間も同じだわよね〜と納得の一句か。これまた読み手次第の解釈。

鶯の付け子つうかあんた何者　理酔
鶯のサチコに頼む付け子かな　錫樹智
鶯の付子や実はカナリアで　こま

真っ当な発想では面白くないよ、というへそ曲がりな俳人は多い。

一句目、いやいや里子に出された「付子」のヒネくれた物言いか、「付子」を押し付けてくる人間への文句か。二句目、この辺では「頼む」とすればやっぱり「サチコ」さんが一番よね〜なんて噂している「鶯の押親」たちもいそうで可笑しい。三句目、やっと「押親」みつけたら「実はカナリア」だったという結末が落語のオチのような味わい。

鶯の付子♯に♭に　　柱新人

鶯の付子のファの音裏返る　　まくわ2号

鶯の付子部長はファルセット　　破障子

「鶯」らしい声調を身に付けさせるのが「鶯の付子」の目的となれば、音楽用語を取り合わせようという発想は当然生まれてくる。鶯の声を「♯」「♭」「ファ」と素直に表現する句もあれば、「ファルセット（裏声）」という発想から「部長」という人物を出現させる句もある。それにしてもこの部長、カラオケが趣味なのか、市民合唱団に入っているのか、はたまた社長の前に出ると声が裏返ってしまうのか。いやいや、自らの「ファルセット」で「鶯の付子」を教育するのが趣味なのか⁉　謎は深まるばかりだ。

鶯の付子や九九を言えた夜　西連寺ラグナ

鶯の付け子三七、二十一　南骨

「付子＝子供に教える」というキーワードから、「九九」を連想した二句。一句目、初めて「九九を言えた夜」は誰もが経験しているに違いない。経験の共感を、付子される鶯への共感に繋げようと意図した一句だ。かたや、二句目はもっと囀《さえず》ってる。「三七、二十一」と九九をそのまま言っただけだが、口伝えで教えられるのは人間の子も鶯の子も一緒。さらに「鶯の付子」が「三羽づつ七つの籠に入ってます、全部で何羽いるでしょう」なんて算数の問題に使われているようでもあって愉快。

付子して天鼓《てんこ》てふ名の鶯に　ポメロ親父

「鶯の付子」という季語を分解して、こんな技を使うとは、やりますなポメロ親父！見事な声調で鳴けるようになった「鶯」についた名前が「天鼓」。天の鼓を打つような声調であるよ、と褒め称えられ、近隣の「鶯合」では負けたことのない天晴れな鶯に育っているに違いない。

牛の舌　うしのした❖三夏❖動物

※「舌鮃《したびらめ》」の副題。ほかにも、黒牛の舌・いしわり等の副題がある。

中学生の頃、外国の小説を読んでいて「シタビラメのムニエル」という料理に心奪われたことがある。海辺の村に住んでいたので、鮃という魚はもちろん知っていたが、モノはただの鮃ではない。「シタビラメ」である。ある種グロテスクなような、それでいてひどくお洒落なような不思議な魅惑の響きである。しかも「ムニエル」。田舎の中学生は食べたこともなければ、想像することもできない料理である。

社会人になって一年目の夏、ちょっとキザ系の金持ち坊ちゃんに誘われて食事に行ったことがある。焼鳥屋で生ビールのほうが好きなワタシではあるが、ま、そのころは若い娘でもあったし、「フランス料理の店で七時に」なんて誘い文句がカッコよくも聞こえたし、ちっとばかしお洒落もして約束の店に出かけた。

舌鮃グラスにみたす軟水《ボルヴィック》　遊月なゐ

メニューを差し出されたがよく分からない。じっと睨《にら》んでいると「シタビラメのムニエル」という文字を発見。おお！　と、思わず指さす。……と、ここまでは順調であった。第一の落とし穴はすぐにぽっかりとワタシの前に現れた。彼が吟味に吟味したのだというワインがボーイによって重々しく運ばれ、しずしずとワタシのグラスに注がれ……たのはいいのだが、ほんのちょぼっとしか注いでくれない。なんぢゃ、こりゃ？と、傍らに立つボーイを見上げる。ボーイは恭《うやうや》しく頭を下げる。テーブルの向こうに座っている彼は、にっこりとワタシを見つめている。五秒ほどの沈黙……居心地悪い空気。この人らのこの視線と笑顔は、なんなんだ？……と困惑しつつ、ワイングラスを手にとった。呑んでみたら一口で終わった。……と、テーブルの向こうの彼が慌てふためいてボーイに言った。「テ、テイスティングはいいです」すると、ボーイは平然とワタシたち二人のグラスにワインをたっぷり注いで、いなくなった。最初からこのぐらい注げよ！　と、ワタシは心の中で小さな悪態をついた。

次の落とし穴は、「シタビラメのムニエル」であった。一体どんな不思議かつ得体のしれないお洒落な料理が運ばれてくるのだろうと待ちかまえていた私の前に置かれた皿。え？　これがムニエル？……黙ってにっこり食べればいいものを、つい言ってしまった。しかも、立ち去っていくボーイに聞こえるほどの大声で。「ムニエルって、フライパンで焼いた魚のことやったんや！」その後の時間は、彼のますますの無口を持て余す結果となったのは、言うまでもない。

ティファニーの指輪と舌鮃のムニエル　ペレッティ洋子

今、初めて知ったのだが、「舌鮃」は、カレイ目ウシノシタ科とサウシノシタ科の海魚の総称なんだそうな。「牛の舌」なんてのは、絶滅寸前季語によくある渾名《あだな》系ネーミング、例えば「蛇の大八」とか「ますのすけ」とかって類（本書九〇、九一頁参照）ではなかったことに、吃驚《びっくり》。こんな歴とした学名だったとは、お見それいたしました。が、予想どおりさまざまな歳時記を開いてみるが、「牛の舌」の例句は見つからない。焼き肉屋で食べる塩タンではないということがきちんと伝わるような「牛の舌」の例句を求められている、崖っぷちの委員長である。

釣り上げてその名もウシノシタ科なり　夏井いつき

卯の花腐し　うのはなくたし❖初夏❖天文

※陰暦四月を別名「卯の花月」といい、この頃降る雨のことをこう呼んだ。卯の花を腐らせるほど降るというので、この名がついた。

菜種《なたね》梅雨は春の頃の長雨を指すが、初夏にしとしとと降り続く霖雨《りんう》はこんなふうに受け止められてきたのである。さまざまな花が雨に朽ちてゆくことに風流心を痛めてみることもまた、俳人たちの少々ひねくれた季語の楽しみ方でもある。

♪卯の花の匂う垣根に　ほととぎす早も来鳴きて〜（「夏は来ぬ」詞：佐々木信綱）、なんて懐かしい唄もあるが、最近の大学生たちと吟行に出かけてみると「卯の花」なんて見たことも聞いたこともないと全員に断言された。絶滅寸前季語保存委員会委員長としての危機管理意識がますますもって掻き立てられる季語であることよ。

卯の花腐し歯科のスリッパ生温し　あねご

梅筵　うめむしろ❖三夏❖人事

❖「梅干」の副題。梅干を干すための筵。

ある山村にロケに出向いた時、庭先に広げた何枚もの筵に梅を広げているおばあちゃんに出会った。あまりに見事な光景なので、思わず声をかけた。都会に出てしまっている三人の息子たちや嫁たちや嫁の実家の両親までもが、これを楽しみに待っていてくれるので、毎年こんなに作るのだと嬉しそうに話してくれた。「おねえちゃんは何しにこんなとこに来とるん？」「今日はね、俳句の番組のロケなんです。おばあちゃんの梅がね、このまま齧《かじ》りたくなるぐらいキレイなものだから立ち止まっちゃったんです。撮影させていただいてもいいですか」顔中をくしゃくしゃにして笑ったお婆ちゃんは「こんなもんが役に立つんなら、好きなようにしなはったらええ」と言って、小暗い土間から家の中へと消えて行った。

ワンカットだけでも初夏の光景として入れたいというディレクターの意図通りのものが撮れ、私たちは大きな声で土間の奥に向かって、お礼を言い、坂道を降り始めた。坂の真ん中あたりまで降りてきたら、後ろからお婆ちゃんがよっこらよっこら追いかけてきた。「これな、去年のやけど充分美味いから、みんなで分けたらええ」と言いつつ、私の腕にどっしりと重い包みを持たせ、自分はまたさっさと息せききって坂を上っていった。その包みは、大きなタッパーにどっさり入った梅干だった。もう一度、大声でお礼を言ったら、お婆ちゃんは振り向きもせず、片手をあげて、そのまま坂の上に消えて行った。

梅筵の端に墨書の屋号あり　　夏井いつき

円座　えんざ❖三夏❖人事

※藺《い》・蒲《がま》・藁《わら》・菅《すげ》などを渦巻き形に平たく編んだ敷物で、夏に用いる。普通、座敷では用いず、板の間や縁台などで使われる。

この敷物自体は、今も探せばどこかで売っているのだろう。ときどき観光地の民芸品店や山小屋風の飲み屋なんかに並べてあったりするもんな。でも、この「円座」という呼び名はどうなんだろう。

「円座」って何だか分かる？　という質問に「勿論知ってますよ」と即答したのが、某土木会社課長にして元高校球児。「ウチの監督は七回の攻撃が始まる時、必ず選手集めて」……それ、キミ円陣やろ。

「円座」って何だか分かる？　と問うと、「あれ、ホント助かりましたよ」と即答したのが、某銀行窓口係にして健康オタク。「まさか自分が痔を病むだなんて思ってなかったので、あんな商品があるってこと知った時には」……そ、それって、真ん中の凹んだ特殊な座布団のことですか。

こんな回答が戻ってくる度に、絶滅寸前季語への危機感が弥増《いやま》し続ける絶滅寸前季語保存委員会委員長ことワタクシであるよ。

尻置いてひやりと凹まざる円座　夏井いつき

鉄鉆雲　かなとこぐも❖三夏❖天文

❖「雲の峰」の副題。学名は「積乱雲」。

『日本国語大辞典』を繙《ひもと》いてみると、「鉄鉆」とは「鉄床《かなとこ》」のことらしい。「金属をたたいて鍛える鋼鉄の台。鉄敷《かなしき》」とある。雲の頭が横に流れた姿を、鉄鉆にたとえたのだという。そういえば、入道雲の頭のところが平たくなって横に流れているさまを見たことはあるが、あんな雲の相にまで名が付いていることにささやかな感動を覚えたとたん、さらにこんな副題が目に飛び込んできた。

「坂東《ばんどう》太郎（関東）、丹波《たんば》太郎（関西）、比古《ひこ》太郎（九州）、信濃《しなの》太郎、石見《いわみ》太郎、安達《あだち》太郎」（『絶滅寸前季語辞典』ちくま文庫版九八頁参照）……だとさ。そりゃあ、全国各地の空に入道雲は見えるわけで、それを「雲の峰」と称するだけならともかく、俺んところの雲ぢゃ、いやいやどうみても儂《わし》とこの雲に決まっとる！　と言い争っているようで姦《かしま》しいこと限りない。そんなんなら、私の仕事部屋の窓から見える入道雲にだって名前付けてやるぞ！　……と心中、啖呵《たんか》を切ったのはいいが、「松山太郎」なんてのは、市役所の窓口の「住民票の書き方」見本に使われる偽名みたいで、ナサケナイこと限りない。これでは、鉄鈷どころか、豆腐ぐらいの根性しかない季語に思われる。残念至極である。

市役所の不祥事鉄鈷雲くずれ　　滝神ヨシオ

簡単服　かんたんふく❖三夏❖人事

❖「夏服」の副題。

その名のとおり簡単な服である。『日本国語大辞典』には「単純な型のワンピース。多く、夏の婦人用家庭着として用いられる。あっぱっぱ」とあるが、いずれにしてもこの投げやりなネーミングをどうしたものかと思う。ほかの副題の「麻服・白服・サンドレス・あっぱっぱ・ムームー」といった爽やかだったり美しかったりインパクトあったりというラインからすれば、いかにも簡単すぎる命名である。

簡単服の前をはだけ、団扇《うちわ》でばたばた扇ぎながら家の前で夕涼みしてるオバサンたちを最近あまり見かけなくなった現在、「簡単服」なんて投げやりな名前に愛着を感じる人もどんどん少なくなっていくのだろう。「簡単服」を生き残らせるためには、是非ユニクロの定番商品としての開発を望みたい。シンプルイズベストにして、お洒落な簡単服が店頭を飾れば、元来楽チン極まりない着心地抜群のデザインなのだから、売れに売れること間違いなし！　である。

買うに迷う簡単服のあれとこれ　夏井いつき

きつねのてぶくろ❖仲夏❖植物

❀「ジギタリス」の異名。ヨーロッパ原産。ゴマノハグサ科の多年草。

写真を見れば、あ、これか！　と分かるのだが、言葉からそのモノの形態を映像として想像するのは、なかなか難しい。『大歳時記』の記述を読みつつ、映像を頭の中に描ける人は実にエライと思う。いや、これはもう特殊な能力である。「一メートルほどの茎は分枝せず、皺のある長楕円形の葉を互生。夏に釣り鐘状で紅紫色の斑点のある小花を、下部から順に咲かせる」

昔から、葉が強心剤として使われてきたこの植物、なんで「きつねのてぶくろ」と呼ばれるようになったんだろうと、『日本国語大辞典』「きつねの〜」をなにげなく調べてみて、こりゃ驚いた。なんと「きつねの〜」という名のついた植物名がぞろぞろ出てきたからだ。

◉狐絵書筆（きつねのえかきふで）・きのこ「きつねのえふで（狐絵筆）」の異名。

◉狐絵筆（きつねのえふで）・担子菌類《たんし》スッポンタケ科のキノコ。秋、竹林、庭、畑などの地上に生える。体は高さ七〜一二センチメートル、太さ〇・六〜一センチメートルになり、先端に向かって次第に細まる角状円柱形。キツネノロウソクに似るが、頭部と胴部の境界が明らかでない。（後略）

◉狐豌豆（きつねのえんどう）・植物「みやこぐさ（都草）」の異名。

◉狐　尾（きつねのお）・①植物「のぎらん（芒蘭）」の異名。②植物「たちも（立藻）」の異名。③植物「ふさも（総藻）」の異名。④植物「きくも（菊藻）」の異名。

◉狐　扇（きつねのおうぎ）・植物「ひがんばな（彼岸花）」の異名。

◉狐尾枷（きつねのおがせ）・植物「ひかげのかずら（日陰蔓）」の異名。

◉狐　傘（きつねのかさ）・植物「やぶれがさ（破傘）」の異名。

◉狐剃刀（きつねのかみそり）・①ヒガンバナ科の多年草。関東以西の山野に生える。

（中略）八～九月にかけ、花茎を直立し、頂に黄赤色の花を三～五個横向きにつける。（後略）②植物「ひがんばな（彼岸花）」の異名。

●狐唐芋（きつねのからいも）・植物、どくだみ（蕺草）。熊本・鹿児島の方言。

●狐傘（きつねのからかさ）・①担子菌類ハラタケ科のキノコ。夏秋に各地の芝地やごみ捨場などに発生する。高さ三～五センチメートル。傘（かさ）は径三センチメートルぐらいで表皮ははじめ全体に赤褐色（後略）。②植物「やぶれがさ（破傘）」の異名。

●狐芥子（きつねのからし）・植物「いぬがらし（犬芥子）」の異名。

●狐髪挿（きつねのかんざし）・植物「くじゃくしだ（孔雀羊歯）」の異名。

●狐豇豆（きつねのささげ）・植物「くらら（苦参）」の異名。

●狐尻尾（きつねのしっぽ）・植物、ひかげのかずら（日陰蔓）。兵庫の方言。

●狐杓子（きつねのしゃくし）・植物「からすびしゃく（烏柄杓）」の異名。

●狐小便桶（きつねのしょんべたご）・植物、りんどう（竜胆）。和歌山の方言。

●狐炬火（きつねのたいまつ）・担子菌類スッポンタケ科のキノコ。（中略）キツネノエフデによく似ているが、きのこの胴体の先端に鐘形の傘（かさ）をかぶる。傘は暗赤色を帯び表面にはしわがあり、悪臭のある黒褐色の粘液を分泌する。②植物「ひがんばな（彼岸花）」の異名。

●きつねのたすき・植物「ひかげのかずら（日陰蔓）」の異名。

●狐煙草（きつねのタバコ）・①植物「やぶタバコ（藪煙草）」の異名。②植物「のげし（野芥子）」の異名。③植物「おぐるま（小車）」の異名。

●狐蒲公英（きつねのたんぽぽ）・植物。①じしばり（地縛）。②ひがんばな（彼岸花）。まんじゅしゃげ（曼珠沙華）。①②は奈良の方言。③りんどう（竜胆）。和歌山の方言。

●狐乳（きつねのちち）・植物「のうるし（野漆）」の異名。

●狐茶袋（きつねのちゃぶくろ）・①きのこ「ほこりたけ（埃茸）」の異名。②きのこ「つちぐり（土栗）」の異名。③植物「こみかんそう（小蜜柑草）」の異名。④植物「ごんずい（権萃）」の異名。⑤植物「むらさきけまん（紫華鬘）」の異名。

●きつねのちゃんぶくろ・植物「むらさきけまん（紫華鬘）」の異名。

●狐提灯（きつねのちょうちん）・①きのこ「きつねのえふで（狐絵筆）」の異名。②ほたるぶくろ（蛍袋）。新潟・富山・岡山の方言。③ひがんばな（彼岸花）。まんじゅしゃげ（曼珠沙華）。京都・山口の方言。④つくし（土筆）。青森の方言。

●きつねのちんぽこ・きのこ「きつねのたいまつ（狐炬火）」の異名。

●狐茅花（きつねのつばな）・植物「ちからしば（力芝）」の異名。

●狐手袋（きつねのてぶくろ）・植物「ジギタリス」の別名。

●狐塗箸（きつねのぬりばし）・植物「ねじき（捩木）」の異名。

◉きつねのはしのき・植物、ねじき（捩木）。広島の方言。

◉狐花（きつねのはな）・植物、ひがんばな（彼岸花）。まんじゅしゃげ（曼珠沙華）。伊勢・京都の方言。

◉狐針（きつねのはり）・植物「せんだんぐさ（棟草）」の異名。

◉狐火吹竹（きつねのひふきだけ）・植物「たけにぐさ（竹似草）」の異名。

◉きつねのびんざさら・植物「かわらけつめい（河原決明）」の異名。

◉狐筆（きつねのふで）・きのこ「きつねのえふで（狐絵筆）」の異名。

◉狐牡丹（きつねのぼたん）・キンポウゲ科の多年草。（中略）光沢のある黄色の五弁花を開く。（中略）有毒。

◉狐枕（きつねのまくら）・植物「からすうり（烏瓜）」の異名。②植物「うつぼぐさ（靫草）」の異名。

◉狐孫（きつねのまご）・キツネノマゴ科の一年草。（中略）夏から秋に、枝先に長さ約三センチメートルの穂を出し、小さな淡紫色または白色の唇形花を密につける。（後略）

◉狐眉刷（きつねのまゆはけ）・植物「きつねあざみ（狐薊）」の異名。

◉狐元結（きつねのもとゆい）・植物「さるおがせ（猿麻桛）」の異名。

◉狐矢（きつねのや）・植物「せんだんぐさ（棟草）」の異名。

◉狐槍（きつねのやり）・植物「せんだんぐさ（棟草）」の異名。
◉狐蠟燭（きつねのろうそく）・植物。①つくし（土筆）。青森・富山・福井の方言。②ひがんばな（彼岸花）。まんじゅしゃげ（曼珠沙華）。兵庫の方言。

あーあ、疲れた！　正直いうと、途中ところどころ省略しながらも、疲れ果て全部引用するのを止めようかと何度も思った。この項目の前までは友好的に本書を読み進めてきてくれた人の九割ぐらいは、この膨大なリストを読み飛ばして、今、この行に立っているだろうことは容易に推測できる。（ワタシだったらそうすると思う……？）

しかし、冷静に考えてみれば、ここにあげた呼び名のほとんどが絶滅の危機に瀕しているといっても過言ではない。イマドキの子供たちが学校の帰りに「あ、キツネノションベタゴが咲いてる」なんて言わないだろうし、しかもそれが紫の楚々としたリンドウの花を指しているなんて、誰が想像できるというのか。方言とはいえ和歌山の小学生がほんとにこんな呼び名を使っているかどうか、是非調査に出向きたいぐらいである。

爺さんが咲かせキツネノションベタゴ

油袋ツネ

日常生活のなかで何か不思議なことが起これば、狐のせいにしていた時代があった。どんな小さな不思議でも、その原因に心当たりがなく、その現象が全く理解できなければ、それはやがて大きな不安や不気味に育っていく。「いたずら好きのキツネのせいなんだよ」と子供たちに説明することで、大人たちも自分の不安をすり替えていたのかもしれない。野の花や草や茸たちに、「狐の〜」という呼び名をこんなにたくさん与えてきたのは、時代の小さな必然だったのかもしれない。

きつねのてぶくろ心臓に毛が生えてくる　　夏井いつき

経木帽

きょうぎぼう❖三夏❖人事

※「夏帽子」の副題。

こんな副題、聞いたこともない。同じ副題でも、麦藁帽・パナマ帽・カンカン帽ならば何となくその形も思い浮かぶし、ある種ノスタルジックなイメージも鮮明に浮かんでくる。

が、「経木帽」とはいかなるものか。……と、絶大なる信頼を置いている『日本国語大辞典』を繙いてみるに、「経木」は載っているのだが、「経木帽」なるものは載っていない。前著『絶滅寸前季語辞典』を書き始めてから今まで、何を調べても載ってないものはなかった『日本国語大辞典』なのに、嗚呼、ついにこの日がきてしまった。
ちなみに「経木」とは「杉、檜などを長方形に薄く削ったもの。のちに、菓子、魚などを包んだり、舟などの形にして食品を入れたりするのに用いるようになった」とある。……うーむ、薄く削った長方形の板を並べて結んで丸く形どった帽子ということかな？うーん、たしかに涼しそうではあるが、宴会の席で刺身を盛ってる舟形の器を想像してしまったものだから、ワタシの頭の中ではトンチンカンな帽子が完璧な形で出来上がっている。しかも、このオマヌケな形の「経木帽」で一句作らなくてはいけないという、今日も崖っぷちの委員長である。

崖っぷちの風にあおられ経木帽　　夏井いつき

高野聖　こうやひじり❖三夏❖動物

※「田亀」の副題。河童虫・どんがめともいう。
「蛇の大八」だの「ますのすけ」（本書九〇、九一頁参照）だのと命名されるものもいれば、こんな立派な名前を付けられる虫もいる。どんな美しい尊い虫かと思えば、なん

とタガメだというのだから、吃驚。『日本国語大辞典』の汚名返上を期して「高野聖」の謎に挑んでみると、こんな解説。

①高野山に住する僧の意。はじめは高野山に隠遁して念仏を行なった聖をさしたが、のち諸国をめぐって勧進して歩いた宿借（やどかり）聖が主体となり、近世になると、乞食僧（こじきそう）、また、衣類などの押し売り行商をする売僧（まいす）をもいう。

②（背の紋様を、高野僧が笈を負った姿に見立てていう）昆虫「たがめ（田亀）」の異名。

③昆虫「あかとんぼ（赤蜻蛉）」の異名。

④昆虫「はぐろとんぼ（羽黒蜻蛉）」の異名。

オオ、グレイト！　にして完璧な解説！　さすがはワタシの黄金バット『日本国語大辞典』であることよ、と感動していたら、もっと凄いネタをつかんでしまった。「高野聖」をめぐってこんな口伝えによる諺があったというのだ。

高野聖に宿貸すな娘取られて恥掻くな

高野聖と称して悪質な僧がたくさんいたらしいが、それにしてもこの季語、だんだんと化けの皮がはがれ始めた結婚詐欺のような気がしてくることだよ。

高野聖沼傍らの古戦場　　加根兼光

こころぶと　こころぶと❖三夏❖人事

❀「心太《ところてん》」の副題。

いつも思うのだが、人は、何故こんなに紛らわしい呼び名を余計に一個作ってしまうのだろう。「心太」は「ところてん」でいいではないか。「こころぶと」なんて名は、受けないのが分かってるくせに、ついつい駄洒落を言ってしまうオヤジが命名したみたいで、誠にナサケナイ。しかも、例句の一つとてなく、そんなオヤジのツケを払わされてるのがこのワタシみたいで、どうも納得がいかない。

こころぶと喰ってますます減らず口　　夏井いつき

ご赦免花　ごしゃめんばな❖晩夏❖植物

※「蘇鉄《そてつ》の花」の副題。かつて八丈島は流人の島だったが、この花が咲くと囚人ご赦免の船がやって来るといわれ、こう呼ばれた。

この解説を読むだけで水戸黄門のドラマを思い出す。「ご赦免」という響きが、黄門さまの高笑いを想起させる。「この紋所が目に入らぬかあッ！」と声を上げる助さん格さんの凛々しい姿に、思わず拍手喝采してしまいそうな季語である。

御赦免花心が丸くなるまでに　稲穂

盗まれた心△ご赦免花　猫ふぐ

【八丈島にある樹齢七百年の御赦免花、ネットで見ました。凄味のある樹ですね】との情報を添えてくれたのが稲穂さん。早速探してみる。

うーむ、たしかに凄味がある。っていうか、蘇鉄に蘇鉄が重なって、それ自体が生きた要塞みたいになってる。いつ許されるかも分からない「御赦免」を待つ心が、こんな怪物みたいな蘇鉄に乗り移ったのだろうか。

ご赦免花問うのはもうおやめな　天式

黒髪を切って御赦免花の海へ　鯛飯

諦めようとしても諦めきれない気持ちを宥《なだ》める心が「問うのはもうおやめな」という台詞となり、帰ってきて欲しいという切なる思いを託して「黒髪を切って」流すという行為となる。

俊寛のご赦免花は枯れにけり　yattiy

意次の父は足軽ご赦免花　桜井教人

平氏打倒の密議がなされた鹿《しし》ケ谷《たに》の陰謀。その首謀者の一人として鬼界島（薩摩国）へ流された僧が「俊寛」。共に流された二人（藤原成経《なりつね》・平康頼《やすより》）は後に御赦免を受けるが、俊寛は一人残される。だから「俊寛のご赦免花」は枯れ果てたよ、というのである。そんな史実を知れば、「しゅんかん」「ごしゃめん」という響きがどことなく切なくも聞こえる。

「意次《おきつぐ》」は、田沼意次。「足軽」の子として生まれ、老中にまで上り詰めた「意次」は賄賂政治家として悪人のレッテルを貼られてきたが、政治家としての技量については再評価の動きもあるらしい。「意次」のための「ご赦免花」もいつかは花ひらくのだろうか。

ご赦免の花や薩摩へつづく海　伊佐

阿波なれどご赦免花の派手に咲く　ソラト

黄門さまが四国九州を歩かれたかどうかは不勉強にして知らないのだが、「ご赦免花」という言葉のイメージが「薩摩」のいごっそうな響きや「阿波」の遍路めいた哀れな響きとマッチする。

ご赦免花寺内隈なく掃かれをり　亀城

四国松山に住む私の感覚では、寺の境内には一つや二つの蘇鉄は必ず植えられていると思っていたのだが、ウィキペディアによるとこんな解説。「日本では九州以南、南西諸島にかけて分布する。主として海岸近くの岩場に生育する。カナリーヤシ（フェニックス）やワシントンヤシ（ワシントニアパーム）などと共に、九州・沖縄地方の南国ムードを強調する為の演出として映像素材に用いられることが多い」そうか、水戸黄門のみならず、火曜サスペンス劇場でもなんでも蘇鉄やフェニックスを映すのは「南国ムード」を強調する為の演出」であったか。

　掲出句に描かれた「寺」の境内の「隈なく掃かれ」ている清浄。そこにどっしりと根付き、地味にして独特の大きな花をつけた蘇鉄は否応ない存在感を放つ。「ご赦免花」と呼ばれてきた歴史を思えば、この寺がどんな場所にある寺かも容易に想像できる。


太陽はみなにひとしく御赦免花　　とりとり

日輪の破片ご赦免花と化す　　桃心地

どんな人にも「太陽」は等しくあたってくれるし、お天道様はいつだってどこでだって人間たちの所業を見ている。まさに「みなにひとしく」公正に咲くのが「御赦免花」なのであろう。

　かたや、同じ太陽からの発想ながら「日輪の破片」という比喩が個性的。いわれてみると、蘇鉄の花はたしかに「日輪」っぽい気もする。南国の暑い太陽の中、身じろがずそよぎもせず咲く「ご赦免花」。この花が咲けば恩赦を告げる船が来るという空しい願いが、「日輪の破片」の如く壊れる日もあったに違いない。

ご赦免花墳墓のごとく砂の山　　樫の木

「墳墓のごとく」という比喩が、ずしりと響く。流刑の島は、それ全体が流人の「墳墓」かも知れない。かつて、恩赦を告げる船を待った浜の光景として「砂の山」を描き、流人たちの痛切なる思いを「墳墓のごとく」と表現する。その傍らにある蘇鉄の無表情にして大きな花を思う時、流人の島の歴史の一片をありありと見たような心持になる。

三尺寝　さんじゃくね❖三夏❖人事

❖「昼寝」の副題。日脚が三尺（約九〇センチ）動くあいだの短い眠りをいう。

「昼寝」は絶滅じゃないだろう？　と思うのは、素人の浅はかさ。副題「三尺寝」は、もう息の根がとまりかけている絶滅寸前季語である。センチ世代の子供たちに一寸・一尺なんて単位を知っておけという方が無理だし、そんな単位があることは知ってる世代でも明確な長さを問われると、少々迷ったりもするのではないかと思う。

心中のやうに愚妻と三尺寝　　徳永逸夫

この間、某句会でこの季語が話題になった。「ほんのちょっとってことでしょ。三尺って十センチ弱だから」と完全に単位を間違えているOL嬢がいるかと思えば、「昼寝の時なんか、畳の上で丸まって眠ると九十センチぐらいの大きさになりますよね」（なるかなー？）という、寸法は合ってるけど解釈がまるで違うオバサンもいた。が、最も驚いたのは二十代会社員・二児のパパだという男のこの解釈。「たしかこの季語の三尺という数字は、太陽が動く距離を表してたと思うんです。なんだか中国の故事みたいに示唆に富んだ季語ですよね。ちょっと一寝入りしたつもりが、太陽は三尺も離れたところに動いてしまっていて大切な若い時を無駄にするぐらいの年月が経っていたというんですから」「？　……あの、三尺ってどのくらいの距離だと把握してるの？」「一尺は、たしか四キロだったたですよね」

そりゃ一里の間違いぢゃ！　と突っ込むことも忘れて、呆然とたたずむ絶滅寸前季語保存委員会委員長である。

猛省の頭垂れしが三尺寝　　葛山権蔵

写真の日　しゃしんのひ❖初夏❖人事

※六月一日。天保十二年、上野俊之丞が日本で最初の写真撮影をしたといわれる日。ただし、現在ではこれらが誤りであることが確認されている。

ほお、こんな記念日があったのかと思う。ちょっと歴史がからんでるし、保存する価値あるかもナーと思う。なんせ「天保」である。歴史の教科書には出てこなくても、社会科資料集ぐらいには載ってそうな安心感がある。葵の御紋の匂いすらしてくる。

寡婦五年開くアルバム写真の日　かたと

が、しかし、落ち着いてよくよく考えてみると、「世界初の写真撮影に成功した日」なんていうのであればまだしも、これって、要は「日本人が初めてカメラのシャッターを押した日」ってことに過ぎないのではないか。話を別なものにたとえれば、「日本人が初めてテレビのスイッチを入れた日」なんてのと変わりないではないか。これって、すごいのか?! しかも解説にある「現在ではこれらが誤りであることが確認されている」という事実が、この季語の生存価値にさらなる鞭を打つわけで、一体どうしてやったらいいのだ、写真の日よ?!

生きているっていってみろ写真の日

梅田昌孝

定斎売　じょうさいうり❖三夏❖人事

❖定斎薬と呼ばれる薬を売り歩く「定斎屋」のこと。定斎屋は客寄せのため、薬箱の引き手の輪を鳴らし、「定斎屋でござい」という呼び声をあげて歩いた。猿楽が得意な大坂の薬種屋・村田定斎が関白であった秀吉の前で舞い、その褒美として明の沈惟敬《ちんいけい》が献じた霊薬を授かったということからこの名がついた。

「猿楽を舞った薬屋に褒美として霊薬を授ける関白秀吉」という解説を読んだとたん、NHKドラマの「利家とまつ」で豊臣秀吉を演じた香川照之の顔が、ドバーンと浮かんだ。何年も前の大河ドラマで、西田敏行が秀吉をやった時は、「なるほど、こんな愛嬌のある男だったに違いない」と納得したのに、香川演じる秀吉を見たとたん「やっぱり、この手の厚顔無恥で野心バリバリだけど、どこか憎めない男だったのだろうなあ」とエラク感心してしまうのだから、視聴者というのは移り気で無責任なものだ。

右手《めて》行くか左手《ゆんで》を行くか定斎売　石丸風信子

古市や定斎売の薬箱　だりあ

定斎屋でございついでにあれも売る　梅田昌孝

薬屋のくせに、猿楽がうまかったというのは、どうも胡散臭い。猿楽に入れ込んで、稼業に精を出してなかったんじゃないかぁ……？　と、疑りたくなる。が、結果的に「江戸、大坂には専門の薬舗もあった」という解説のとおり、子々孫々の繁栄につなげたというのであれば、平成時代の木っ端俳人なんぞに非難される筋合いのものではないのだろう。当の定斎さんは、草葉の陰で、関白秀吉と一緒に猿楽を舞いながら、呵々大《かかたい》笑《しょう》してるかもしれない。

ふりむきし定斎売の顔平ら　杉山久子

蒸炒　じょうそう❖三夏❖時候

※「夏」の副題。立夏から立秋の前日までを指す。「蒸炒」は漢名。

これまたカンチガイしそうな季語である。どうみても中華料理屋のメニューみたいである。蒸して炒めるのである。それ以外に考えられないのである。

こんな季語にぶち当たるたびに、某俳人の悪魔の囁きを受け入れそうになる。「季語なんてのは、俳人に使われてナンボのものなんだよ。死ぬ季語は死なせときゃいいんだよ。そんなわけわかんない季語で作ったところで、いい作品はできないよ」

おっしゃりたいことは理解できる。が、「俳人に使われてナンボ」という考え方はどこか違ってるよ……と思う。俳人は季語を使ってやってるのではなく、季語を使わせていただいてるのだと思うからだ。

長い年月のなかで熟成されてきた季語たちにも、抗うことのできない寿命というものはある。が、その季語たちが生まれ育ち消えていく、たまたま同じ時代に居合わせた俳人の一人として、その季語を使わせていただく。いつか死んでいく人間として、いつかは死んでいく季語を詠む。その時代に居合わせた偶然に感謝しつつ季語を慈しむこともまた、素敵な仕事だと思うのだ。

中華料理屋のメニューみたいな……云々と悪態を吐きつつも、この仕事を共に楽しんでくれる人たちも全国にはたくさんいる。そんな仲間たちとの出会いもまた、うれしい副産物である。

蒸炒や集えば叩き合う俳句

夏井いつき

菖蒲酒　しょうぶざけ❖初夏❖人事

❖菖蒲の根や茎を刻んで漬けこんだ酒。五月五日の端午の節句に飲むことで、邪気を払い悪疫を避けることができるという。

中国から入ってきたこのような習わしが脈々と受け継がれていくことを考えると、はるか中国四千年の歴史が川のごとく音を立てて流れているのだという思いにハッとする。こんな時代の流れの端っこに我が絶滅寸前季語保存委員会も位置しているのだと思えば、襟を正したくなる。……だが、それにしても、この季語は胡散臭くていけない。これまで調べてきた絶滅寸前季語にも、酒の類はいろいろあった。やたら美味そうな「雉子《きじ》酒《ざけ》」とか、爽やかそうな名前のくせに甘いらしい「松葉《まつば》酒《ざけ》」とか(『絶滅寸前季語辞典』ちくま文庫版三四六頁・三二六頁参照)、いろいろあるにはあったが、どうもこの酒にはそそられない。なんせ菖蒲の根と茎である。それを刻んで酒にぶっこんであるだけである。きっと草臭いに違いない。飲んだことなくて、決めつけるのは悪いが、なんか渋そうである。いくら邪気が払えるとはいえ、不味い酒を飲むのは、御面被《こうむ》りたい。

青臭き汁を菖蒲酒と宣ふ　　土佐・F・マジー

最近読み返しているのが、山岡荘八著『徳川家康』全二十六巻。息子たちを厳しく育てたという家康公も、端午の節句にはこの酒にて子らの邪気を祓ってやったかもしれない。現在二十一巻目を読んでいる途中だが、家康を「爺《じい》」と呼ぶ豊臣の遺児・秀頼十四歳の夏である。

加賀の爺駿府《すんぷ》の爺や菖蒲酒　　夏井いつき

小満　しょうまん❖初夏❖時候

❖二十四節気の一つ。太陽の黄経が六十度に達するときであり、陽暦で五月二十一日頃に相当する。「小満」とは陽気盛んにして万物次第に長じ、草木が茂って天地に満つる、の意。

ふーん、要は山も緑も空気も雲も何もかもが元気な力に満ちてくるカンジだと思えばいいのだな。

しかし、この「しょうまん」という響き、力が満ちてくるような気が全然してこない。少年漫画の略か、小さな饅頭を縮めて言ってみたか、はたまた麻雀の役マンに似てなくもないなと思う。「しょうまん」という響きへの不満はともかく、何もかもがエネルギーに満ちた季節として動き始める五月は、ワタクシの誕生月でもある。

小満や蒸篭に湯気の無尽蔵　　夏井いつき

すててこ　すててこ❖晩夏❖人事

❖膝たけくらいの、ゆったりとした男性用下穿き。目の粗い白地で作られる。

絶滅寸前なんてとんでもない！　というオジサンたちの抵抗も必至だが、ズロースが廃れてから数十年、その後を追いかけるように、ステテコも廃れていくであろうことも必至である。……と書き始めたワタクシの目に、「すててこ」のニュースが飛び込んできた！　電力消費を抑えるためのエアコン抑制運動の余波として売れ初めているのが、

「すててこ」だというのだ！　若者向けのカラフルな立体裁断の「すててこ」が人気だというのだから、吃驚！　さらに驚くのが、おしゃれレディース「すててこ」も出現し、「おうちボトム」「お散歩はすててこで」なんて謳い文句で売り出されているらしい。

すててこや近所のコンビニまでゴーゴー　　西沖あこ

死ぬ季語があれば、ひょんなことから息を吹き返す季語もあるわけで、いやはや分からないものである。となれば、季語「すててこ」の絶滅危急指定を取り消してもよかろう、と安心する。

が、ちょっと待てよ……と広がる疑心暗鬼。こうなってくると、定番のいかにもダサイ「すててこ」が市場から消え、お洒落にしてカラフルなもののみが店頭に並ぶ時代が来る可能性も否定できない。中年の悲哀に満ちたデザイン、クレープ地のたよりない手触り。あれこそが季語「すててこ」の本意ではないのか。嗚呼、「すててこ」の未来や如何に。

萎びたるものすててこのゴムと脛　　夏井いつき

セル　せる❖初夏❖人事

※薄手の毛織物でつくった初夏用の「単衣《ひとえ》」。そのさらりとした着心地を楽しむ布地ではあるのだが、昨今は、あまり見かけなくなった。まさに、「ステテコ」以上のキビシイ現状がここにある。

真新し中国北京のセルなりし　キム・チャンヒ

初めて中国に行った時のこと。建設ラッシュで、地面という地面が掘り返されている街があるかと思えば、その向こうには、家鴨を川まで追っている男たちの村が広がっていたり、小さな露店がならぶ町並が続いていたり。まるで昭和三十年代の日本のような懐かしさだった。「真新し」という上五が、思いのほかリアルに聞こえるのは、あの日の中国の強烈な印象のせいだろうか。

母の実家は、貧しい家だった。母が女学生の時、一家の大黒柱であった祖父がバスの転落事故で亡くなり、以後祖母は女手一つで六人の子供たちを育てあげた。女学校を出て、村の郵便局で働くことになった母は、その郵便局（当時の特定郵便局は、家業として経営されていた）の局長とその妻に見込まれ、是非に長男の嫁にと乞われ、ささやかな玉の輿にのったらしい。

セルを着て恋を語らふ茶房かな　むらさき

セルの裾ゆれて映画のはじまりぬ　杉山久子

最近、母方の祖母がなくなり、その形見の着物を母がいくつか貰ってきた。祖母は、大変小柄な人だったので、私たちが着られるものは一つもなかった。ただ、古い着物をほどいて私の巻きスカートに仕立て直すのが、最近の母の唯一の手仕事になっているものだから、「縫い直せるものがあれば」と、その着物をひろげ始めたのだった。
その中に、セルの着物もあった。「さらりとした着心地」というよりも、それは、ずいぶんと寂しい手触りであった。「滅多に着んかったけど、これを着た時のお母さんは、ほんとに綺麗に見えたのに、今見たら、こんなみすぼらしい着物やったんやねえ」と、母は何度も何度も撫でたり畳んだりをくり返していた。この質素な布に、女盛りの生身を包んでいたであろう祖母の日々を、思うともなく偲んだ。

母とゐてセルは胸より綻びぬ　阿南さくら

滝浴　たきあび❖晩夏❖人事

❖滝を浴びて涼をとること。

そんな馬鹿な……と絶句してしまう。『大歳時記』には「近郊の山中のさほど大きくない滝が滝浴びにふさわしい」と観光ガイドみたいな説明まで書かれているが、それにしても、修験者の修行じゃあるまいし、なぜここまで根性いれて涼を取らねばならんのか？？

絶滅寸前季語を眺め続けてきたワタクシとしてしみじみ思うのは、「夏の暑さのしのぎ方」にまつわる季語たちの栄枯盛衰である。例えば、「納涼」という季語があるが、その副題を一つ一つみていくと、さまざまに涼を求める人たちの姿がいきいきと浮かんでくる。手軽に楽しむ「涼み台」、ちょっと贅沢に楽しむ「涼舟《すずみぶね》」や「川床《かわゆか》」。家の前での「門涼《かどすず》み」に始まり、お散歩がてらの「橋涼み」「土手涼み」「磯涼み」といったバリエーション。時間でいえば、「夕涼み」「宵涼み」「夜涼《よすず》み」といつでもどこでも涼みっぱなしである。昔のみなさまにとって、夏の暑さをどうしのぐかは大問題であった分だけ、夏の季語は多く、夏の歳時記は分厚くなっているが、冷房装置がほとんどの家に設置されている現状を鑑みれば、「納涼」の副題たちの生き残りすら危ういことは容易にご理解いただけるはず。
ま、まして「滝浴」である。これはもう意図的に体を張って守るしかない季語である。が、全国に散らばる絶滅寸前季語保存委員会のメンバーたちのなかで、「うちの近所には手頃な滝がないから」とか「ボク、見かけによらず体弱いんです」なんていう醜い言い訳合戦が起こるのも必至となるであろう。

釣書に「趣味・滝浴」と記しけり　　滝神ヨシオ

月見ず月　つきみずつき❖仲夏❖時候

※「皐月《さつき》」の副題。「皐月」は陰暦五月の異名で、現在の暦で六月頃。田植えが始まる月でもあり、「早苗月」を語源とする説が一般的である。「五月雨月《さみだれ》」とも。

陰暦・陽暦の違いから生じる日常感覚の差は、俳句における大きな問題である。一般人の一般的感覚からすれば「五月＝皐月」まではともかく、「五月＝皐月＝五月雨月」で躓《つまず》いてしまう。なんで、明るい日差しの五月が五月雨月なの？　と。同じことは六月にもいえて、「六月＝水無月《みな》」は、なんで梅雨の頃なのに水無月なの？　となるわけだ。

一か月遅れなのだと分かればカラクリは簡単なのだが、それでもどうも肌に合わないカンジが残るのは否めない。だから、「陽暦に統一するべきだ」とか「使わない季語は捨てろ」という議論にも発展していくし、その主張も分からないではない。が、だが、しかし……季語というのは、年月をおってさまざまな新しい情報がくっついては熟成されていくものだと思っている絶滅寸前季語保存委員会委員長ことワタクシとしては、その主張に賛成票を投じることはできない。

時代が動いていけば、季語の本意も動く。少しずつ新しいニュアンスが加わり複雑な性格を持つようになる季語もあれば、次代の俳人たちには見向きもされず絶滅していく季語もある。いずれの季語を相手にする場合でも、それらの微妙にして複雑な季語の世界をたった十七音で表現することに挑むから、この文芸は面白いのだ。ファイティングになれるのだ。

どうしようもない暦のズレを金魚の糞のように引きずっている「月見ず月」を一刀両断のもとに抹殺することはカンタンだが、こんな微妙にツマラナイ季語をどう料理すればいいかという悪戦苦闘もまた、俳句を楽しむことにほかならないのだ。

つきみずつきなりいつきいまつきをみる　　夏井いつき

衝羽根朝顔　つくばねあさがお❖三夏❖植物

❀「ペチュニア」の異名。ナス科の一年草。

「衝羽根」というのは、追い羽根のこと。つまり羽根突きの羽である。ペチュニアの、あの漏斗《ろうと》状の形を「朝顔」といい、羽の鮮やかな色から「衝羽根」という連想にいきついたのだろうか。

ある初心者句会のオジサンのオトボケ談。「俳句をやりはじめてからは、何もかもが発見の連続です。ゴキブリだって汗だって季語だと知ってから、いろんなものが愛おしく思えるようになりまして。この間もツクバネアサガオが季語だと聞いて吃驚《びっくり》しました。あんな厠《かわや》のものまでが、全部季語だったんですね」「……？」ハッと思い当たるモノに気づいたので恐る恐る訊《たず》ねてみたら、まさに図星だった。「ええー！ツクバネアサガオって花なんですか……アサガオって、便器のことだとばっかり思って。……でも、あのぉ、ツクバネって手洗いのことじゃなかったですか？」そりゃ、「つくばい」ぢゃ！

世の中には信じられない誤解や失敗は山とあるが、俳句修行の道は、そんなこんなも笑って励まし合って進む道のりである。ツクバネアサガオよ、どうか許してやってくれ。

衝羽根朝顔笑ってすますことばかり　夏井いつき

吊床　つりどこ❖三夏❖人事

❁「ハンモック」の副題。元々は船員用の寝具。「寝網」ともいう。『大歳時記』にも『図説大歳時記』にも明治三十八年（一九〇五）作の「眼をあけば顔に蝶蝶やハンモック」（島田五空句集『裘』所出）の記述があるので、ひょっとするとこの季語の初見なのかもしれない。

ハンモックという代物に憧れたことがあるが、実際のところはずいぶんと寝心地悪そうである。体をせばめるようにして眠ってる姿を見ると、絶対肩凝るに違いない！　と、負け惜しみでなく思う。ましてや、こんな状況だとすれば、身の危険さえ感じてしまうではないか。

吊床のための大釘錆び残る　夏井いつき

天竺牡丹　てんじくぼたん❖晩夏❖植物

❈「ダリア」の副題。メキシコ原産でキク科の植物。江戸時代後期に渡来した。

絶滅寸前季語保存委員会のメンバー「だりあ」こと松本京子は、愛媛県今治《いまばり》市在住の元気なオバサン俳人。俳号どおりの明るさと、爽快な句柄がウリの彼女は、その名も「ダリア」という第一句集まで出している実力派。この俳号が生まれてすぐの頃、誰いうともなく「だーりあ」とのばして（しかもなぜか巻き舌で？）発音してた頃があったが、次第に「だりあ」という呼び名が定着してきた。「ダーリアっていうと、今にも咲き崩れそうよね」と笑っていた彼女だったが、今、『図説大歳時記』を眺めていて小さな発見！

昭和三十九年初版の『図説大歳時記』では、この季語の本題「ダリア」ではなく「ダーリヤ」となっている！（副題として「ダリヤ・天竺牡丹」が掲載されている）さらにもう一件、『図説大歳時記』で見つけたこんな季語「グレープフルート」なるもの。解説を読むかぎりでは「グレープフルーツ」のことだろうと思うが、耳で聞いた音をそのまま言葉にしようとすると、どちらもこんなふうになっちゃったんだろうね。

全くカンケーない話だが、ワタシの仕事机のいつでも手に取れる位置に、香取慎吾式丸暗記英会話本『ベラベラブック』No.1とNo.2とが、嬉しげに置いてある。別に英会話に目覚めたわけではないが、原稿に行き詰まってくると、いきなりいい加減な頁を開け、「ザッツ、テリボゥ！（こりゃ、ひどい！）」なんて何度か叫んでみるとスッキリする。「ガッデッミット！（ちくしょー！）」とか「サムスィンライクザッ（だいたいそんなもん）」なんてのが、結構お気に入り。

短期間にしてすでに滅びている「ダーリヤ」「グレープフルート」に何かはなむけの言葉でもと思って、パッと開いた頁にあったのがこんな言葉。「ソゥワッ？（だから何なの？）」……ってなことで、お疲れさん。

So what?《だから何なの？》　と天竺牡丹かな　　夏井いつき

電波の日　でんぱのひ❖初夏❖人事

❖六月一日。電波法・放送法・電波監理委員会設置法の三法が施行された記念日。

これまた「ソゥワッ？」と思う。「電波法・放送法・電波監理委員会設置法の三法が施行された記念日」イコール「電波の日」なんてのは、国会議員たちの自画自賛季語にさえ思えてくる。いかがわしい匂いさえしてくる。何やら、危なげですらある。ナンデモカンデモ「○○の日」だと言ったもん勝ちではないか。

てのひらの魔法の筐《はこ》や電波の日　今川ただし

電波の日チケット予約あきらめる　石丸風信子

玉突きの玉こんと突く電波の日　阿南さくら

こんなんでよければ、私だっていくらでも記念日を作ってやりたくなる。自分で作るとすれば、どんな記念日を作るかなーと考える。俵万智さんのサラダ記念日はカッコイイけど、そんなキャラタクターではないから、このラインはちょっとこっぱずかしい。食べ物でやろうとすると、揚げ出し豆腐記念日だの、タコ酢記念日だの、ゲソ記念日だのと居酒屋のメニューしか浮かんでこないのも、何やらほろ悲しい。が、それもまた我が人生であるよ……と、ゲソを嚙みつつ素直に認めるしかない。

コンセント電波の日なる穴二つ　竹内五合子

毒流し　どくながし❖三夏❖人事

❖「川狩《かわがり》」の副題。ほかにも、「瀬干《せぼし》・瀬廻し・川干・かえぼり」などの副題がある。

ギギョっと目を剝く季語である。なにが面白いって、『図説大歳時記』の解説が面白いのでご紹介しておく。

（前略）サンショウの皮・タデの葉からとった毒汁を流し、魚が酔って浮き上がるのを捕えることも、古くから行なわれてきたが、残酷な感じを与えるばかりでなく、川筋の魚族を絶滅させる心配もあるので、すでに鎌倉幕府もこれを禁じているほどであったが、近年まで山村などで行なわれてきた。（後略）

こりゃ、筋金入りの絶滅季語である。イマドキこんなことをしようものなら犯罪者である。古来からの漁法を守って漁を続けている人を訪ねてロケに出かけてみたら、「毒流し」の常習犯であった！　なんてことになったら……ちょっとしたニュースネタ。それにしても何がスゴイって、「鎌倉幕府が禁じて」いたにもかかわらず「近年まで行なわれてきた」というのがスゴイ。そういえば、うちの祖父が（どこから手に入れてくるのか誰も知らなかったらしいが）土木工事用の発破を手に入れてきては、海の中で爆発させ、魚を捕っていたことがあった。ほんとにイマドキなら（当時でも……かもしれないが）、罪人である（もう死んでるから許してやってください）。

こんな物騒な季語はそのまま葬ってやるにしても、その鎮魂歌のような一句は捧げてやらなければ、気持ちが収まらない。ご冥福をお祈りしたい。

毒流しして一服という時間　　夏井いつき

毒瓶　どくびん❖三夏❖人事

❖「昆虫採集」の副題。

昆虫採集に「毒瓶」とは？　と思う。『大歳時記』にはこの副題についての説明は載っていない。よっこらしょっと『図説大歳時記』を持ち上げ（これがオソロシク重いのだ）、どっこらしょっと繙く。そして、二行ほどのこんな記述を発見。

（前略）毒瓶は直径八－一〇センチ・高さ一五センチほどの特殊なびんの底に毒薬を

入れ、コルクなどで栓をしたもの。(後略)

こんなの知ったらイマドキの教育ママさんたちは卒倒するに違いない。毒瓶持って子供たちを昆虫採集に行かせるなんてとんでもない！　万が一のことがあったら、学校はどう責任とってくれるんですか！　……なんてね。この筋にとんと知識がないものだから、本格的な昆虫博士の皆さんの研究室にはこの手の毒瓶が現役で活躍しているのかもしれないが、少なくとも一般人にとっては、「毒流し」に続く危険度大の絶滅寸前季語ではないか。

角のお店で売ってる虫取り網の横にさりげなくこんなもんが並べてあったりした日にゃあ、おちおち食事もとれない物騒な世の中である。

毒瓶をかたりと置いてふり向きぬ　　夏井いつき

照射　ともし❖三夏❖人事

※古く行われた狩りの方法。鹿の通り道で火串《ほぐし》と呼ぶ小さな篝火《かがりび》を焚き、鹿の目に炎が反射して光った瞬間、矢で射止める。江戸時代でもほとんど行われていなかったと思われる。西行法師の和歌に「照射する火串の松もかへなくに鹿目合はせであかす夏の夜」(『山家集』)がある。

そんな馬鹿な……。江戸時代でもほとんど行われてなかったんだぞ、それを平成の今さら、どんな方法で生き返らせろ！　というんだ？　……と、ついつい本音が出てしまう「照射」である。「毒流し」は、鎌倉幕府が禁止したにもかかわらず近年までこっそり行われていたというのだから、効果絶大であっただろうことは想像できる。が、この狩りの仕方は、あまりにも芸術的すぎる。火串の炎が鹿の目に光った瞬間を狙う！　だなんて、まるで劇画の世界ではないか。矢を放つ前の猟師の目の中でも、きっと巨人の星・星飛雄馬みたいに目の中で炎がメラメラ燃えていたに違いない。かたや鹿の目も、ライバル・花形満みたいに静かな炎をたたえていたに違いない。

当絶滅寸前季語保存委員会は、自分たちの手で季語を捨てない・とどめを刺さないという鉄の掟を持っている。ゆえに、今、射すくめられた鹿のごとく絶句しているワタクシである。

星々の息ひそめたる照射かな　　夏井いつき

土用丑の日の鰻

どようのうしのひのうなぎ❖晩夏❖人事

もちろん、「土用鰻」が絶滅すると考えているわけではない。「土用鰻」ならば六音ですむところを、わざわざ「土用丑の日の鰻」と十二音にまで延ばさないといけないのか。こんな無謀な副題に対して、生きろ！　と声をかけても所詮無理だと、否定的な考えばかりが浮かんでくる。

❖「土用鰻《うなぎ》」の副題。

鰻といえば、一つ強烈に覚えているシーンがある。学生時代の友人が、「鰻屋を始めたので是非食べに来てくれ」と葉書をくれた。いつか顔を出さねばと気にはなりながらも行けないままだった、ある土用の丑の日のこと。私はスタッフたちとたまたまその店の近くで会議を終えたものだから、そうだ！　アイツの店に行ってやるか！　と思い立ち、足を運んだ。学生時代は野球ばかりしててね、景気はいいんだけど一発屋でねえ、などと話しながら、辿り着いたその店は、すでに開店から一年半ばかり経っていたが、まあまあこぢんまりとこぎれいな造り。私の顔を見るなり、彼は大変喜んで、店の奥の小さな座敷に通してくれた。昼時を過ぎているとはいえ、土用の丑の日の鰻屋としては客があまりいないことに引っかかりはしたが、人数分の鰻重と数本の瓶ビールを注文した。私たちはビールで乾杯をしつつ、その日の上首尾について熱く語り合っていた。

が、ビール瓶が空っぽになっても鰻は一向に来ない。何を丁寧に焼いているのだろうか。「こりゃ、鰻さばくところからやってんのかな！」と笑いつつも、もう二、三本のビールとまだ時間がかかるのなら何か軽いつまみでも注文しようと厨房の方に向かった。店内に、ちらほらいた客は誰もいなくなっていた。肝心の厨房にも誰もいない。おかしいなあと思いつつも、「ビール、勝手に取るぞー！」と声をかけつつ、冷蔵庫からビールを取り出していたら裏口から彼が入ってきた。パッと何かを後ろに隠したのが分かったが、ひとまずはビール瓶三本を落とさないことの方が重要だったので、あまり気にもせず「勝手に入っちゃって悪いね」と言いつつ座敷の方に戻っていった。座敷に戻り、瓶をよっこらしょっと置いたとたん、つまみを頼むのを忘れてきたのを思い出し、また厨房まで戻った。そして何気なく中を覗き込んだら、予想だにしないシロモノを目撃してしまった！

さっき彼がとっさに隠したものは、隣のスーパーのレジ袋であったらしく、その袋から取り出しそこに積んであったのは、発泡スチロールの皿にのっかった市販の「土用丑の日の鰻」であった。

その日から半年後、たまたま車でその店の前を通りかかった。彼があの日「オレの師匠が書いてくれたんだ」と自慢していた一枚板の立派な看板はどこにも見えず、店はデリバリーのピザ屋に変わっていた。推して知るべしの結果である。

土用丑の日の鰻なり焦げてけり　　夏井いつき

土用四郎　どようしろう❖晩夏❖時候

❖「土用」の副題。

『大歳時記』の目次を見ると、頭に「土用～」と付いている季語は予想以上にたくさんある。

土用・土用あい・土用明《あけ》・土用入《いり》・土用鰻・土用灸《きゅう》・土用東風《ごち》・土用三郎・土用蜆《しじみ》・土用芝居・土用次郎・土用太郎・土用中《なか》・土用凪《なぎ》・土用波・土用丑の日の鰻・土用の芽《め》・土用藤・土用干《ぼし》・土用前・土用見舞・土用芽・土用艾《もぐさ》

うっわー、すごいやと思いつつ、『図説大歳時記』も念のため調べてみたら、『大歳時記』にはリストアップされてなかった絶滅季語「土用四郎」を発見してしまった。こりや、どうしたことか。
四郎の兄である「土用太郎・土用次郎・土用三郎」たちに関しては、次のような立派な解説が付されている。例句だって探せばある。

中国の五行説（宇宙のすべてのものは、木・火・土・金・水より成るとする）では四季のそれぞれの終わりの十八、九日間を土の支配する土用とした。しかし現在は土用といえば夏の土用のみをいうようになった。（中略）「土用入」の日を「土用太郎」といい、第二、第三日目を「土用次郎」「土用三郎」という。また古来より土用三郎の日の天候でその年の豊作の善し悪しを占った。

なのになのに、四郎はどこに行ったのか？　先の解説からすれば、土用の第四日を「土用四郎」と呼んでいたのだろうなと推測はできるが、足取りはそこまで。三人の兄さんたちに虐《いじ》められて居づらくなったのか、なんとなく風来坊の旅に出てしまったのか。昭和三十九年初版本『図説大歳時記』以降、彼の消息はぷっつりと途絶えたままである。

土用四郎タイ米袋積み上げて　　夏井いつき

ながし①　ながし❖仲夏❖天文

※湿気を含んだ、雨をともなうことの多い南風。「ながし南風《はえ》」。九州や四国地方では梅雨そのものも指す。

ながし……といえば、ギターを抱いた渡り鳥（ネタ古すぎやなー）しか思い浮かばないのもサミシイが、「南風《みなみ》」であるといわれても首をかしげるばかり。「大歳時記」を調べてみると、南風を表す季語のバリエーションはたいへん豊か。丁寧に読んでいくと、船乗りたちの姿までもが見えてきそうなドキュメンタリータッチの季語である。

◉南風（みなみ）・（前略）関東以北の太平洋沿岸の船乗りや漁師などの間でいいならわされているといわれ（中略）やや湿気を含んでいて暖かく、大体おだやかな晴天の日に吹くが、ときには強烈に吹く日もあって、そんなときの風は「大南風《おおみなみ》」と呼ばれている。

◉はえ・「南風」を「はえ」と呼ぶのは沖縄から九州にかけてのあたり、また山陰から北陸にかけての地方に多く、瀬戸内海から静岡県の伊豆地方、とくに伊東のあたりも、その名で知られている。順風で船乗りによろこばれる風である。

◉まじ・南または南西の季節風であり、静岡県の伊豆半島から宮崎県の日向灘《ひゅうがなだ》あたりまでの太平洋沿岸や瀬戸内海において呼ばれている名前である。かなりの風速があり、「はえ」と異なって湿りけを帯びており、雨を伴いやすい。

◉くだり・南風の別名であり、日本海沿岸や北陸で用いられている。「くだり」は都から地方へ行くことであり、都から下ってゆく方向の風という意味で名付けられた。反対方向の風は「のぼり」と呼ばれる。

◉いなさ・別名「たつみかぜ」といってしまえば、方角がはっきりして南東の風のことと分かりやすいが、地方に分散する「いなさ」の呼称を持つ風にはやや差異がある。強風として恐れられていることでは一致しているといえる。

◉黒南風（くろはえ）・六月、梅雨に入って、長雨の降りつづく頃に吹く南風のこと。湿気の高い風でもあるので黒南風と呼んだのは、いかにも浦言葉にふさわしい。（中略）もともとは柔らかに吹く風であるが、ときには強風となって吹き荒れることもあり、これを「荒南風《あらはえ》」といい、漁師は出漁をやめ、航路も難航する高浪《たかなみ》となる。

◉白南風（しろはえ）・梅雨の晴れ間、梅雨明けの間近な頃、あるいは梅雨が明け切ったときに、あたかも雲を一掃するように吹き渡る南風、これが白南風である。空は明るく夏到来にかがやき、吹く風もまた光の束になって眩《まぶ》しい。（後略）

◉茅花流し（つばなながし）・五月頃吹く、湿気をふくみ、雨を伴うことの多い南風を「ながし」という。茅花《つばな》、すなわち白茅《ちがや》の花穂《かすい》が白い絮《わた》をつける頃に吹くながしの意。

◉筍流し（たけのこながし）・筍の生える頃の「ながし」ということ（中略）静岡県の駿豆《すんず》地方の方言という。

たまたま「ながし」を絶滅寸前季語「南風」バージョンの代表選手のように選んでしまったが、南風そのものが絶滅することはない。が、このようにさまざまな「南風」を表す日本語が、今後日常生活の中でどのくらい生き残っていくかと問われると、甚だこころもとない。が、漁師の皆さんが生活の中で培ってきたこの美しい日本語が、滅びてしまうことも切ない。さまざまな南風のさまざまな表情を一つ一つ想像し、それらを詠み分けることを共に楽しんでくれるファイティングな俳人を求める、我が絶滅寸前季語保存委員会である。

船長のアンコ椿やながし吹く　　広田ノブロー

ながし②　ながし❖三夏❖人事

❖新内節やギターを抱えての流行歌などで門付《かどづけ》して歩く芸人、あるいはその行為。

『大歳時記』では「新内ながし」を本題として取り上げているが、『図説大歳時記』では「ながし」が本題。副題に「舟ながし・新内ながし・声色ながし」などが採録されている。そしてこんな解説も。

「ながし」とだけいえば、いろいろな芸人や按摩なども含めてよいわけなので、特に新内ながしまたは声色ながしの語を使うことも多い。夏の夜、花街や料亭のあたりを、ながして歩く。たいていは二人連れで、新内のほうは三味線をひいてまわりながら注文を誘い、座敷から呼びとめられると、ひとりが新内をうたう。声色ながしは、拍子木と、銅鑼《どら》を持っていて、舞台における俳優の声色をまねる。これも客の好みに従う。なお、隅田川ではどちらも小舟に乗ってきて川岸筋の料亭などの客を相手にする。近ごろはアコーディオンやギターなどのながしが多くなった。

最後の一文が泣かせるな。「近ごろ」ではだよ、さすがは昭和三十九年。アコーディオンのながしは最先端だったんだ。平成の今となってはカラオケばかりが横行して、静かに呑める店を探す方が難しくなってきた。カラオケが嫌いなワタシとしては、カナシイご時世でもある。

川音のさはぐ新内ながしかな　遊月なゐ

声色ながしその名の思い出せぬ声　夏井いつき

しこたま酔った某先生が、いつきさん、もう一軒だけ付き合ってくれと無理矢理連れていかれたのが、少々古風なスナック。古風というと聞こえはいいが、要は戦後まもなくできた店が、店内の装飾もママご本人も、当時の姿そのままここにあるという感じの古めかしさ。センセイは、久し振りにママに会ったらしくもうご機嫌さんで、「いつきさんねえ、この店は呼べば『ながし』のお兄さんがギター抱えてきてくれるんだよ」と言い出す。「ながし」のお兄さんなんて、ワタシャ会ったことも聴いたこともない。うーん、今夜は無理してセンセイに付き合ったけど、いいモン見せてもらえるかもしれないと少しばかりの期待に胸が弾む。

やがてそのお兄さんは、やってきた。センセイとママは「久し振り」「懐かしいわ」

とも大喜びであるが、ワタシはそのお兄さんというよりはジイチャンというべき風貌にかすかな不安を抱き始めていた。センセイの好きな曲だといって小林旭のナニヤラを歌い出したお兄さんは、たしかに巧い。生のギターの音も心地よい。何曲かセンセイのリクエストを歌った後、センセイは「いつきさんも何かリクエストしなさい」と言い出した。うーむと考えるが、ギター抱えてる人の唄ってピンと思い浮かばない。で、苦しまぎれに「長渕剛の『とんぼ』！」と言ったら、ギターを抱えたお兄さんが目を剝いた。ウッ、知らないんだ！　と瞬時に悟った。マズイッ！「えーっと、やっぱり松山千春の『季節の中で』かな……」と言いつつ、上目遣いでお兄さんを見上げたら、マツヤマチハルあたりまで言ったところで、奴は完全に横向いたままギターをボロボロ鳴らし始め、「センセイ、やっぱりこれですかね」と言いつつ古賀政男を弾き始めた。

これだもん、滅びるはずだ……なんて心の中で小さな悪態を一つついて、ワタシは冷酒をくいっと呑んだ。そして、ながしのお兄さんが見事に歌い上げる哀しい古賀メロディーに聴き入った。

ながし来る酒も泪も詩も星も　　夏井いつき

夏洋傘　なつこうもりがさ❖三夏❖人事

❖「日傘」の副題。

他の副題である「絵日傘《えひがさ》・白日傘《しろ》・パラソル」は、例句があるのに、この例句だけがない。なくても当たり前かと、ため息が出る。絶滅季語の問題において、この音数は大きな要因として私たちの前に立ちはだかる。例えば、「日傘」は三音だから「～日傘かな」という下五になるし、上に「白～」をのせればちょうど五音。もっとも使いやすい音数である。「絵～」となると四音だから、「絵日傘の～」「絵日傘や」という形で上五を作ることが容易になる。

が、ナツコウモリガサってのは困る。これだけで八音である。中七に入れても長すぎるのである。まして下五に置いたりすると、もう絶望的字余り感だけが延々と尾を引く。しかも、語感もなんだかなー……である。日傘のもつ眩しさのイメージはないし、軽やかな気分がない。雨降るから持って行けと無理矢理持たされたコウモリ傘が、案の定無駄となったピーカンの天気の下、まったく母さんったら！　と思いつつ、それを振り回して歩いてたら、よそのオジサンの丹精こめたサツキの鉢をぶち割っちゃった！　みたいな……そんな重苦しい季語に、倖荒れ……いやいや、倖あれ。

夏洋傘が刺さってしまう土　　夏井いつき

夏の霜　なつのしも❖三夏❖天文

❖「夏の月」の副題。月の光が地上を照らしている夜景を、霜が降りたと見立てたもの。

「夏の月」が包含している季語情報の大半が視覚的なものであるのに対し、同じ副題の「月涼し」は、涼味にみちた皮膚感がその主成分となる。季語における副題とは、本題とは違った季語情報をトッピングしたいときに役に立つ存在なのだ。

市中はもの丶匂ひや夏の月　　野沢凡兆

月涼し水干露をこぼすべう　　正岡子規

しかしこの「夏の霜」というのは、微妙にして危険、危険にして難題である。もともとは、白居易の漢詩「江楼夕望招客」の「風は古木を吹く晴天の雨、月は平沙を照らす夏夜《かや》の霜」という詩句から生まれた季語。この見立ては和歌・連句・俳句へと、美しさの定番として詠みつがれてきたらしい。

足跡のなきを首途《かどで》に夏の霜　上島鬼貫

降るにあらず消ゆるにあらず夏の霜　高桑闌更《らんこう》

この手の見立ての句というのは、一定の美の基準の中で繰り広げられるバリエーションとなるので、どうしてもツクリモノっぽくなりがちだし、似たような発想の果てしない焼き直し地獄に自分を誘ってしまう危険性がある。だから、正直いって近づきたくない。知らん顔して、通り過ぎたい。なのに自分の頭が、イマドキの「夏の霜」って詠めないかなー？　と、すでに動き出しているのがツライ。

夏の霜いま林立の摩天楼　夏井いつき

蚕取粉　のみとりこ❖三夏❖人事

❖除虫菊を干して粉にした蚤の駆除剤。ブリキ缶をぺこぺこと押すとちいさな穴から粉が出た。

この手の季語となれば、『図説大歳時記』の出番である。開いてみると、まあまあ懐かしい蚤取り粉の、あの丸くて薄っぺらな缶の写真まである。こちらの解説がまた泣かせる。

除虫菊（シロバナムシヨケギク）の花・茎・葉を干した粉末薬剤。黄色でかすかな匂いがする。寝る前に、ふとんや寝巻きにまいておくと、ノミにかまれない。今日では、D・D・Tその他のより有効な殺虫剤が使われているが、除虫菊の匂いはなつかしい。

除虫菊の匂いというと、私は蚊取り線香しか思い出せない世代なのだが、除虫菊＝蚤取粉となる世代にとっては、ノスタルジックな季語。が、最近ある場所でリアルな蚤取粉の話を聞いた。ひとつ前の仕事の都合で、会議の時間よりかなり早く着いてしまったものだから、近くの公園を吟行がてらぶらぶらしていた時のこと。木陰のベンチを見つけて座っていると、ほどなく隣のベンチに不思議な二人連れが座った。一人はホームレスではないかと思える初老のオバチャン。もう一人は、それなりにこぎれいな普通のオジチャン。きれぎれの会話が、夏柳の風に乗って届いてくる。

「これもろうてきたけん、オバチャンも使うたらエエわ」

「オバチャン助かるわ。こんなクスリなかなか手に入らんし」

もうワタシは好奇心満杯。横目でちらちら観察していると、そのオジチャンはポケットの中からビニール袋に入った粉みたいなものを取り出し、オバチャンに渡した。ゲゲッ、麻薬ちゃうか⁉ 好奇心俳人の心臓が高鳴る！

蚤取粉だと言い張れる白い粉　　ノブロー

が、その後の二人の切れ切れの話を総合してみると、リストラされる前のオジチャンの取引先の動物病院で、うちの猫に蚤がわいて困ってるといって、分けてもらった蚤取粉だったらしい。新入りのオジチャンと、その界隈の主らしき初老のオバチャンホームレスとの友情シーンにたまたま巡り会ったということだったらしい。

ほおー、そうか。現代ではこんな形で蚤取粉が生き残ってたりするんぢゃ……と感慨深く二人の後ろ姿を見送り、こういう場面に遭遇した以上、絶滅委委員長としては一句捧げるべきだろうな……と沈思黙考しているうちに、大事な会議に遅れてしまった、ワタクシ絶滅委委員長でありますよ。

蚤取粉ぺこぺこ昭和鳴らしけり

夏井いつき

曝書　ばくしょ❖晩夏❖人事

❖「虫干《むしぼし》」の副題。書物・書画を防虫防黴のために、風通し、陰干しをする習慣。

書画の趣味はないのだが、本は大好きなものだからいくらでも買ってくる。ほんの二か月前まで暮らしていたマンションを出ようと決心したのは、これ以上本が置けないという秘かな理由が引き金になったからだ。

新しい住まいは、築三十年になる中古の一軒家。何が気に入ったって、この家の二階にある昔ながらの物干し台が気に入ったのだが、そんなことはさておき、ここに越してきて何がシアワセかというと、本が置ける空間がまだまだあるということだ。この安心感は、言葉では説明しがたい恍惚感なのだ。

最初のボーナスで買ったのは『日本国語大辞典』全二十巻だったが、次のボーナスで買ったのは、明治から昭和にかけての名作初版本・復刻シリーズというものだった。例えば、夏目漱石の『吾輩は猫である』が各頁をペーパーナイフで切らないと読めないという初版本と全く同じ作りでそこにあったり（もちろん、もったいなくて一頁も切れない）、谷崎潤一郎の『春琴抄』が初版本と全く同じ黒い漆塗りの表紙でワタシの手の中にあったり（中身は読まなくても撫でてるだけでいい）、そんな本の数々に囲まれて過ごす毎日なんて、もう最高のシアワセなのだ。

まだ引っ越しを決心する以前のある日、調べもののついでに、隣に積んであった復刻シリーズ・萩原朔太郎『青猫』をなにげなく手に取ってみた。……と、箱がやけに膨れている。恐る恐る箱から出してみると、なかほどの頁にカビがびっしりと広がり、表紙は湿気でゆがんでいる。慌ててその周りの何冊かを引っ張り出してみると、同様の始末。それまでは「曝書」なんてのは死にかけてる季語という認識しかなかったが、この季語を実践しないとワタシのささやかな蔵書は全滅するのだという危機感とともに、我が家で復活し始めた季語なのだ。

天狗どんの絵本も持ってくる曝書　　夏井いつき

箱釣　はこづり❖三夏❖人事

❀露店で水槽に金魚を泳がせ、薄紙を張った杓子ですくわせる商い。紙が破けるまですくえ、すくえた金魚はもらえる。

どう読んでも、これは金魚掬いのことである。が、不思議なことに「金魚掬い」という季語は、副題にすらない。なんでなんで？　箱入り娘のワタシの知らない世間では、金魚掬いのことを「箱釣」って呼んでるの？

世間のことを知るためには、やはりインターネット。ふむふむと調べてみると、なーんと「箱釣」とは「釣り堀での釣り」を指すことが一般的であるらしい。念のため昭和三十九年初版『図説大歳時記』を開いてみる。すると、またまた混乱する事態が発覚。「箱釣」の項目には、『大歳時記』とほとんど同じ記述があるのだが、一点だけ違っているのは、「(泳いでいる金魚などを)～餌なしの鉤でつらせたりする。紙の破れるまで、あるいは弱い糸の切れるまでは～(いくらでも取ってもいい)」という記述である。そっか、この頃の金魚掬いって餌無し釣り針で釣ってたりもしたのか？　そんなん釣れるのか？

さらに、なぜか、その解説の最後に矢印がついていて、「↓釣堀」となっている。訝しく思って、「釣堀」の項を読んでみると、それなりの解説があって、解説の最後にまた矢印「↓箱釣」となっている？・？　なんぢゃこりゃ？

えーい！　この際、はっきりしてくれ～い。「箱釣」は「釣堀」の副題にして、「箱釣」の代わりに「金魚掬い」って季語を入れたらどないでっか⁉……と、啖呵《たんか》を切ったあとでハッとした。禁句を吐いてしまった我が身を、箱釣の金魚の代わりに差し出してしまいたいほど恥じ入っている絶滅委委員長ことワタクシである。

箱釣の水に己の顔ゆがむ　夏井いつき

はたた神　はたたがみ❖三夏❖天文

❖「雷」の副題。「はたた」は「霹靂」と書き、鳴り轟く激しい雷の意。なお「稲妻」「稲光」は秋の季語。

俳句をやるようになる前から、雷とか台風とか大雨とかを見物するのが好きだった。特定郵便局をやっていた生家は、中庭を囲んだ巨大な箱形の総二階家で、その局舎部分の、普段は使っていない二階の大広間に忍び込み、雨戸のすき間から、海が荒れ放題に荒れるさまを、半日見ていても飽きないような子供だった。

海原へまっしぐらなるはたた神

大西あい子

高校生になってもその習性は変わることがなく、同級生の女の子たちが授業中に鳴った雷に「キャーキャー！」騒いでいるのをよそに、次の稲光を今か今かと待っているような、妙な女子高生だった。

はたた神盆地斜めに渡られる

今川ただし

正式な文芸部員ではなかったが、部員の友達に引き連れられて、時折文芸部室に出入りしてるうちに、部員の交換ノートに詩の切れっ端のようなものを書き記したり、近況報告を書いたりするようになった。そのささやかな文章を面白がってくれる部員もいて、いつしか「半・文芸部員」という称号をもらい、自由に出入りすることができる鍵の隠し場所まで教えてもらえる身分になっていた。

はたた神署の三階の講習所

だりあ

高一の夏休みのある日、放送部の練習が終わったあと、誰かいるかなーと文芸部室をのぞいてみたら、見知らぬ先輩が一人座っていた。名札を覗き見て、ハッ！　とした。滅多に部室には現れないことで有名な、女子文芸部員みなの憧れの人でもあるサワチカ先輩だった。たしかに、ワタクシ好みの、今で言えばキムタク風のオトコマエだった。先輩も私の名札を見て「君が、いつきさんか」と笑った（私は名札に、入学してから卒業するまで、平仮名で「いつき」と書いていた）。いきなり笑われてギョギョっとしたが、先輩が時折この部室に出没して、文芸部ノートを読んで、私のことに興味をもってくれていたらしいことが、話をしているうちに分かった。意気投合して、長い時間いろんな話をした。楽しかった。そろそろバスの時間が迫ってきたので、席を立とうとしたら、先輩は、いきなりこんなことを言った。「明日、同じぐらいの時間に待ってるから来ない?」こともあろうに、皆の憧れの先輩が、あきらかに私を誘っていることに狼狽《うろた》えた。狼狽えたが、「来ます」と即答した（その辺は、そつがない）。ぺこんと頭を下げ、慌てて放送室まで駆け下りた。ドキドキした。

ぺこぺこと下げる頭やはたた神　瓢簞山治太郎

翌日は、暗雲垂れ込める日だった。放送部の練習を終え、息せき切って三階の文芸部室まで駆け上った。先輩はもう来ていた。「よおっ」と軽く手をあげて笑った。たまらんなーと思った。二人で昨日の続きの好きな詩人の話に熱中していたら、いきなり窓の外で、バリバリバリ！　と雷の音がした。私は、窓辺に走りよった。隣の教棟への渡り廊下の、雨がたまっているあたりに、まさに稲光の形をした火柱が立った。「うわぁぁぁあ！」という私の歓声にダブって、背後から「うわっああ！」という先輩の声も聞こえた。「うっわー、稲光ってほんとにイラストで見るみたいな、あの稲光の形してますよっ！　すごいですよ！　うっわー、先輩！　こっちにくるとよく見えますよ！」先輩に雷見物に格好の場所を譲ろうとして、後ろを振り返ったら、先輩は青ざめた顔で呆然と私を見つめていた。こんな具合に、私の小さな恋は、あえなく二日で幕を閉じることになった。

はたた神には恋してはなるまいぞ　　夏井いつき

肌脱ぎ　はだぬぎ❖晩夏❖人事

※涼を求め、または汗を拭うために、上半身の衣類を脱ぐこと。左右どちらかだけ脱ぐのを「片《かた》肌脱ぎ」、両方脱ぐのを「諸《もろ》肌脱ぎ」という。

このまんまだと、ただのふしだらというかナサケナイ遠山の金さんというか、そんなあたりで終わってしまうところだが、季語として考えた時、似たような立場に「懐《ふところ》手《で》」（『絶滅寸前季語辞典』ちくま文庫版三二一頁参照）というのがある。この二つは、和服を着てないと実現できないという点においては同じだが、その境遇はやや違う。眉間に皺でも寄せていると思慮深くさえ見える「懐手」に対して、片肌であろうが諸肌であろうがどう考えても脱いでるだけのしどけなさだ。

肌脱や魚の目バンの大と小　岡根三鶴

定年へ三日の肌を脱ぎにけり　峰勝男

が、これだけ冷房の普及した昨今、「肌脱ぎ」という季語を下手に守ってみようとすると、夏風邪の餌食になるのが関の山ではないか。

肌脱やくしゃみ三回ルル三錠　カテーテル・石井

花氷　はなごおり❖晩夏❖人事

❖氷の中に、造花や草花、金魚を入れたもの。

正直なところ、この現物をワタシは見たことがない。造花や草花まではなんとか想像できるが、解説にある「金魚」には、キョトンとさせられる。そんなバカな……と思う。こんなものをホテルのロビーだのパーティー会場などに飾っていたら、即刻動物愛護団体からクレームがつくに違いない。そんなものが目の前にドスンと置いてあったら、変な俳人は句帖を手にずっとそこを動かないだろうと思う。

あ、そうだ！　花氷の写真があるかもしれない！　と思いつき、『図説大歳時記』を開いてみる。

室内冷房用の氷柱の中に草花（または金魚など）を入れて作る。装飾を兼ねた冷房用として、劇場の廊下や、食堂に置き、また病室用に病気見舞いにも用いられる。草花やアスパラガスなどで、その回りを飾ったりもする。

看護《みと》る夜の涙に痛し花氷　　武田鶯塘

この句などは明らかに病室でのシーン。なるほどなあ……ふむふむと、花氷が現役であった頃に思いを馳せ、現物が写ってる写真を探すのだが、それがどこにもない。一頁に三枚ずつ、見開きで六枚の写真が全ページにわたって掲載されているこの歳時記なのに、なんで「花氷」の写真がないのぢゃ？　同じ頁にあるのは、いかにも年代ものの冷蔵庫の写真。この時代においては、花氷よりも冷蔵庫の写真をここに載せる方が、より意味があったのかもしれない……ということに考え至ったとき、この歳時記の異常なまでの重さをしみじみと愛おしく思い始めた。

くれなゐを籠めてすゞしや花氷　　日野草城

花茣蓙　はなござ❖三夏❖人事

❁夏の敷物。

いま、うっすらと記憶を辿ってみると、「花茣蓙」と「花見茣蓙」を混同して俳句を作っていたような気がしてならない。これといって具体的な句が思い浮かぶわけでもないのだが、でもやっちゃってるような気がしてならない。

わざとでも意地悪でもなく、ホントにうっかりやっちゃってるってのはどうしようもなくて、気がついた途端にはっきりと堂々と謝るしかない。変にタイミングを見計らってなんて思ってると、さらに気まずい結果が待ち受けていたりする。

花茣蓙の裏と表がわからない　　よもだきりこ

再婚した友人からメールがきた。自慢の年下のハンサムなハズバンドを紹介したいので新居に遊びに来てほしいとのこと。そういえば、結婚祝いも渡してなかったと思い、早速訪ねてみることにした。地図を頼りに探し当てたマンションは高層高級にしてセキュリティー万全のシロモノ。「もうすぐ彼も帰ってくるから、ビールでも呑んで待っててね」という彼女も、ぴかぴかの新妻スマイル。やがて、ピンポーンと自慢のハズバンドご帰宅の合図。いそいそと玄関に駆け出した彼女が、ふいに振り返ってこう言った。「いつき、今度のダーリンの名前は、ケンジだからね。カンジでもないし、コウジでもないからね、間違えないでね」

ふいに混乱が訪れた。え？　ケンジだよな、いやそれは大学の時の彼だっけ、……あれ、違うか……コウジか、いやあれは前のダンナか？　そんな困惑がおさまらないうちに竹野内豊に似たダーリンがにこにこと帰ってきた。勧め上手な彼が勧めてくれるワインをしこたま呑んでるうちに、もう誰が誰だか分からなくなって、ワタシは彼の名を四種類ほどで呼んだらしい。そのたびに目を剝いて睨んでいた彼女も、うっかりと前のダンナの名を呼んでしまうという恐ろしいハプニングまで起こり、口ほどにもなく酒に弱かったダーリンが酔いつぶれてくれた後、ワタシは彼女に平身低頭謝り続けた。

「花莫蓙」は涼を得るための莫蓙、「花見莫蓙」は花見に持っていく莫蓙、たしかに用途は少々違う。ケンジでもカンジでもコウジでも、なんでもいいじゃん！　なんて思うのは無責任な他人さまだけであるに違いない。

詫び入るる頭《こうべ》に花茣蓙のひんやり　　夏井いつき

噴井　ふけい❖三夏❖地理

❖「清水」が噴き出ている井戸。

水のある風景の原体験を探っていくと、母の実家にあった井戸にいきつく。水屋と呼ばれていた炊事場のある小さな棟へは、ほんの二、三段の石段。そして石段を上がったところにその井戸はあった。低く積まれた石の囲いは、小学生のワタシが井戸の奥を覗き込もうとすればそのままバランスを崩し、落っこちそうな井戸であった。

その井戸の、水に浸かっている石積みのあたりからは、いつもゆらゆらと水が噴き出していた。ワタシは、その様子を見るのが大好きだった。水の中で水が噴き出しているという事実が、とても不思議に思えた。夏ともなると、井戸の底に日が差し入り、噴き出している水が水面全体を揺らすさまが手にとるように見えた。

たへまなくひかりのゆがむ噴井かな　　夏井いつき

ある日、母の実家に遊びに行ってみると、井戸に重い蓋が乗せてあった。大人たちの話だと、ワタシよりも三つ年下の従兄弟が井戸に落ちるという事件があったらしかった。ちょうど末の叔母が水屋の近くにいて気づいたからよかったものの、皆が母屋に入ってたらとんでもないことになっていたと、大人たちは口々に言った。あの深い井戸から小さな従兄弟が生還したことにも驚いたが、井戸の蓋がもうこれで永遠に開けられないかもしれないという事実にも驚いた。あのゆらゆらと噴き上がる水が、井戸の奥に差し込んだ日差しを揺らすこともないのだと思うと、なんだか哀しかった。

母の実家にあまり足を運ばなくなったのは、それからのことだったように記憶している。

さみどりのひかりに噴井鳴りださん　　夏井いつき

襖外す　ふすまはずす❖三夏❖人事

※暑さが厳しい折、襖をはずして風の通りをよくし、暑さをしのぐこと。

現在住んでいる家には、この季語を実践するための襖がない。かろうじて押入の襖はあるが、これを外してしまうとエライことになる。こんなカンタンなことすら実行できなくなっている現状に危機感を抱いた絶滅寸前季語保存委員会委員長は、身近なところで大調査？を行った。「あなたの家、襖ある？」という聞き取り調査である。

その結果は、おおむね予想どおりで、七割ぐらいがワタシの家と同じ程度。「いやんなるほどあります」と答えたのは、住職が一人と、かつては大きな造り酒屋であったという旧家の奥さん。「この間まであったんですが……」と意味不明な答えが戻ってきたのは、イマドキ珍しい長屋風二階建てプレハブアパート・若菜荘に住んでいる放送局のバイト大学生。「それ、どういうこと？」「なんせ老朽化してるアパートなもんですから、蛇口のとこの水道管が破裂して水が噴き出して、台所と部屋を仕切ってる襖がびしょぬれになったんですよ。で、一日外に干してたら乾くだろうと思って、バイトに出る前に階段の下のところに二枚広げて干してたんですが、帰ってみたら無くなってたんです。もう憤っちゃいましたよ、なんのためにあんな襖盗んでいくんですか。それに……今度、大家さんに会ったらなんて説明しようかと、気が気じゃないです」

ひとくちに「褉外す」といってもさまざまなケースがあることに、唖然としてしまう我が日本国である。

褉外して日本の風を呼ぶ　夏井いつき

振舞水　ふるまいみず❖三夏❖人事

※暑い盛りに、道端や家の前などに水を入れた桶を出し、通行人に自由に飲ませたもの。水を振る舞って接待するという意味で「水振舞」「水接待」とも。

四国に住む人間として、「お接待・振る舞い」という言葉は、決してすたれているわけではないと実感する。野菜市の片隅で休憩していた遍路のオジサンに、家族旅行らしきお婆ちゃんが自分の手提げ袋から蜜柑を取り出して「食べてやんなはい」とお接待していたり、トマト農家のオジサンが無人販売の軒先にお接待用として規格外のトマトと塩の入った瓶とを並べていたり、そんな現場に出くわすことは多々ある。

知らない人から貰った物を迂闊《うかつ》に口の中に入れるなんてとんでもない、というぼんやりした不安を抱えて暮らしている人たちが大多数である、現代社会。お遍路さんだけでなく、四国を訪れる人たち皆にお接待の心の象徴として、冷たい「振舞水」がいたるところに用意されるようにでもなれば、きっとワタシたちの国はもっとシアワセになっていけるだろうし、この季語の将来にもほのかな希望が見えてくるだろう。

青年僧空海振舞水を受く　　夏井いつき

干飯　ほしいい❖晩夏❖人事

❖かつて天日で飯を乾燥させ、携帯用としたもの。河内の国（大阪府東部）道明寺の尼が、これを作り始めたので、「道明寺」ともいう。

『図説大歳時記』の解説によると、この食物は庶民の携帯食としてだけではなく、軍用のものとしても利用されていたらしい。時代劇の合戦のシーンとかを見ていて、この人たちのご飯は誰がどんなふうに世話すんのかなあって、いつもそんなことが気になったりするのだが、なんとまあ、こんな堅いものを皆さんバリバリ喰いながら、槍持って走

り回ってたのかと思うと、ますますお気の毒である。味と堅さが想像できるだけに口の中がごわごわしてくる。

蜑《あま》の子にたふとがらせん道明寺　　服部嵐雪

解説にある「道明寺の尼」について調べみると、道明寺粉ってのを発明したのがこの尼さんらしい。ならば「道明寺粉」ってのは何だ？　とさらに調べてみると、これがなんと和菓子の材料にして「乾燥した糯米（糒）を挽き粉状にした」ものだというのだから吃驚。関西風の桜餅を「道明寺」と呼ぶのは、こういう由来からなのだそうな。ナルホド、これぞ「干飯」の発展形だったのか。

生活の工夫から生まれた季語は、時代の発展によって絶滅していく。が、桜餅のある限り「干飯」という季語は生き残っていくのだ！　ということを知った今日、絶滅寸前季語保存委員会委員長ことワタクシは、百万の桜餅を味方につけたような有難い心持ちである。

干飯やかんでふくめてゐる家訓　　夏井いつき

蛍売　ほたるうり❖仲夏❖人事

❖蛍を売る商売。

こんな風流な職業もあったのだなあと思う。『図説大歳時記』には蛍売の様子が描かれた絵図も載っているが、こんな詳しい解説もついている。

虫売りは江戸時代からあり、ホタルが喜ばれた。市松障子のかつぐ小屋を作り夜店のはしの暗がりに、金網などはった中にホタルを入れて店を張った。丸い太鼓型の曲げ物や小さい箱形のものに、麻布や古物の絽・紗を張った蛍籠に入れて売った。

さらに考証の項を読むと、昔の人たちは蛍売から買ってきた蛍を蚊帳の中に入れたり、庭砌《ていせい》（庭の石だたみ）草樹の間に放ったりして楽しんだんだそうな。全国で、蛍のいる川に戻そうと活動を続けている地域の方々も多いと聞くが、夜店の端の暗がりに、ひっそりと蛍売が座り始めるような日の復活も、ひょっとすると近いのかもしれない。

さつきまでそこにをりしが蛍売　　夏井いつき

母衣蚊帳　ほろがや❖三夏❖人事

※「蚊帳」の副題。小児の昼寝などに使うのが「母衣蚊帳」で、竹を骨として母衣型に作ったもの。

『図説大歳時記』には「今は、金属の骨の小型のもので小児が昼寝のときに使うものしか見られないが、もとはおとな用もあった」とある。しかもその横には、特大コウモリ傘を伏せたような形の蚊帳の中に、赤ちゃんが後ろ向きにちょこんと座っている写真も掲載されている。なーるほど、こんなものであったか。

母衣蚊帳を脱走したる赤ん坊　夏井いつき

こんなものの大人用まであったとなると、さらに大きなコウモリ傘状の骨が必要となってくるわけやなあ、昼寝するんでも場所とるなあ、こんなモン広げて寝られたら邪魔でしゃーないなあ、などと思いつつ、あれこれ調べていたら、なんと顔を覆うだけの用途に使われていた「面蚊帳《めん》」というのもあったというのだからビックリ。そんなの顔にだけ乗せて寝たからといって、なんの効果があるのだろう。寝返りを打てばそれまでではないか。第一、そんなの乗せて寝られる人もエライと思うぞ。仰臥《ぎょうが》した顔に蚊帳を乗せ、微動だにせず眠れる人でなくてはこの絶滅寸前季語は使いこなせない。もうこれは、修行である。

面蚊帳のはや仰向けに転がれり　　夏井いつき

もう一頁めくったところにもう一枚、母衣蚊帳の写真を発見。横長の蚊帳の中で向こう向きに眠っている幼児と、蚊帳の外に散乱している飛行機のおもちゃなどが微笑ましい。さらに、その写真に「今の蚊帳」との説明書きが添えられている微笑ましさ。今という時間は刻々と過ぎていくが、こんな長閑な「今」は、すでにワタシたちの手からこぼれ去っているのだ。

みどりの冬　みどりのふゆ❖晩夏❖時候

※「冷夏」の副題。青葉の繁る頃の寒さなのでこういう。

「ありゃ、なんですか?」と、何人もの方々に聞かれた。私だって、前著『絶滅寸前季語辞典』を書いてた時には、こんな季語があることに気づきもしなかった。今回、続編を書くためにごそごそ探していて、ひょっこり見つけたのだ。

約束は破るためにあるみどりの冬

梅田昌孝

みどりちゃんと過ごしたあの冬のささやかな同棲生活……なーんて、完全に勘違いしているのではないかと思われる梅田昌孝を始めとして、みなさん四苦八苦の投句が届いたのは、日本全土を覆っているこの猛暑のせいだろうか。

みどりの冬を探して歩きたくおもふ

ノブロー

先週、仕事で長崎に出掛けた。松山から福岡空港に飛び、そこからJRでの移動となったが、とにかく建物の外に出るたびに卒倒しそうになる。福岡空港の到着ロビーから地下鉄の乗り場まで歩くわずかな地上滞在時間に、何度も気を失いそうになる。JRのホームで特急「白いかもめ」号を待っている間も、列車の熱風に煽《あお》られながら体の一部が溶け始めているのではないかと不安になる。ふと、振り返ると、ビルの電光掲示板の温度表示は「三六・五度」！　こりゃ、体温計ではないか⁉

ここ数年の異常気象は、目に余るものがある。東京在住の句友たちが、「このところ夕方になるとスコールみたいな大雨が局地的に降るもんだから、傘だけはいつも持ち歩いてるんです」なんて言ってたが、日本が亜熱帯気候への道を驀進《ばくしん》していることだけは、恐ろしくもたしかな事実であるようだ。

山荘のみどりの冬のミルクティー　むらさき

みどりの冬口づさみたる賢治の詩　仁和紀和子

先日、ある講演会で「成田空港の滑走路の本数不足、距離不足のため、成田空港上空では何機ものジャンボジェットが、着陸待ちの飛行を三十分近くも続けている」という話を聞いて、驚いた。そんなの、アンタ、一日中上空でジェット燃料燃やし続けて関東平野を熱しているようなもんじゃないか。天気予報の温度分布図を見るたびに、真っ赤っかに色分けされている関東地方の皆さんが、今日も無事に生き抜かれることを祈るしかない。

みどりの冬眠り無心の乳母車　福岡重人

みどりの冬人生歌う歌手の逝く　瓢箪山治太郎

日本国中真っ赤っかの温度分布図を横目で見ながら、あれやこれや考えていると、この二句のような無心かつ率直な「みどりの冬」のイメージも、崩壊の一途を辿るばかりに違いない……と、この項を結ぼうとしたのだが、次の一句のせいで、つまらない妄想がムクムクと湧いてきた。

放浪やみどりの冬の底の星　　カテーテル・石井

うーん、この先、地球全体が「みどりの冬の底の星」となるってことはないのか。この異常気象の果てにある可能性は、亜熱帯地方・日本……と限られるわけではないかもしれぬ？　素人の私なんぞには理解できないチンプンカンプンな理由で、いきなり氷河期へ突入していくということは絶対にないのか⁉　太陽は消滅しないのか⁉　なんせ、異常気象ってのは異常ぢゃから異常と言うんぢゃ！　この世の中、何が起こっても不思議ではないという確固たる不信感は、政界でも経済界でもあっちでもこっちでも渦巻いているではないか？？

……もしも、日本中がすっぽりと「みどりの冬」に包まれてしまうという異常気象が起こったとすれば、絶滅寸前季語としての保存運動どころか、ジャンボジェット機を使っての地球温暖化計画・季語「みどりの冬」撲滅運動なんてことに発展するかもしれない?!　……ああ、宇宙船地球号は、一体どこへ向かって進むのか。

みどりの冬ハルマゲドンの日も近い……　　滝神ヨシオ

麦熟れ星　むぎうれぼし❖仲夏❖天文

❖「梅雨の星」の副題。他に「麦星《むぎぼし》」とも。夜に梅雨の晴れ間が出て星が輝くことをいう。麦が熟する頃であるので、このように呼ばれる。

名前というのは、とても不思議だ。同じ時期の星を指しているのに、「梅雨の星」と呼んだ時と、「麦熟れ星」と呼んだ時では、湿度と温度があきらかに違う。

わが里は麦熟れ星の真下かな　今川ただし

麦熱れ星ここからはもう見えぬ楡　ノブロー

「梅雨の星」はしっとりと冷たく湿った空気が肌に感じられるが、「麦熟れ星」は湿度を含んだ熱っぽさを伴っているように思う。この満天の星の下で、麦が確実に熟しているのだと思うだけで、ほんとうに美しい。

校庭につどふ麦熟れ星のころ　杉山久子

くちづけを麦熟れ星の消えぬ間に　かたと

「麦熟れ星」には、そこはかとない懐かしさの感情も連れ添う。遠くかすかに聞こえてくる音の正体が、なんなのかは分からないけれど、なにか懐かしいものが自分に語りかけているような……、そんな不思議な感覚の言葉。

わたくしのクセ毛の系図麦熟れ星　手枕千代子

肉体の不思議議麦熟れ星の意味　滝神ヨシオ

麦熟れ星ゴッホの町の塔の部屋　後藤田五頭太

去年の句会ライブで訪ねた鳥取盲学校の大西マサヒロ先生から、俳句を勉強してみたいというメールが届いた。そのメールの文面に、ハッと心を衝かれた。

点字には漢字がありません。盲学校で育った私は、漢字の知識があまりありません。今から、三十年ほど前に、『漢点字』というのを考案された盲学校の先生がいて、それ以来、私はその漢点字を覚えて、漢点字で点訳された本を読んで勉強を続けています。漢点字を学んでからは毎日が発見ばかりなんです。それまでは、どんな文字が当ててあるのかを知りませんでしたから、本を読むたびに使われている字にハッとさせられるのです。

例えば、「地獄」という字を見たときに、ほんとうの地獄のイメージが浮かぶ心地がしたものです。私の心の中には、「天国」に対する「地国」ぐらいに思っていたのでしょうね！

さらに「音楽」という文字を見たときの私の驚きはいかばかりでしたか！　まさにハッとしました。多分「数学」と同じように「音学」とでも書くと、おぼろげに思っていたのでしょうね。「音楽」を見たとき、それこそ美しい音楽だと感じました。

言葉を扱う仕事をする人間として、こんな言葉に出会うと、こちらの心こそがハッとする。なんと私たちは、美しい母国語を持っているのだろうと、改めて深い思いにとらわれる。

かたわらのラジオから流れてくる音楽を聴きながら、改めて「音楽」という文字を味わう今夜の私である。

麦熟れ星置き場決まらぬラヂオかな　　瓢箪山治太郎

麦藁籠　むぎわらかご❖仲夏❖人事

❖麦藁で編んだ籠。

編むとか織るという行為は本当に美しい。そんな人たちの手元を見ているだけで飽きない。こんな知恵が生まれ、こんなふうに引き継がれていく生活美というべきものをワタシは心の底から愛しているのだが、如何《いかん》せん自分でやってみるとなると、これがなかなかなのだ。

姉妹《おとどひ》や麦藁籠にゆすらうめ　　高濱虚子

一時期、新聞広告をくるくる丸めて作った紙縒《かみより》を使って編む、アンデルセン手芸というのが家庭内で流行したことがあった。母は夢中になって大小あれこれの籠を編んでは、誉めてくれる人にあげていた。皆が喜んでくれるので、できるだけたくさんの人に編みたいけど、材料になる紙縒作りが大変なのだと愚痴るので、当時産休に入っていたワタシはこれといってすることもないので、その紙縒作りに協力していた。テレビ見ながら、世間話聞きながら、本読みながら、黙々と製造マシンとなっていたが、ある日その果てのない作業に飽きてきて、母が置きっぱなしにしてあった『今日から始めるアンデルセン手芸』という本を手にとった。めんどくさそうに思っていた編み方も、親切丁寧な写真付き解説を読んでみればそう難しそうでもない。退屈しのぎに、小さな籠を編んでみたら結構こぎれいに整然と編めた。しかもそれなりに面白い。ワタシが自分と同じ趣味を楽しんでくれていると最初は喜んだ母だったが、二人して編み始めると材料の紙縒はあっというまになくなる。紙縒を作るよりは編むことの方が楽しいことを知ってしまったワタシと母の趣味は、やがて材料不足という切実な現実の前に、次第に自然消滅していったのである。

麦藁で麦籠を小器用に編める子供たちがいた時代もあった。麦藁というと、市販の麦藁帽子しか思いつかない子供たちの時代に、「編む」という美しい技術は果たして生き残っていけるのだろうか。

ねぢれつつ麦藁籠や太り行く　　篠原温亭

虫篝　むしかがり❖晩夏❖人事

❖害虫駆除のために、畦道などで焚かれる篝火《かがりび》のこと。虫たちは明かりに吸い寄せられ、火に飛び込み焼け死ぬ。

バクゼンと「虫」と呼ばれているものが絶滅の危機にあるわけではない。「篝火」というモノが焚けないわけでもない。が、「虫篝」という季語が絶滅しかけていることは紛れも無い事実だ。

田畑や果樹園での害虫駆除となれば、効き目の確実な駆除薬が使われているだろうし、どこもかしこもの農家が害虫駆除の篝火を焚きだしたりすれば、消防署も黙っていられないだろう。農業の進歩と消防法の前に、力尽きようとしている瀕死の季語が一つ。

虫篝焚けば虫死ぬ時の綺羅　　夏井いつき

ローマ字の日　ろーまじのひ❖初夏❖人事

❁五月二十日。日本ローマ字会が設立された日。

「こんな季語を見つけたのですが……」とメールをくれたのは、我らが俳句マガジン『100年俳句計画』のキム・チャンヒ編集長。どれどれと読んでみる。思わず「なんぢゃ、こりゃ」とつぶやいてしまう。こんなの誰が決めたんだよ……。

ローマ字の日の体操の大車輪　キム・チャンヒ

小学校四年生の時に、初めてローマ字なるものを習った。担任のフルヤ先生は、きびきびと元気な若い女の先生だったが、先生がある日、変な線の入った黒板を教室に運び込んできた。音楽の時間の五線譜の黒板かと思ったが、どうも違う。その日から、その変な黒板を使って、フルヤ先生は私たちにアルファベットを教え始めた。そして、四年生になってからずっと書かされていた日記を、短くてもいいからローマ字で書くようにと指示した。以来、私たちのアルファベットとの格闘の日々が始まった。大好きな先生からの日記のお返事もローマ字に変わった。黒板の端っこにある日直の名前をローマ字で書く子もいた。新しい下敷きに、好きな歌手の名前をローマ字で書いてキャーキャー言ってる女の子たちもいた。朝の会では、必ずABCの歌を歌った。私の旧姓が「家《いえ》藤《ふじ》」だったものだから、♪えーびーしーでぃーイーエフジー、のところまでくると、きまって皆がくすくす笑って私の方をみた。私たちは皆、この新しい勉強に熱中した。

ある日の帰り道、後ろを歩いていた同級生の銀クンがしみじみとつぶやいた。「フルヤ先生ってすごいなー。英語が書けるんやもんな」。(え、あれって英語なんかなー)と思ったが、頭から否定する自信がなかったから、黙っていた。すると隣を歩いていたトミキチ君が「ほんとやなー。けど、わし、自分のこともすごいなーと思うた。英語いうのは中学生にならんと分からんと思いよったけど、わし、な、自分が英語の意味どんどん分かるんでびっくりした」と言い出した。私はまた(えっ、あれって英語なんかなー)と思ったが、やはり自信がなかったので、黙って歩いていた。小さな村の小学校で、そこそこの優等生だったものだから「アレは英語なんかじゃないよ」と決めつけて、万が一、アレが英語だったとき、どうしたものかというタメライが私の心にブレーキをかけた。

今度はハルさんが口を開いた。「いっこちゃん(私の愛称)はえらいけんなー、もう英語ぺらぺら読めるやろ。うちも、あがいに読めるようになりたい」。するとマサミちゃんが「いっこちゃんは、大きなったら外国で働くような人になるんかな」とまで言い出した。私は、(そーなんかなー、あれって日本語ちがうんかなー)と思いつつも、きっぱりと否定もできず、曖昧な笑みを浮かべて、黙々と歩いた。あれが、英語ではないことを私たちがはっきりと知るには、あと数日の月日を要した次第であった。

頬杖つくなローマ字の日の弟よ　杉山久子

露台　ろだい❖三夏❖人事

❈「バルコニー」「テラス」「ベランダ」のこと。

『図説大歳時記』によると、「もともと紫宸殿《ししんでん》と仁寿殿《じじゅうでん》の間の、乱舞などをする床張りの、特定な場所に命名されたことば」であったそうで、英語のバルコニー、ドイツ語のバルコンを「露台」と訳したのは坪内逍遥か二葉亭四迷あたりではないかと推測しているようだ。

足もとに大阪眠る露台かな　日野草城

これが季語なら、我が家自慢の物干し台も季語にしてくれよと言いたくなる。が、季語認定のための条件から考えてみると、用途の中心が「涼む」ではなく「干す」である以上は、無理に違いない。が……ちょっと待てよ！　うちの場合は、この難しい季語認定条件をクリアできるかもしれない。だって、おおかた何も干してないし、毎日夕方になるとここに座り込んで缶ビール呑むのがワタシの日課。期待が持てそうではないか。

和清の天　わせいのてん❖初夏❖時候

❁「清和《せいわ》」の副題。気候が清らかで温和なこと。陰暦四月の時候を指す。中国では陰暦四月朔日（一日）を清和節という。

なぜ、「清和」をわざわざひっくり返して「和清」なんてやるんだろうと、またまたツマラナイ疑問が浮かんだので早速調べてみる。『年浪草』（天明三年）の記述に、「白楽天の詩などでも『清和』となっているので、こちらが正しいのだが、文字をひっくり返すようになったのは清和天皇の御名を避けるためではなかったのか」という意味の一文を発見。さすがは、『図説大歳時記』！　ほかにもさまざまな出典が記されていて読んでるといちいち興味深いのだが、いちいち時間がかかってしようがない。こんなことしてたら、いつまで経ってもこの本できあがらないよ〜！　と思うのだが、ついつい次の行を目が勝手に読んでしまう。例えば『白氏文集』巻十九・七言十二句「贈駕部呉郎

「中七兄」の冒頭の「四月の天気は和して且つ清々し」なんてのが目に入ってくると、ついつい声に出して読んでしまう。漢文や古文を声に出して読むと、誠に、この詩句のように清々しい気分になる。

日本語の豊かさを考える時、韻文の持つリズムの美しさもまた大きな要素として挙げられる。机の上に積み上げてある何冊かの中から、『声に出して読みたい日本語』（齋藤孝著・草思社）を手に取る。最初に出てくるのが、河竹黙阿弥「弁天娘女男白浪《めおのしらなみ》（白浪五人男）」。黙読してたつもりが、知らぬ間に声に出している。

知らざあ言って聞かせやしょう。浜の真砂《まさご》と五右衛門が、歌に残せし盗人の、種は尽きねえ七里ケ浜、その白浪の夜働き、以前をいやあ江の島で、年季勤めの児《ちご》ケ淵。

読んでるうちに、口がだんだん気持ちよくなってくる。次第に自己陶酔の域に達する。まるで、マイクが放せないカラオケおばさん状態である。最後の名台詞、「名さえ由縁の弁天小僧菊之助たア、おれがことだ〜ァ！」と、見得を切る顔真似までやってしまいそうになるから、オソロシイ……。

さらに調子にのって、教員時代に生徒たちと一緒に暗誦した覚えのある『平家物語』を、どこまで記憶しているか挑戦する。

祇園精舎の鐘の声、諸行無常の響あり。沙羅双樹の花の色、盛者必衰のことはりをあらはす。おごれる人も久しからず、唯春の夜の夢のごとし。たけき者も遂にはほろびぬ、偏に風の前の塵に同じ。遠く異朝をとぶらへば、秦のチョウコウ……

この後、中国の皇帝や日本の武将の名前が並ぶのだが、敢えなくここでリタイア。クソッ、以前は、「まぢかくは六波羅の入道前《さきの》太政大臣　平《たいらの》朝臣《あつそん》清盛《きよもり》公と申しし人の有様、伝へうけ給るこそ、心も詞も及ばれね」まで朗々と言えてたのになあ……。よし、得意の『枕草子』ならもっといけるかも！　と、ついつい熱中し、昨夜は、「暗誦」というマニアックな趣味にのめり込んでしまった。

ま、そんな弁解をいくら並べても、この原稿が遅々として進んでないことは言い開きのしようもない。心を鬼にして、仕事に戻るしかない！　嗚呼、日本語の美しさが、ワタシをダメにする〜！

朗詠や和清の天という真青　　夏井いつき

秋

秋渇き　あきがわき❖三秋❖人事

※夏に食欲が減退し痩せていたものが、気候のよい秋に食が進むこと。

一年を通じてあまり食欲に変化はない身ゆえ、ピンとくるようなこないような曖昧なカンジだが、一般的に言えばナルホド納得の季語なのだろう。

本来、ものをバコバコ食べたい質ではない。美味しいものをほどほどにつまみつつ、美味しい酒を呑むというのが、最も好みとするラインである。が、人生というのはままならないもので、ハードなロケを目の前に、食べておかなくてはならないという使命感のもとに詰め込むこともあるし、原稿に夢中になって気がつけば今朝からなにも食べてなかったという日もある。

秋渇きカロリーメイトがお友だち　西沖あこ

「いつきはいいわよ！」と、この原稿を書いてる仕事部屋の、たった一脚置いてあるキャンプ用折りたたみ椅子に体を埋《うず》めているのは、学生時代からの友人。私が秘かに、マダム・フセインと渾名《あだな》しているこの友人は、なんの予告もなく我が家にやってきて、勝手知ったる他人の家のコーヒーを淹れ、パソコンを叩き続けるワタシの背中越しに延々と自分の話だけして帰るという、世にも類い希な友人である。

「いつきは、ほんと変わらないもんね、体型」「そうでもないよ。やっぱり若い頃とは違うよ」と、何気なく返事したら、彼女の疾風怒濤の語りの餌食になってしまった。刺激のない生活をしてる自分みたいな専業主婦は、ほんとにツマラナイ。夫は仕事仕事ばっかりだし、たまの休日は子供しか可愛がらない。主婦業ってできてて当たり前のことばかりだから、どんなに頑張っても誰も誉めてくれない。ちょっと手を抜いただけで、文句言われる（「ソウダネ……」と相づちを打ちつつ、パソコンを打ち続ける）。どっかの国の男たちみたいに、毎朝起きたとたんに「オオ！　君はチャーミングだよ」なんて言われたりしてたら、誰だってお洒落する張りも出てくる（エッ？　と振り向く）。ワタシだって別に好きでスナック菓子買い込んでくるわけじゃなく、それもこれも、夫への不満、ＰＴＡ役員会での傲慢な副会長への苛立ち、社宅の奥さん連中との付き合い等の心労がないまぜになったストレスの結果である。なのに、自分の妻を「トド」呼ばわりする夫の無神経に腹が立つ（そのネーミングのどんぴしゃり具合に、心の中で膝を打つ）。だから、アンタみたいに自分の好きな仕事もって、自由に楽しそうに生きてて、その歳でそれなりの体重キープしてる人みたら、それってちょっとどーなの?!　って言いたくなる（矛先がこっちに向いたのでギョと振り向く）。

慌ててフォローする。「それってね、ストレスからくる食欲というよりも『秋渇き』

っていう季語みたいな、秋になれば皆こうだよねっていうみたいな、そんな単純な話かもよ」と、季語の話でごまかして一般論に持っていこうとしたら、彼女がいきなりこう言った。「エッ？　なにそれ、そんな季語があるの？……危険よね、それ。アンタの仕事と真っ向対決になるけど、私はその季語の撲滅運動に立ち上がる！」と言って、ほんとに立ち上がって帰ってしまった。

　口角に泡を飛ばさん秋渇き　　布施院華子

この手のPTA主婦および専業主婦パワーの凄まじさは、身に沁みて知っている。絶滅寸前リストには入れてなかったこの季語を慌てて追加した、実は結構心配性の絶滅委員長ことワタクシである。

　肋《あばら》より女は生まれ秋渇き　　夏井いつき

秋の村雨

あきのむらさめ❖三秋❖天文

❖村雨は群雨《むらさめ》のことで、にわかに群がって降る雨。夏季の季語。「みじか夜や村雨わたる板庇《いたびさし》　与謝蕪村」などがある。和歌では夏季・秋季ともに詠まれている。

「秋の村雨」は「秋時雨」の副題のように考えていたが、それがとんでもない勘違いであったことを、今のいま知った。どういうことかというと、「村雨」は夏の季語にして急にザーッと集中して降る雨のこと。対する「時雨」は冬の季語にしてシトシトと降るタイプ。降り方が正反対なのだ。

が、そんなことが分かったところで、この季語……サエナイ名刀みたいで、扱いに困る。実は、『図説大歳時記』にはこの季語は「後の村雨」という表現で副題に入ってはいるが、「秋の村雨」は見当たらず。まして、例句もなく、トホホの雨である。

駅頭に秋の村雨やりすごす　　夏井いつき

蟻吸　ありすい❖三秋❖動物

❖「啄木鳥《きつつき》」の異名。

これまた、「蟻吸」はアリクイのことだとばかり思っていた。なんとまあ、知らないことだらけである。が、しかし、この「蟻吸」という語感には問題がありすぎやしないか。啄木鳥の、あの木をつつくさまを想像すると、「吸う」という行為とはあまりにも不似合い。「啄木鳥」という立派な名前があるんだから、いっそ「蟻吸」なんて名前は捨てたらいいじゃないの?! ……と、乱暴なことを考えていたら、ひょんなことからワタクシ的新事実を発見! ああ、吃驚。
『日本の野鳥』(山と渓谷社)によると、キツツキ目キツツキ科には「アオゲラ・ヤマゲラ・ノグチゲラ・クマゲラ」等がいるのだが、この「蟻吸」というのは、それらの中の一つの種類を指しているのであって、「啄木鳥」の別名ではないということが分かった。他のゲラさんたちは、みな頭に赤い帽子を乗っけたような風貌をしているのに対し、この「蟻吸」はまことに地味である。ほどいた毛糸を集めて創ったような茶色のちぢれ毛。小ずるそうな目。しかもこの「蟻吸」くんは、他のキツツキたちとは暮らし方まで違っている。

キツツキの大半が自分で巣穴を掘るのに対し、本種は自分では穴を掘らずに、アカゲラなど他のキツツキ類の古巣や樹洞を利用して産卵する。巣箱もよく利用する。巣穴に人が近づくと、巣穴から顔を出してヘビのようにシューシューと威嚇する。その姿は穴から顔を出したヘビのようである。アリを主食とし、長い舌を上手に使って、古木や地上に巣食うアリの卵から成虫までを食べる。（中略）他のキツツキ類のように木の幹に縦に止まることは少なく、一般の鳥と同様にとまる。そのためか尾は角形である。

どこがキツツキや！　と突っ込みたくなるような暮らしぶり。しかも、蟻の成虫とさなぎを一挙にくわえ込んでいる大写しの写真は、いかにもどう猛な蛇の眼。キツツキの象徴である木の幹に縦に止まる姿すらないとなったら、こりゃもうキツツキ目キツツキ科から出ていってもらってもいいじゃないか？　と、野鳥の世界ド素人のワタシはつぶやく。

動物園のアリクイを詠んだ例句は発見したものの「蟻吸」は見つけられないが、例句を付けない歳時記・季寄せ・季語辞典の類は認めない！　というのが、我が絶滅委の主張。そんなわけで、この可愛くない鳥の写真をさっきからずっと睨み続けている私なのだよ。

シャイロックてふ名を蟻吸に与ふ　　夏井いつき

おしあな

おしあな❖仲秋❖天文

❖台風のとき南東から吹く強烈な風のこと。西日本、特に長崎地方で多く用いられている。「あなじ」が冬の北西からの風を指すため、「おしあな」は北西からの風を「おし」返す南東からの風を意味する。

今、ワタシの仕事部屋の窓には、台風のきそうな生ぬるい風がひよひよと吹き込んできている。天気予報では、台風が一つまっすぐに四国地方に進んできているらしい。「おしあな」とだけ聞けば、そりゃなんぢゃ？　と思うが、「あなじ」が冬の北西風で「おし」が反対という意味だ、と説明されるとナルホドと納得する。言葉が出来上がるというのは、まことに興味深いものだが、さらに疑問が生まれる。なんで北西風に「あなじ」って名が付いたんだろう。あれこれ調べているうちに面白い語源説を次々に発見した。

まずは、『海上文化』（柳田国男）ならびに『日本語源』（賀茂百樹）によると「アナ」というのは驚きを表す言葉である、と。これは、古文の教科書とかには出てきてたな。「あな、恥ずかし」とか「あな哀し」とかね。で、「ジ」というのは「アラシ」の「シ」なんだって。ワタクシ的翻訳をすると「オオ！　吃驚風」ってカンジ。じゃあこ

れが、全日空・ANAになると「OH！　びっくり航空」ってか⁉
ほかにも幾つか説があって、「アナ」は「イヌ」の転訛《てんか》であるという説・戌亥《いぬい》の風つまり「イヌイ」の「シ」という説・「アメナシ（雨無）」の略であるという説等々、諸説紛々。まさに吃驚、あなあなあな！　の言葉たちである。

おしあなに吹かれていたる郵便夫　　夏井いつき

鬼の醜草　おにのしこぐさ❖仲秋❖植物

❖「紫苑《しおん》」の異名。根を煎じると鎮咳薬になる。強風にも強く、台風の後などにはいち早く立ち直る。

あれこれ調べるたびに、一人で吃驚あなあなあな！　と感心しているのも申し訳ないが、「紫苑」というアニメの主人公にでもなりそうな美し系の名前を持ったこの花にまつわるお話を見つけ、またあなあなあな！　と喜んでいるワタシ。以下は、『年浪草《としなみぐさ》』（一七八三年）という書物の一節である。

俊頼の抄に曰、むかし人の親、子を二人持たりける。この兄弟、孝行にしける。親失せて後歎き、塚に詣でて在すがごとくありける。（中略）その兄、公に仕へて私を顧るにたへず。（中略）萱草は思ひを忘らかすものなりと、塚にこれを植ゑける。弟はこれをいたく恨みて、紫苑は忘れぬ草なり、と植うる。兄はいつの程よりか忘れて行かず、世に萱草をわすれ草といふこと、しるしあり、弟はまた絶えず詣でぬ。（中略）この紫苑草は、嬉しきことあらん人は植ゑて見るべきか。嘆くことあらん人は、植うべからざる草なり。

ふーむ、ナルホドでしょ。古文を読むのが苦手な人に、ワタクシ的翻訳をすると「昔、親孝行な兄弟がいてね、親が亡くなった時は二人とも嘆き悲しんで、しょっちゅう墓に通って親を偲んでたんだけど、兄ちゃんのほうは、仕事も忙しくなっちゃって、そうそう墓参りもできないしさ、悲しみを忘れることも大事！　ってカンジで、思いを忘れるっていういわれのある萱草《かんぞう》を植えたのよ。ところが、弟はそれを恨んじゃって、思いを忘れない草といわれる紫苑を植えたのね。で、その後の二人の行動は、いつからか墓にも行かなくなった兄と、絶えずお参りしてる弟とに分かれちゃったから、やっぱりこの草の印は出てるよね」……ちゅー話なんだけど、互いが植えた草のせいでそうなったというよりは、お互いにそうしたかったから、いわれのある草を植えてみたという単純な話なんだけどね。

しかし、それにしても「紫苑」という気品ありげな名前に対して、なぜ「鬼の醜草」なのだろう？　これは諸説紛々にして曖昧。鬼が教えてくれた草だの、紫苑の葉っぱが雛のナニヤラに似てるから醜だとか、よー分からん記述ばかり。その中で、最も分かりやすかったのは、こんな語源説。

遠ノ志小草＝遠志は志を強くし、精を増すの薬をいう。（『関秘録』）

鎮咳薬としても使われて、台風に倒れてもすぐに起き上がってくるこの不屈の草。この薬草の名が、「オニノシコグサ＝鬼の醜草」という当て字として広まってきたような気がするなあ。

鬼の醜草よ不屈の青空よ　　夏井いつき

風祭　かぜまつり❖仲秋❖時候

※「二百十日」の副題。他に「厄日」ともいう。立春から数えて二百十日目を指し、九月一日頃になる。稲の花ざかりで台風の時期でもあり、農家では、「厄日」として警戒する。「風祭」は風を鎮めるための祭りや祈りをいったもの。

同じものを指すのに全く違った呼び方をする季語は、ほかにもいろいろある。例えば「曼珠沙華《まんじゆしやげ》」には、「死人花《しびとばな》・天蓋花《てんがいばな》・幽霊花・捨子花・狐花」等などの呼び名。「死人」にしても「捨子」にしても同じマイナスイメージの言葉とはいえ、死人と一緒にされる捨子もお気の毒とゆーか……ご愁傷さまである。

先のこと考えないで風祭　　梅田昌孝

この季語にしても、「二百十日」「厄日」「風祭」の三つが、全く同じ意味であるなんて、誰が想像できるだろうか。

テレビラジオつけつぱなしの風祭　　大塚桃ライス

「あれは、ナントカ観音さんの縁日で、ほら、その日にお参りしたら二百十日分の御利益があるってゆー、あれでしょ？」と、いつもの知ったかぶり豆知識を披露してくれたのは、某ＰＴＡ副会長さま。うーん、それを言うなら「四万六千日」でしょう？　二百十日分の御利益では、縁日の人出もままなりませんなー。

商店の名入り手拭ひ風祭　　だりあ

「ねえ、風祭って知ってる？」という質問に身を乗り出してきたのは、某テレビ局のスタッフ。「懐かしいなー。僕がね、学生の時に下宿の先輩に初めて見せてもらったＡＶビデオ。看護婦さんシリーズの主演の女の子が、風祭ありさちゃん！」こんなヤツに聞いた私がバカだった……。

見初めしは五十年前風祭　　かたと

例えば「見初めしは五十年前厄日」とすると、この季語はただのオチに堕落してしまうし、「見初めしは五十年前二百十日」では年月日の確認みたいになってしまう。「風祭」という語感が、一句の中にどこまで美しい響きを確保するかが、勝負の分かれ目。挑戦しがいのある季語ではないか。

釘箱の釘そつぽむく風祭　　阿南さくら

蛾眉

がび❖仲秋❖天文

❖「三日月」の副題。陰暦八月三日の夕方に見える月をいう。

先だってのある夕刻のこと。道路工事の渋滞に巻き込まれ、このままでは句会開始の時間に間に合わない！　とイライラし始めたその時、ふっと港の向こうの空を見上げたら、それはそれは細い三日月が出現している。さっきまでは、何もなかったはずの空の一角に、細くくっきりとあるその月は、これぞまさに「蛾眉」だと思える清艶なさま。その月にうっとりと見とれていたら、鳥取在住の友人からメールが入った。車の列は、全く動きそうもない。いらいらしていても仕方がないので、早速返信メールを打ち始めた。「鳥取は晴れてる？　こっちは見事な蛾眉が出てるよ」と送ったら、予想通りのこんな返信。「松山は、蛾が異常発生してんの？」

蛾眉の夜やお札の顔が変わるとか　　うるみたきこ

蛾眉の日や三日分の日記書く　　律川エレキ

もともとこの蛾眉という言葉は蛾の触角を表していて、三日月形にすんなり曲がった、女の美しい眉のことをいう。それが、転じて美人のことも指すようになったということだ。

わだかまり忘れてをりし蛾眉の夜　福岡重人
蛾眉の日や船で迎えに来る男　瓢簞山治太郎
蛾眉あげてをるは父島感化院　阿南さくら

三日月と美しい女の眉とのイメージを抱いて、この三句なんぞを読むと結構せつせつと胸にくるものがある。このまましめやかにこの項を終わらせようとしている私をあざ笑うが如く、手元にはさらに二通、絶滅委メンバーからの投句葉書が残っている。こんなものまで紹介しなくてもいいのだが、この二人はとにかく熱心である……が、投句の数の割には、作品に問題がありすぎて、絶滅委メンバー中、常に最下位の掲載率を争っている二人である。ある意味ナサケナイが、ここまでのご愛顧に対する報い（いやいや）、むくれ（いやいや）、無駄骨（めっそうもない）、無駄足（もーなんでもいいや）……を覚悟で今回は掲載する。

ガビーンと課長のギャグや蛾眉の窓　西沖あこ
ガビーンがびーんとなる蛾眉　梅田昌孝

釜蓋朔日　かまぶたついたち❖初秋❖人事

❁陰暦七月の朔日（一日）のこと。亡者たちは七月十三日に帰ってくるが、この日地獄の釜の蓋が開いて亡者たちが旅立つという伝説による季語。故人が蜻蛉《とんぼ》の姿で帰ってくるという言い伝えもあり、「蜻蛉朔日」ともいう。

地獄の蓋が開いて亡者たちが帰ってくるという発想は分からなくもないが、十三日に帰るためには朔日に出発しとかないと間に合わないというんだから、こりゃ長い旅路である。しかも、この時期一斉に増えてくる赤とんぼは、地獄の亡者たちの成り代わった姿であると言われた日にゃあ、♪夕焼け小焼けの赤とんぼ～（「赤とんぼ」詞：三木露風）なんて、呑気に唄ってられない気分になる。

子供の頃、この歌詞の続きの「負われてみたのはいつの日か～」ってとこを、「追われてみたのは」だと信じて唄っていた。赤とんぼと己を重ね、追いかけられて捕まえられそうになって必死で逃げているところだと理解していた。釜蓋朔日・蜻蛉朔日なんて季語があることを知った今、案外そっちの方が正しいような気がしてくる童謡の世界ぶち壊し季語。由紀さおり・安田祥子の童謡ファンからお叱りの手紙が来そうな、困った季語たちである。

釜蓋朔日まっかな花が咲きました　夏井いつき

雷声を収む　かみなりこえをおさむ❖仲秋❖時候

❖秋分のこと。

二十四節気の一つが「秋分」。太陽が真東から上がってきて、真西に沈むのが、この日である。秋分の頃になるとそろそろ雷の声も聞かなくなるという意味の「雷声を収む」という季語は、七十二候の分類の一つ。『図説大歳時記』の「秋分」の項には、面白い比較図が載っている。秋分を「初候・二候・三候」と分け、さらに「札幌・東京・福岡」の三か所の土地における違いをまとめているのだ。

初候＝札幌「豆類収穫」・東京「ひとえをセルに」・福岡「カキみのる」
二候＝札幌「馬鈴薯播種」・東京「セキレイ鳴く」・福岡「最高気温二十五度以下となる」
三候＝札幌「初霜」・東京「ツクツクボウシ鳴き終わる」・福岡「ザクロみのる」

札幌の初霜と、東京のツクツクボウシ鳴き終わるが同じ時期なのだというのだから、今さらながら日本というのは細長い国である。日本の細長い空を、雷がひたひたと声をひそめはじめる頃、私たちはそれぞれの冬に向け、少しずつ心の準備を始めていく。そう思うと、この季語も悪くないかもな……と思い始める。が、この季語なんと十音もあるではないか。雷どころか、こっちが声を収める番である。

魚青し雷声を収めけり　森川大和

かりがね寒き　かりがねさむき❖仲秋❖時候

※雁が飛来してくる頃の寒さ。『万葉集』巻八「今朝の朝明《あさけ》雁が音寒く聞きしなべ野べの浅茅《あさじ》ぞ色づきにける」より、とされる。

秋の寒さをいう季語としては「秋寒・そぞろ寒・漸寒《ややさむ》・うそ寒・肌寒・朝寒・夜寒」などがあるが、「○○に託した寒さの表現」という視点の季語はこれだけ。大空を雁が渡ってくる姿が、いかに日本人の心に強く印象づけられてきたかを改めて認識する。

が、現代人のうちどのぐらいの人たちが、空を見上げて「あ、雁が来る頃になったね」などという会話を交わしているだろうか。遠くの空を飛ぶ黒い鳥のシルエットを見て、雁だと認識できる人がどれだけいるだろうか。そう考えていくと、詩歌の世界でこれだけ詠まれている有名な鳥でも、いやいや安心はできないぞ！　と思う。

「かりがね寒き」をアピールするために、もっと身近な分かりやすい季語を作り、「○○に託した寒さの表現」から生まれた心理的季語の存在を知ってもらうべきではないか。例えば、イマドキの社会事情から生まれた心理的季語「リストラ寒」なんてどうか。このラインでいけば「高利貸し寒」ってのもイケるな。少し視点を変えて「介護保険料アップ寒」は……ちょっと字数が張るなあ。個人的な発言をさせていただくならば、原稿の催促入れてくる「編集者寒」も是非入れたいが、たぶん校正の段階で抹消されるだろうな。

列島のかりがね寒き曲がりやう　　夏井いつき

行水名残

ぎょうずいなごり❖仲秋❖人事

❖秋になって、最後の行水を楽しむこと。

カンタンにして難しい季語が出てきた。ただの「行水」である。が、これを現代に生き返らせるというのは、なかなか困難。だって、イマドキだよ、どこでどんなふうに行水するんだよ。マンションやアパートに住んでる人は、狭いベランダに盥《たらい》なんて置けないし、風呂場に盥もっていくんなら最初からバスタブ使えよって話になるし、玄関でやってて宅配便の兄ちゃん来たらどんな目で見られるか。第一、盥なんて持ってるか？　ほら、すでにもう難問山積み。

しかも、それやこれやの難問を希望的観測をもってすべて処理し、ベランダでも猫の額ほどの庭でも風呂場でも玄関でもリビングでも台所でもとにかく行水を実行したとしてだよ、それだけではこの季語は納得してくれない！　だって「〜名残」なんだから、一夏の間、何度も何度も行水を実行した末に、名残を惜しまないといけないんだよ！

もうここまで考えただけで、誰にも聞かれないような声で「いち抜けた……」とつぶやきたくなるような、過酷な季語ではないか。

艸《くさ》に栖《す》む人も行水名残かな　松瀬青々

牽牛子　けんごし❖仲秋❖植物

❖「朝顔の実」を乾燥させたものを漢方でこういう。峻下剤《しゅんげざい》として用いる。奈良時代に遣唐使が中国から持ち帰った。

峻下剤って何？　と思って調べてみると、強烈な下剤なのだそうな。虫下しを兼ねるような場合に使われたりするらしい。ほかには、「利尿・下半身の水腫・尿閉症」などに効くとのことだが、とにかく強烈であるという注意が何度も書いてある。分量を間違えるととんでもないことになりそうなアブナイ季語である。

インターネットで調べてみると、「中国では、本草綱目《ほんぞうこうもく》（一五九六）に、王の大病をこの種子で治して謝礼にと、当時は財産であった牛を与えられて、牛を牽《ひ》いて帰ったということから、漢名の牽牛子《けんごし》とつけたという記述があります」（「イー薬草・ドット・コム」より）とのこと。ナルホド、褒美にもらったものが牛だったのか。じゃあ、この時、この王が牛ではないものを褒美に出してたら、この名は全く違ったものになってたんだなあと思うと、モノの名というのはしみじみと面白い。例えば「家来が射止めてきたばかりの猪があるから、これを褒美にやろう」なら、猪を担いで帰るんだから「担猪子」だったんだよ。もしもし、この王が自分の側室に少し飽きてきてて「ちょうどいい、ワシの側室を褒美に」なんてことになってたら、女を抱えて帰るんだから「抱女子」だぜ！

……いやはや……誠に興味深い名前の成り立ちである。ちなみに、朝顔の別名は「牽《けん》牛花《ぎゆうか》」。七月七日の頃の花とされており、ヨーロッパでは幕末の頃にジャパニーズ・モーニンググローリーの名で栽培されていたとか。いやはや、今日も誠にいいお勉強ができました。はい。

紙袋より牽牛子の十粒ほど　夏井いつき

鹿垣　ししがき❖三秋❖人事

❖秋に鹿や猪の被害から作物を守るための垣。なかには数十キロに及ぶものもある。

昔の人たちのこの手の生きる努力ってのには、つくづく頭が下がる。貪欲かつ貪食なる猪は、繁殖力も強い。そんな猪と立ち向かうために、こんな垣を何十キロにもわたって造り上げるのだから、エライぞ！　……と、思いつつムクムクと「よもだ」なワタシが頭をもたげてくる（注「よもだ」とは松山の方言で「へそ曲がり」みたいな意味）。猪だって、だんだん学習とかしてきて、猪垣の端っこまでひとまず走ってみるかとか、それはかなり効率悪いから人間が出入りしている猪門なら破り易いんじゃないかとか、破らないでも人間が出入りする瞬間を狙って飛び込めばいいんじゃないかとか、あれこれ考え始めるんじゃないか??

教員をしていた頃、いろんな研修会や講習会に出席すると、次々にこんな「よもだ」な質問が頭の中に浮かんでくるもんだから、指導者の先生にヤナ顔されることが多々あったが、こんな私でも社会人として生きてる以上は、相手がヤナ顔する質問はできるだけ止めようと思い、我慢するようになっていった。が、晴れて？　教員を辞めると、我慢する必要もない職種（俳人）に足を踏み入れたもんだから、安心して「よもだ」を満喫している。が、この調子ではこの辞典がいつ仕上がるのか……全く予測もたたない。

鹿垣の奥に晴耕雨読かな　　夏井いつき

洗車雨　せんしゃう❖初秋❖天文

※陰暦七月六日に降る雨のこと。七日の雨は「洒涙雨《さいるいう》」というが、この二つを混同した文献も見られる。

は？　まるで、ウチの話だろうか……と思う。車というものは走ればいいと思っているので、まるで世話をしない。そんなワタシの実態を把握してくれているのが長い付き合いになってきたGROOVEという車屋さん。実は前に暮らしていたマンションの大家さんである。ずっと苦楽を共にしてきた愛車・傷だらけのジョニー号が、ついに白い煙を吐いてノックダウン。困ったなあと、GROOVEの社長・俳号鉄人さんに新車購入を一任する。「ほんとに僕が決めたんでいいんですか」と驚きつつも、「センセーの車の使い方は、理解してるつもりだから何とか気に入ってもらえるのを探してみます」という彼の言葉をワタシはもちろん、信頼しきっている。

そして届いた新車は、グレーの少し角張ったタイプの4ドア軽自動車。「基本的には小回りが利くタイプを探したんだけど、これは少々の遠出でも、高速でも、そりゃあよく走るんです」高さは、一メートル五十センチぎりぎり。「市内での打ち合わせや取材を考えたら、立体駐車場に入らないのは致命的だと思ったので。でもぎりぎりの高さだから、室内はかなり広く造られてます」そして、最後の彼の台詞。「センセー、滅多に車洗わないから、洗車しなくていいようにコート加工もしちゃいました」

うーん、もう完璧である。この日から愛車、ミスター・ブルと私との新生活が始まった。まことに快適であるが、GROOVEの社長ご指摘の通り、洗車という行為にいたることは、滅多にない。ガソリンを入れに行った時、よっぽど時間に余裕があって、しかも従業員さんがシツコク勧めてくれるという偶然が重ならない限り、有り得ないことである。車体が汚れたなーと思うころに雨が降り、フロントガラスが汚れてるなーと思う頃に、ガソリンがなくなりスタンドのお兄さんたちがゴシゴシ拭いてくれる。もう充分である。そんなワタシにとっては、誠に図星を指されたような季語「洗車雨」である。

実は、この季語、『大歳時記』には載っていない。昭和三十九年刊『図説大歳時記』の考証および『日本国語大辞典』の記述によると、この「車」というのは、その辺を走ってる自動車ではなくて、七夕の夜の車のこと。ちなみに七月七日の夜の雨は、「洒涙雨」と書いて「さいるいう」と読む。こちらは、牽牛と織女が別れを惜しみ悲しんで泣く涙なのだそうな。

「洗車～」という漢字には実際的な響きしかないし、「さいるいう」という読みはまるで催涙弾の親戚みたいだし、こんなんで年に一度のロマンチックを味わえと言われても無理がありすぎだよ……？

洗車雨のまつただなかに告白す

夏井いつき

爽籟　そうらい❖三秋❖天文

※秋風の爽やかな響き。

この「籟」という漢字には、三つの意味がある。「①穴から発する音。②風が物に触れあたって発する音。③簫《しょう》の笛のこと」。誠に爽やかにして美しく、美しくして伸びやかな「爽籟」であるが、やはりこの季語を認識してくれる一般市民は少ないに違いない。

爽籟や野はみづいろに波立てる　夏井いつき

久し振りの「ねえねえ知ってる?」遊びの餌食になったのは、顔見知りの郵便配達のオジチャン。「センセー、許してくださいよ。僕なんか頭悪いんですから難しい質問しないでくださいよ。ソウライ、ソウライ、アイムソーリーですよ」……という謎の言葉を残してバイクで走り去った。

次に我が家の玄関に入ってきたのは、母ごひいき・寝具屋の兄ちゃん。いきなり予想もしない答えが飛び出した！　「あ、ソウライですか。ありますよ」「……？？」　彼がヨッコラショと取り出してきたのは、分厚い商品カタログ。夏向きの暖簾《のれん》の頁には、ナルホドありましたがな。薄水色の「爽籟」にして、商品番号N-1024。いやはや、参りました、兄ちゃん！

爽籟を入れる小函を欲しけり　　夏井いつき

つまくれない　つまくれない❖初秋❖植物

※「鳳仙花」の異名。赤い花弁で爪を染める遊びがあることから、つまくれない（爪紅）という。

いつだったかロケ車での移動中、聞くともなく聞いてたラジオ番組の企画が「紅白歌合戦不出場が決まった歌手による、ラジオ紅白歌合戦」という紛らわしいものだった。主に演歌系の皆さんの曲が流れていたのだが、ＤＪの兄ちゃんが「次は瀬川瑛子さん、『命くれない』です〜」と言ったとたん、後ろの座席に座っていた三好カメラマンが、「命くれない、というよりは（紅白に）出してくれない、ってカンジやわなー」とつぶやいたものだから、車内爆笑。「紅」って「○○をくれない」色なんだと思うと、化粧の濃いオネエサンが「社長ったら、お店に来てくれないんだもーん」とか「指輪買ってくれないんだもーん」なんて言ってるようで、もうその発想から抜け出せなくなってしまう。

鳳仙花の実をはねさせて見ても淋しい　尾崎放哉

それ以来、鳳仙花を見るたびに「つま・くれない」と区切って読んでしまう習性が身についた。俳人としては致命的なハンデではないかと思う、つまくれない咲く今日この頃である。

つまくれない何を欲しがることあらん　夏井いつき

二星　にせい❖初秋❖人事

❊牽牛星と織女星を合わせてこう呼ぶ。

……というこの季語、分かりやすいといえば分かりやすいが、作りたいかといえば正直作りたくない季語。正直言ってあんまり興味ない季語……だったが、こんな変な例句を発見してしまったら、急に気になりだした。

今も昔も、恋する気持ちは変わらないとは思うが、でもやっぱり、この十五歳の「娘」、ちょっとヘンだよ。

二星私《ひそか》に憾《うら》むとなりの娘年十五　宝井其角

八朔　はっさく❖仲秋❖時候

❖陰暦八月朔日（一日）のこと。陽暦では九月初旬。農家では、秋の収穫を予祝して行事が行われる。

漁村で生まれ育ったものだから、八朔という行事に親しく覚えがあるわけではない。が、最初に結婚した家が農家だったものだから、そういう行事が今でも残っているのだということを初めて認識した。農村というのは運命共同体としての考え方がしっかりと生き残っていて、昔ながらの風習が色濃く強く残っていることにも驚いた。サラリーマンのことを「町人」と呼ぶことも、洗濯物を北向き（死人の方角）に干したと叱られることも、元日の朝に女がウロウロするな（穢《けが》れる？）とよそのオジサンに怒鳴られたことも、本当に大きなカルチャーショックだった。そんななかで、ギョーテンものの嫁としてなんとか暮らしていけたのは、歳時記という書物のおかげだったと思う。さまざまな風習や言い伝えや行事も、歳時記の中に残っているものとして考えていけば、完全に同化することはできないにしても、理解することはできたように思う。

十八年の結婚生活にピリオドを打ち、子供二人、そして当時同居していた実母を連れて、婚家を出た。それは決して古い因習云々のせいではないことは、断言できる。一茶のこんな句に出会うと、「八朔」という行事のささやかだけれども豊かな精神に、はっと胸を衝かれる思いがする。

八朔や徳利の口の草の花　　小林一茶

竜淵に潜む　りゅうふちにひそむ❖仲秋❖時候

※秋分の頃を指す。「春分にして天に登り、秋分にして淵に潜む」とは、中国の『説文解《せつもんかい》字《じ》』の一節。ここから、「竜天に登る」「竜淵に潜む」という双子のような季語が出来上がった。

こんな季語に出くわすと、妙に創作意欲を燃やしてしまうのが「よもだ」（本書二三三頁参照）な俳人精神。難しいと分かっているから敢えて挑戦してしまうところが「よもだ」な俳人魂。

竜淵に潜みたかったら潜ましといたりぃや　滝神ヨシオ

竜淵に潜む今年は大結婚運　西沖あこ

俳句って、誰がどんなふうに作って楽しんでもいいんだよね。少なくとも絶滅寸前季語保存委員会メンバーのこの二人は、歴史に残る作品を作って、歴史に残る俳人になろうなんて、微塵《みじん》も思ってない。でも、俳句のある生活が自分の人生をいかに豊かにしてくれるかを充分に知っている。

彼らと同じような気持ちで俳句を楽しむ仲間たちが集ってくるのが、『俳句の缶づめ』。携帯電話で楽しめる俳句サイトである。本書では季節ごとの扉に登場している殿さまケンちゃんと爺が、古今東西の名句を一コマ漫画で紹介する『名句で一コマ』。草食動物・らまるが、毎日の選者を務める『二字の架け橋』は、俳句の後ろ二音をとって次の句を作るという尻二字しりとり句会。私が担当しているケイタイ俳壇『あんたは俳人！』などなど盛り沢山。

野球を楽しむのにも、草野球から高校野球・プロ野球・大リーグとさまざまなレベルがあるし、実際にプレーはできないけど観戦するのが好きという人もいる。どの人がどんな楽しみ方をしても、野球ファンに変わりはないように、俳句だっていろんな楽しみ方があっていい。淵に潜んでいる竜がやがて空に登る日が来るように、ケイタイ俳壇から生まれた俳人たちが俳句界の大リーガーになることだってあり得るかもしれないと思うと、このサイトの原稿を書くにも自ずと力が入ってくるってものなのだ。

若き竜潜みし淵の碧深し　　夏井いつき

われから　　われから❖三秋❖動物

※藻に鳴く虫といわれる、謎の多い幻想的な虫。

前著『絶滅寸前季語辞典』では、「藻に住む虫の音に鳴く」（ちくま文庫版二五八頁参照）で取り上げているのだが、よくよく考えてみると本題「われから」だって、十二分に絶滅寸前ではないか。

『大歳時記』の解説では「尺取り虫に似た甲殻類の一種で、海草や苔蘇虫《こけむし》類に付着して生活する」とあるが、こんな説明読んだだけではどんな虫なのかピンとこないし、「藻に鳴く虫」ったたってほんとに鳴くのかどうかもアヤシイものである。絶滅寸前季語例句募集キャンペーン第五弾として、相手に不足の無い難季語「われから」である。

われからや非才凡才誰が決め　陸奥静

われからや四の五の云ひて嫌はるるな、

「われから」の語感が「我から」の意を思わせての二句。「非才凡才誰が決め」というささやかな不満、「四の五の云ひて嫌はるる」という客観視と諦めが、得体の知れない「われから」の存在と重なり合う。

われからのわれからわかれられなくて　ねこ

「われから」という語感の面白さをここまで使いきってしまえるのはある意味才能かもしれない。別れられなくていつまでもウジウジし続けてる人は、たしかに「藻に住む虫」っぽい気がする。

われからの唐揚百年の孤独　　鯛飯

やれるもんなら「唐揚」にして持ってこいッ！　と言いたい。もし出来なかった場合は、せめて焼酎「百年の孤独」だけは届けろッ！　と言いたい。

われからにしがみつかれてうなされる　　ポメロ親父

妖怪「われから」……つぶやいてみると、こんな妖怪いそうな気がしてくる。そいつらは、溺れてる人にしがみつき、さらなる海底へ足を引っ張り続けるに違いない。そんな夢に「うなされる」夜々に消耗し尽くしていく自分を想像しただけで怖い。

よもすがらわれからわしわし飯をくふ　　恋衣

かたや、こちらの妖怪はさらに怖ろしい。溺死した霊魂を吸うて人間の体を得た「われから」は、しゃあしゃあと陸へ上がり、その家に戻り、平然と飯を食い始めるに違いない。「わしわし」という音がなんとも怖ろしい響きだ。

われからのあぶく人魚のかたおもひ　　雨月

「われから」はそんな妖怪ではないワ、と言わんばかりの「人魚」の一句。人間になれなかった「人魚」の吐く泡が「藻に住む虫」となり鳴き続けているのだよ、と思うと……やはりホラーっぽい。

われからや綺麗につかふ泡銭　　南骨

「あぶく」のイメージからこんな言葉を引っ張り出してきた一句。「綺麗につかふ」の後の「泡銭」という言葉が、「我から」「割殻」の意に通じる「われから」の音と絡み合う。

われからや夕べの雨に身を任す　　雪花
われからや無聊を託つ膝頭　　杜新人

「われから」そのものが幻想なわけだから、コイツは人間の想念の中に住んでいると考えてもいい。「夕べの雨」に濡れるに任せて歩く「身」は、深い物思いに沈んでいるのか。そしてまた、「無聊」を託ちつつ「われから」の存在について思いを馳せているのか。「われから」に重ねる己を見つめる時間である。

われからや羽衣の松枯れし国　　亀城

かつて天女の「羽衣」が掛けられたという伝説を持つ松原の「松」。松枯れ病のせいだといえばそれまでかもしれないが、「羽衣の松枯れし国」と表現されたとたん、松が枯れたという事実は「国」の存亡を暗示し始める。藻に住む虫の揺らぎは、松に掛けられた「羽衣」の揺らぎのようでもあり、「国」という存在への信頼の揺らぎのようでもある。

津波退くわれからどこで鳴きをりぬ　　ソラト
われからやプレート今も沈む沈む　　山の風
われから鳴けば海たわみ始むなり　　のり茶づけ

「われから」という虫に対して、「津波」「プレート」「海」という大きなイメージを持った言葉を対比させた三句。一句目、「津波」が退いた海で鳴き続ける「われから」の声は作者の耳鳴りか。二句目、目に見えない「われから」と目に見えないところで沈み続ける「プレート」。「今も沈む沈む」が不気味な調べだ。三句目、「われから鳴けば」は原因を述べる措辞。「われから」が鳴いたので「海」が撓《たわ》み始めるというのだ。「われから」の唄は日本沈没の序曲か。

冬

綾取　あやとり❖三冬❖人事

※輪にした糸を使い、指や手首にかけて星や橋などのかたちを作る遊び。

綾取りだのお人形だの折り紙だのといった類の遊びが、苦手な子供だった。じっとしていることができないわけではないのだが、その手の遊びの場に立ちこめる女の子オンナノコした雰囲気が妙に居心地悪かった。

木造校舎の日の当たる廊下の片隅で、冬になると決まって編み物や綾取を始める女の子グループがあった。私なんぞは編み物ができるわけでもなく、その井戸端会議の輪に入るだけの話題、つまり昨夜のテレビ番組の話だの、誰々クンは誰々チャンが好きなよ的噂話にはとんと疎くて、全くとけ込めなかった。

仲良しだったアッコちゃんも、私と同類で、その女の子グループとは一線を引いていたのだが、ある日の昼休み、アッコちゃんがポケットから、赤い毛糸を取り出してきた。

「私、橋が出来るようになったんよ」

アッコちゃんは、少しはにかんだような微笑みを浮かべながら、赤い糸を素早く指にかけた。糸がしゅるしゅる動き出す。私は、器用に動く彼女の指をじっとみつめていた。

（アッコちゃん、いつ練習したんだろう）という半分裏切られたような思いと、その指の動きを美しいと思う気持ちとがない交ぜになりながら、じっとみつめていた。漆黒のおかっぱの髪も、大きな瞳も、整った顔立ちも、うっすらとそばかすが見える透き通った肌も、すべてがその指にかかった赤い糸のための舞台仕立てであるかのように、アッコちゃんはそこに存在していた。

綾取の日陰縁側祖母と居て　むらさき

「綾取」という季語を前にすると、必ずといっていいほどこのような場面が脳裏に浮かんでくる。……が、そんな光景を逆手に取ろうとすると、一気にアヤシイ世界に突っ走ってしまうのも、俳人のカナシイ性。

綾取のきれいな指をもて遊ぶ　梅田昌孝

綾取の糸で縛つてみたき人　滝神ヨシオ

中学校を出て、私たちは別々の高校に進学した。それ以来、あんなに仲のよかったアッコちゃんと会うこともなくなった。

私が教員になってしばらくたった頃、ある研修会で偶然出会った級友から、彼女の噂を聞いた。高校の途中から、精神のバランスを崩し、今も自宅で療養しているらしいという話だった。「時々、蟻の列にしゃがみこんでじっとしてるようなこともあったのよ」。しゃがんで蟻の列を眺めてることなど、しょっちゅうやってる私としては、(それがなんじゃ)と、その級友の声のひそめ方を不快に思ったりもした。

あの冬の日、校舎の歪んだ硝子窓を通してくる光の中で、毛糸の赤い橋が一気に崩れていった光景のように、彼女の精神がゆっくりと傾いていったとしても、それはそれで極めて耽美な出来事として理解できるようにも思われた。

綾取の橋の崩れぬ夕べかな　　風早亭鶴

負真綿　おいまわた❖三冬❖人事

※下着と上着の間に袋真綿を背負い、ガーゼなどをかぶせて使った防寒衣。

解説を何度も読んでみるのだが、ひょっとしてこれって綿を広げたものをガーゼとかでくるんで、そのまま背中に入れる？　ってことなのかなあ。そんなふうに挟んでたりしたら、落ちてしまうんじゃないかなあ……と素朴な疑問が浮かんでくれば、やはりこんな例句にぶち当たる。

負真綿落として歩く我は老　高濱虚子

やっぱりそうか。こんなもん背中に挟んだりしたら、落とさないようにするために背中丸めて歩くようになるんじゃないかなあ。背中丸めて歩いてる大虚子の姿を思い浮かべてみるが、どうもそぐわない。負真綿を落としてしまった自分を呵々大笑《かかたいしょう》しちゃってる、堂々たる背筋の爺さんが浮かんでしまうのは、ワタシの勝手な想像だろうか。

大原雑魚寝　おおはらざこね❖晩冬❖人事

❋かつて京都・大原の江文《えぶみ》神社で、節分の夜、参籠《さんろう》に伴って行われた乱婚の風習。いわれとしては、大淵という池に棲んでいた大蛇が人を取って食うため、一所に集まり難を避けたところからという。井原西鶴『好色一代男』にも書かれているが、現在はこのような風習はない。

昔、父たちの時代には、村に青年宿というのがあったらしい。村の青年たちは夜な夜なここに集って酒を呑んだり語ったり性的知識を仕入れたり、夜這いの方法を教えて貰ったり、その成果を披露しあったりしていたらしい。

私の生家は、特定郵便局を家業としており、家の一部が局舎となっていた。郵便配達のオッチャンたちは、暇な時間には日の差し込む中庭に椅子を出し将棋をしたり、煙草をふかしながら下卑た話に興じたり、いきなりケンカをはじめたりするのが常だった。つまらないことばかり鮮明に記憶してしまう私は、そのころのオッチャンたちの会話を聞くともなく聞いていて、分からない言葉をストックしておくことが多々あった。高校の古文の時間、平安時代の結婚事情についての先生の解説を聞いて「夜這い」の意味を初めて知った時、オッチャンたちがよく話していた「青年宿」の思い出がどういう種類のものであったか、すべて合点がいった。

青年宿にしても、大原雑魚寝にしても、たしかに「現在はこのような風習はない」の一言でくくられてしまうのだろうが、その時代のそこに生きる人たちの何らかの事情や要求がこのような形の風習として生まれ引き継がれたわけで、大原に住んでる人たちの名誉にかけて今はこんなことないんですからねッ！　っと声高に叫ぶ必要もないだろう。

叔母さまの肘によりたるざこねかな

松瀬青々

自分の子供を炎天のパチンコ屋の駐車場に置きっぱなしにして殺してしまう親だの、体中に虐待の疵《きず》と青痣《あおあざ》を刻まれ保護される子供たちがいるという現実を思えば、村の宝として皆で大切に見守っていこうと育てられる、大原雑魚寝の夜に生を受けた子供たちの方が、ずっと幸せではないかと思ったりもする。

大杉が吼える大原雑魚寝かな　夏井いつき

回青橙　かいせいとう❖三冬？❖植物

❖「橙《だいだい》」の異名。果実をもがずにおくと、翌夏には緑に戻ることから。

解説によると橙って、インドのアッサム地方が原産なんだそうな。柑橘類では、椪《ぽん》柑《かん》・朱欒《ざぼん》がインド、仏手柑《ぶしゅかん》が中国南部、九年母《くねんぼ》がインドシナと、原産地が異なっている。温州《うんしゅう》蜜柑は日本の原産だそうだが、「温州」という名前は、中国の地名からいただいたものなんだって。

さらにあれこれ調べていると、『図説大歳時記』では「橙」は冬の季語ではなくて、秋・新年の二巻に登場してくることを発見！　どうなっとるんぢゃ。分かり易く整理してみると、こんな事情。

『図説大歳時記』　橙（秋・新年）　橙飾る（新年）
『大歳時記』　橙（冬）　橙飾る（新年）

こりゃなんぢゃ？　……である。ついでに、ふっと気になって別の柑橘類も確かめてみると、『大歳時記』では夏の季語となっている「夏柑」が、『図説大歳時記』では春の季語として堂々採録。責任者出てこーい！　踊る大捜査線ならぬ、揺れる大歳時記群。誰か出てきて、見事な大岡裁きをみせてくれ〜い⁉

こんなワケ分からない世の中だから、一回色づいてやっても誰も見向きもしないんだからね、全く。そんなんなら、ワシャもう一回青くなってやるよ！　って啖呵《たんか》の一つも切りたくなる橙の気持ち……分かるよ。

回青橙はてここからはどうしよう　　夏井いつき

竈祓　かまばらい❖仲冬❖人事

※陰暦十二月二十四日に竈神《かまどがみ》が天に上り、その年の一家の行為の善悪を天帝に報告するという中国の信仰から、日本でも悪口を言われないよう竈に宿る神様の祭りをし、巫女にお祓いをしてもらったりする。

この解説にある巫女について、『図説大歳時記』には詳しい情報。竈の神様・荒神様を祓うというのは、こういうことであったのか。

（前略）近畿地方では「そうねったん」と呼ばれる巫女が祓って歩くところもある。そうねったんは竈の上にろうそくを立て、鈴と扇を持って簡単な神楽を舞う。江戸時代には山伏の女房で竈祓いをしてさい銭をかせぐものが多かった。諸国をめぐって竈祓いをするもののなかには、はでな衣装や化粧をして、遊女になったものもあるという。（後略）

「そうねったん」なんて言葉は、たほいやゲーム（本書二五頁）に使えるなとマイ・フォルダに入れておきたいようなおいしい言葉である……が、そんなことは、さておき、この解説を読んでもう一つ吃驚《びっくり》したのが「山伏」にも「女房」がいたのだ！　ということ。山伏って、あのちょっと独特のファッションしてる修験道の行者でしょ？　金剛杖とか法螺《ほら》貝とか持って、野山を駆けめぐって修行してる人たちでしょ？　……なのに、女房がいる？……となると、夕方になって山のねぐらに戻ると女房が「あんた、お疲れさん」とかってあの箱みたいな背負ってる荷物下ろすの手伝ったりして「今日は、一本お燗しようか」なんて言ってたのか？？

そんな女房たちの小遣い稼ぎだったり、諸国を巡る遊女の生活の糧だったり。誠に竈というものは、女たちの人生の象徴でありつづけてきたのですなあ。

竈祓じろりと家猫が見上ぐ　夏井いつき

神帰月　かみかえりづき❖仲冬❖時候

❖「霜月」の副題。陰暦十一月の異称。十月の「神無月」に対する呼称である。

「霜月」の副題には、「霜降月・雪待月・雪見月・神楽《かぐら》月・神帰月・子《ね》の月」などがあるのだが、「神帰月」は「かみかえりづき」とも「しんきづき」とも読むようだ。

神帰月反戦フォークうたいだす　梅田昌孝

神帰月留守電を聴くくり返し　梶田泰弘

このような、実体のない季語を取り合わせで詠む時には、極めて具体的なモノをきっちりと配置するのが、定石。その点において、「反戦フォーク」「留守電」という言葉を持ち込んだことは評価できるが、「神帰月」が絶対に動かないかというと、やや弱いことも確かだろう。

神帰月帰ってみれば家はなし　滝神ヨシオ

が、だからといって、こんな困った浦島太郎みたいな句が出てくると、こちらまで困惑してしまう。すぐにまた放浪の旅に出ていって欲しいような一句である。

北窓塗る　きたまどぬる❖初冬❖人事

※「北窓塞ぐ」の副題。かつての北国の家は窓が少ないため、北側の壁をくりぬき、窓として利用した。冬になるとその窓を塗り込めてしまうことからできた季語。

こんな季語に出くわすと、四国の南の果ての村で、のほほ〜んと育ってきた私は、まことに申し訳ない気持ちになってしまう。北国の皆さんは、なんとキビシイ生活を送ってらっしゃるのかと、ほとほと尊敬してしまう。

目貼りしたり板打ち付けたりして「北窓塞ぐ」を実践するだけでもエライのに、「北窓塗る」となればさらに十倍の手間暇。だって壁を元通りに塗るんだよ。しかも、春になれば、またそれを壊して窓を作るんだから、ズボラな人間は北国では生きていけないのだろうなあと、つくづく思う。

北窓を塗れよと言はれても姑よ　　藤見笛依

そんな北国の皆様の暮らしぶりを思えば、半端な気持ちでこの季語を詠んでもらっては困るわけで、「北窓塗るカーテンレールはリサイクル」なんていう横野しょうじ君のエコ標語はほっといて、真摯に今月の作品を拝見しよう。まずは、長野県飯田市からの、この一句。

北窓塗る老いてひとりの月ありぬ　　福岡重人

北窓を塗り終わった作者の自画像であると読んだ。毎年毎年行ってきた冬籠りの作業ながら、しみじみと自分の老いをかみしめている作者。塗り終わった壁に映る己の影と、冷たい月光。なんとも、シブイ一句である。

北窓を塗って方向音痴なり　　阿南さくら

ベストセラーの一冊『話を聞かない男、地図が読めない女』を読んで、驚いた。自分のことを「地図が読めない女」だなどと考えたことは一度もなかったからだ。「地図をくるくる回しながら見る」「時々、右と左が分からなくなる」「どちらが北か言い当てられない」「巨大な駐車場で自分の車の置き場所が見つけられない」「スタジアムや劇場で一度席を立つと、どこに座っていたか分からなくなる」などは、自分のドジな特性ぐらいにしか思ってなかった。そんな出来事の数々が、男と女の脳の違いからきているものだと説明されると、啞然としつつも、深く納得してしまった。

そういえば、小学校の頃にやった知能テストで、展開図を頭の中で組み立てるヤツだとか、積み上げられた立方体が幾つあるかを頭の中で数えるヤツだとか、あの手の問題はからっきしできなかった。隣に座っていたトミキチ君に、普通の勉強で負ける気はなかったのに、あんなめんどくさいヤツを私の倍ぐらい解答している事実に驚き、ささやかな尊敬の念を抱いたりしたものだった。

ああ、でもそれもこれもみんな、私のせいではなくて、私の女脳のせいだったのねと思えば、なんだかせいせいした気分になるのは、あまりにも単純かもしれないが、「北窓塗る」つもりで別の方角の窓を塗ってしまうなんてことをしでかしたら、笑ってすませるなんてこたぁ、ちょっと難しい。

北窓を塗りて忘るる窓の位置　　乾房生

狐の提灯

きつねのちょうちん❖三冬❖地理

❖「狐火」の副題。野山や畦道などに出現する怪しい炎を、狐の口から吐き出される火だという言い伝えにより、こう呼ぶ。正体は、リン化水素の燃焼などによる自然現象だとされている。

これも『絶滅寸前季語辞典』では、「狐火」（ちくま文庫版三〇〇頁参照）として取り上げてはいるのだが、『大歳時記』を開いてみると、副題「狐の提灯」での例句は一句も無いことに、気づいた。これぞ、チャンス到来である！「長い季語は例句が少ない」という、俳句界のマーフィーの法則どおりの展開。キツネノチョウチンと指折り数えてみると八音ながら、まだまだこの程度は中級の難易度に過ぎない。ここで一気に絶滅寸前季語保存委員会の実力を世に知らしめるための、絶好の機会ではないか。「狐の提灯なにかがはじまるかもね」なんていう愛知県一宮市・梅田昌孝なんてのはほっといて、はてさて、どんな作品が届いているか。まずは、序章のようなこんな作品から。

黒き森狐の提灯通りけり　今川ただし

「狐の提灯」という季語には、この句のシルエットのイメージが色濃く漂っている。息をひそめて、狐の提灯が通り過ぎて行くのを待つ男の子が一人。物語はここから始まる。

狐の提灯幾度も同じ夢を見て　梶田泰弘
絹はひんやり狐の提灯はゆらゆら　隠岐きさの

この季語の幻想的な要素に、現実感をからめようとした二句。幾度も見てしまう「同じ夢」、身をすくめてしまいそうなほど冷たい「絹」の感触が、「狐の提灯」の世界をどこまで引き寄せてくれるかが、評価の分かれ目になる。

逢引きに狐の提灯提げて行く　　　かたと

色恋ネタでこの季語に挑んできた絶滅委メンバーも多数いたが、季語の妖しげな雰囲気と近くなってしまうところが難しい。女房には内緒で「逢引き」に出てきたおとっつぁん。鼻の下を長くしてやってきたものの、約束の場所には誰もいない。しかも道のりの途中から「狐の提灯」が一つ足元を照らすかのようにゆらゆらとついてきているではないか。待ってみるべきか、すごすご帰るべきか、ここが思案のしどころである。

狐の提灯父はこまつてをるだらう　　　杉山久子

朽野　くだらの❖三冬❖地理

❈「枯野」のこと。より意味が限定され、一面の草も枯れ果て、虫の声も聞こえないもの寂しい野原をいう。

こんな季語があったことを、初めて知った。「くだらの」という響きが「百済」の地名を連想させて、なんとも遥かな「虚」にちかい距離を想像する。はてさて、こんな美しい響きの絶滅寸前季語を、絶滅委メンバーたちは、どう生き返らせてくれるのだろうか。「朽野かなんにもなくてそれがいい」とつぶやく梅田昌孝クンや、「朽野にでも転勤して欲しい課長」とぼやく西沖あこ嬢なんぞは、ほっておいて、絶滅委メンバーの珠玉の作品たちをどうぞ。

朽野に箒を立ててもどりたる　阿南さくら
眠りとは朽野にふと光るもの　風早亭鶴
朽野の底辺に紅引きにけり　杉山久子

阿南さくらの描く「箒《ほうき》」は、この「朽野」の蕭条とした空間にこのまま立ち続けるのではないかと思えてくる。風早亭鶴の作品もまた、眠れない男が己の「眠り」を取り戻すための長い長い旅の途上に見た一場面のようにも読める。そして、杉山久子のこの「紅」は、「朽野」という季語の時空を一瞬にして永遠に匂い立たせる繊《ほそ》い繊い一本の線として、私の脳裏に鮮やかに引かれた。

玄帝　げんてい❖三冬❖時候

❀「冬」の副題。「玄」は黒を意味する。冬のイメージは黒の世界。

「ふゆ」という語は、「冷ゆ」が転じたものなんだそうな。『図説大歳時記』にはこんな出典。『改正月令博物筌』より。

釈名に曰、冬は終なり。万物終《つい》に成る所以《ゆえん》なりとあり。これは、冬は一年の終りにて、よろづの物成就するといふことなり。（中略）冬の主とする方は北、（中略）味は醎《しほぽゆき》をつかさどる、（中略）色は黒し（後略）

まだまだこの後にも冬の特徴が書かれているのだが、……方角は北で、味はしょっぱい系で、色に喩えれば黒だというこの感覚は理解できる。「ゲンテイ」という堅い響きもまた、いかにも冬の気分。もともとこの「玄」の字には、「黒または赤黒色・北・奥深さまたは奥深い道理・はるか」の意味があるので、似たような擬人化系の季語「冬帝・冬将軍」と比較すると、「玄帝」は冬の寒さではなく、冬の持つ黒のイメージを核に持った季語だと考えていいだろう。

冬帝先づ日をなげかけて駒ヶ岳　　高濱虚子

と、今ここまで書いて、ハッと気づいた。この後に「玄帝」の一句が必要なのだ。が、例句を探すが見つからない。と、いうよりもこれ以上の資料を探しに走るか、もう観念して自分で作るか。すでにハムレットの心境である。

玄帝に問ふ生くべきか死ぬべきか　　夏井いつき

小晦日　こつごもり❖仲冬❖時候

❖大晦日の前日のこと。

「大」に対して「小」というネーミングは、「大寒・小寒」「大暑・小暑」「大雪・小雪」など、歳時記の世界にも幾つか存在する。漢和辞典を繙《ひもと》けば、こんな解説。思わず読み耽ってしまう。

「小さい」↓①大きくない。ほそい。こまかい。②年がわかい。おさない。③ひくい。

④みじかい。⑤よわい。かるい。⑥いやしい。⑦すくない。
「小（こ）」→①ちいさいこと。②かわいらしいこと。③わずか。いささか。④ややそれにちかい意。⑤いやしめる意。⑥ちょっとの意。
「小（お）」→①ちいさい。②すこし。③かるくそえる意。
「小（さ）」→音調を整える語。

最後の「小（さ）」は、「小夜時雨《さよしぐれ》」なんて季語がまさにこのケースだ。こうやって漢字の意味を押さえてみると、それぞれの作者が「小晦日」に対して、どういう連想を持って一句を成したかが分かるようで興味深い。

意にそはぬ仕事もありて小晦日　梶田泰弘
妻と子のひそひそ話し小晦日　梅田昌孝
小晦日ゆびきりげんまんうそつくな　だりあ

一句目には、「小さい」の項の⑤⑥のニュアンスが感じられるし、二句目三句目には②の意味も入ってくる。「大晦日」の、いよいよ今年も終わりだという大きな感慨とは違う「小晦日」の微妙なニュアンスの受け止め方が見えてくる。

小晦日出前食器の行方かな　　律川エレキ

ゆで卵きれいに剝けて小晦日　　東大愛子

真面目な俳人であれば、「年《とし》用意」を準備万端整えるべく、「煤《すす》払い」もし、「飾売《かざりうり》」のところに足も運び「お節料理」の買い出しに行き、「鏡餅」のために餅つきの準備をし、「春着」を自ら縫って新年を迎えるべきなのであろう。が、が、しかし……私の「小晦日」や「大晦日」は、そんな俳人的義務を全うするどころか、最後の最後まで怒濤のように過ぎていく。

世間がミレニアムだカウントダウンだと騒いでいた年の「小晦日・大晦日」は、ロケ地の島の、合宿所みたいなショボイ宿舎で取材班メンバーと過ごした。「なんで、わたしゃこんな島流しみたいな場所で、ミレニアムを迎えにゃいかんのだろう」と感慨に耽りつつ飲んだ缶ビールの、なんと冷たかったこと。真っ暗な島の頭上に広がる満天の星の、なんと美しかったこと。

みづいろに月のぼりたる小晦日　杉山久子

小晦日ひからぬ星の大きかり　阿南さくら

果たして今年の「小晦日」は？　と、スケジュール帖を開いてみれば、「二十七日〜三十一日」のところが赤のラインでぐりぐり囲ってあり、「原稿」とデカイ二文字。自宅に籠もって書き続ける年の瀬の数日を思えば、なんともこんな句がリアルに思えてくることよ。

正露丸四方に転がり小晦日　大塚桃ライス

子持花椰菜　こもちはなやさい❖三冬❖植物

❖ブロッコリの異名。

「花椰菜《やさい》」はカリフラワーのことで、「子持〜」と付くとブロッコリか。なんでや？

と思うが、よく分からない。元もとブロッコリの方が原型で、カリフラワーはここから発達したものだそうなのだが、どっちもモリモリした形だし、色が違うだけなんやから、どっちが「子持」でもえーやないかと投げやりな気持ちになってくる。

個人的には、カリフラワーの食感よりはブロッコリの方が好みだが、元もと料理はあんまり巧くないし、レパートリーも狭いので、どっちも茹でてムシャムシャ食べる以外の芸を持ち合わせていない。そんなヤツにどっちでもえーやないか呼ばわりされる彼らも気の毒だが、こんな季語で例句を作らないといけないワタシも気の毒だ。

も一つ言わせてもらうと、昭和四十年初版の『図説大歳時記』にはこんな季語は存在してない。まだ一般の食卓には上がっていない食材だったのだろう。最近になって季語に格上げされたような新参者なら、ブロッコリって名だけで満足すりゃあいいのに、なんで「子持花椰菜」なんて八音もある副題を引っ下げて登場してくるんだよー！　と、月に吠えたいワタクシである。

子持花椰菜の意地をみせてやる　　夏井いつき

社会鍋　しゃかいなべ❖仲冬❖人事

❀キリスト教救世軍が年末に実施している街頭募金。名前の由来は鍋をつるして募金を集めたことから。レトロな趣の季語。

昭和四十年版『図説大歳時記』を繙く。「社会鍋」の写真を探す。写真の中央には、竹のようなもので組んだ三脚が一つ。その三脚の中心から、ぶら下げられているのは、まさに「鍋」。傍らには、黒っぽい外套を着て、やはり黒いひも付き帽子を被り、「社会鍋」という大きなタスキをかけたおばさんが立っている。その隣には、トランペットを吹いている、黒い外套の男たち。彼らも皆タスキ姿である。

そして、解説には、こんな言葉。「キリスト教救世軍の歳末行事の一つ。繁華な街頭に三脚を立て鍋をつり下げ、行人の喜捨を仰ぎ、その義金で餅をついて貧しい人々に施与したり、救済診療の事業費とする」

さすがに、昭和四十年代。義金で餅をついて施す、救済診療の事業費にする、「まさに、これぞ救世軍！」と感嘆したくなるような事業内容ではないか。平成の歳時記の「レトロな趣の季語」なんて優雅な解説とは、エライ違いである。

社会鍋だれもがみんなみて通る　梅田昌孝
社会鍋投げ込むときの無表情　朝比奈きどり
社会鍋中を覗きてみたきかな　舘ひろし

しかし、社会鍋に幾ばくかの喜捨を投げ入れようとする人間の表情や心理は、いつの時代も変わりはないようだ。何をやってんのかなと「みて通る」人たちの心理、募金という行為につきまとう微かな偽善的気分を己自身に納得させるための「無表情」、さらにどのくらい入っているのか「中を覗きて」みたくなる下世話な好奇心。胸につけてもらう赤い羽根とは微妙に違った募金現場の心理だ。が、絶滅寸前季語保存委員会の面々がこんなレトロな季語に挑むともなれば、やはりこの手のヤツも集まってくる。

鍋つかみ差して手を振る社会鍋　大福瓶太
社会鍋一番奇麗な娘を探す　かたと

「鍋つかみ」を振り、道行く人の心を摑もうという発想が、情けなくも可笑しい瓶太クン。どうせ募金するなら「奇麗な娘」の鍋がええぞというのか、お願いしまぁ～すと声張り上げながら道行く娘を値踏みしてるのか、思わせぶりなかたとさん。さらに極めつけの、こんな一句。

この鍋の元を正せば社会鍋　高橋白道

「社会鍋」に寄付するどころか、まさか、その「鍋」を盗んできたというのか⁉　こんな鍋で闇汁なんぞ振る舞われた日にゃあ、苦い銭の味でもするんだろうなあ。

節季　せっき❖仲冬❖時候

❈「節」とは区切りやけじめを意味する。陰暦では季節の終わりを、季の節、つまり節季と呼んだ。盆は「盆節季」、暮れは「大節季」ともいう。

季節の区切りは春夏秋冬とあるのに、なんでこれが冬の季語になったのかというと、盆暮れの決済期、特に年末の掛け売り買いの決算の時期を指すようになったということらしい。そういえば、この節季という言葉、かすかに覚えがある。

私の生家は、特定郵便局を家業としつつ、煙草屋もやっていた。巨大な箱みたいな家の深い土間の奥にある、玄関の間。お客は、そこまで入ってきてから声をかける。「枯梗を二箱」とか「新生一つ」という注文の声を聞いて、玄関の間の隣の間にある黒光りした作りつけの棚からその商品を取り出し、お客の待つ玄関の間に持っていく。お釣りがいるようなら、またさっきの間まで戻り、お釣りを整えて持っていく。土間に立っている客からすれば、畳の上から鼻先にフンと商品を突き出す商売なんて失礼極まりない話だが、それで成り立っていた煙草屋だった。

主に煙草の管理は、祖母の仕事だった。祖母が時々お客と口論していることがあった。真っ赤な顔の禿《はげ》たオッチャンだった。口論は、オッチャンが来るたびに「掛け売りはしない」というただ一点のことで毎回起こった。祖父は、おおざっぱな人だったので、祖父が煙草を出すときは、ホイホイと掛け売りをしていたらしく、そのたびに祖母が「セッキやのツケやのいうんは、もう商売やないいんやけん」と祖父を怒っていた。

そのオッチャンの声がしたら、祖母はよく私に出ていけと目で合図した。私は素直に出ていって祖母に言われた通り、何を言われても「知らん」を繰り返した。「嬢ちゃん、ツケとってもらえんか」「知らん」「セッキの時におっちゃん、ちゃんと払うんやがなあ」「知らん」、するとオッチャンは腹巻きの中から袋を出し「嬢ちゃん、そがいな目で睨みよったら、嫁さんのもらい手ないなるぞ」と言いながら、私の手に小銭をのせるのが常だった。いつも一番安いのを一個だけ買っていくオッチャンだった。

節季という言葉が、辛うじて日常生活に生きていた時代の話である。

ゴールデンバット燻《くゆ》らす節季かな　　夏井いつき

粗氷

そひょう❖晩冬❖天文

❖「霧氷」の副題。

「霧氷」とは、「樹木の表面に水蒸気や過冷却水滴が凍結してできる白色、不透明な氷層」なんですと。なんというか、こんな説明を読むとちっとも綺麗なカンジがしないのだが、この副題「粗氷」はまさにその上手をいく言葉。出来の悪い氷を意味しているとしか思えない。同じ副題でも「木花《きばな》」「霧の花」なんてのもあって、この違いは人生の表と裏・勝ち組と負け組ぐらいかけ離れている。

科学の言葉としては正しいのだろうが、俳句の言葉としては困りもののこの季語。はてさて、どうしたものかと腕組みをしたまま完全に凍りついている絶滅委員長ことワタクシである。

わが村の粗氷自慢となりにけり　　夏井いつき

炭団　たどん❖三冬❖人事

❖木炭の粉末に藁《わら》や灰を混ぜて布海苔《ふのり》などで丸く固めたもの。乾燥しているため扱いやすい。臭いがなく火が柔らかいことから、火鉢・炬燵《こたつ》に多く用いられた。

戦前の漫画に、炭団らしき丸い黒いかたまりが転がってたりするのを見て、なんぢゃこりゃ？　と思った覚えがあるが、実物にお目にかかったことはない。漫画だから大きさが誇張してあるのだろうが、大砲の砲弾ぐらいに描いてあったから、なおさら印象に残っているのだろう。本当は、どのくらいの大きさなのか。

『図説大歳記』によれば、『本朝食鑑』（元禄八年）にはこんな記述。「炭団《たんどん》といふものあり。消炭の細末を用ひて（中略）練りて団子となして晒し乾す。これを香炉の炭となす。その大なるものは、繡毬子の大いさのごとし。その小なるものは、枇杷の核のごとし」なーるほどと思いきや、『滑稽雑談』には「このもの、古代よりあることを聞かず。近世、埋火の用に、炭の疎屑を細末にして、海蘿汁をもつて大いさ鶏卵ばかりに丸くして、干し乾して用ゆ」とも書いている。要は、砕いた木炭の粉末を布海苔で固める時に好き勝手な大きさにしてるってことぢゃないかな。

この手の商品は、それを入れる器によって規格が決まる。この頃の火鉢は、抱え込むような手焙りから、銭形平次のキセルをぱんと叩く時の火鉢みたいにデカイのまで多種多様であったはずだから、手毬大であろうが、鶏卵大であろうが、枇杷の種大であろうが、お客の側が好きな大きさのを買ってたんだろう。

そう言えば、ロケで訪れた愛媛県岩城《いわぎ》島のレモン栽培を研究しているオジサンから、こんな話を聞いたことがある。そこの試験場のハウスに実っているのは、どれもが夏みかん大にして楕円形という不思議なシロモノ。オジサンは食べてみろと剝いてくれる。少しすっぱいけれど爽やかな味。「新種のレモンですか」と訊ねたら、「ただのレモン」というお答え。普通のレモンをずっと木に置いとくと、こんな大きさのこんな甘さになるのだという。「ならなんでみんなここまで大きくして食べないの?」「レモンがレモンティーに入れるものとして普及し始めてから、出荷されるレモンの直径は、ティーカップの直径よりも小さいものというふうに規格ができたからです」へえー、そんなことだったのか。言われてみれば、ナルホド納得その通り。世の中ってほんとに小さな「知らない」に満ちている。

炭団だって、近世の頃に、一族郎党皆が集まった時のためのペチカ風巨大造り付け火鉢(どんなシロモノや?)が爆発的人気で売り出されたりしてたら、手毬どころかドッジボールみたいな炭団が生産されていたかもしれない。でも、それって、二、三個運ぶだけで、全身真っ黒になりそうでメチャクチャ不便っぽいことだけは認める。

炭団仕舞ふ木箱まことに炭団色　　夏井いつき

蝶々雲　ちょうちょうぐも❖三冬❖天文

※「冬の雲」の副題。蝶の形をして流れていくちぎれ雲で、積雲の乱れたもの。雨の前兆といわれる。

『図説大歳時記』にはこの副題は載っていない。ならば、案外新しい気象用語なのかなと思えば、歌舞伎・宝莱《ほうらい》曾我嶋《そがしま》物語（島の徳蔵）の中にもこんな一節。

辰巳に当たって一点の雲あらはれしは、人も恐るる蝶々雲、半時待たず今の間に覆す高浪が来やうから（後略）

そうか、この雲は「人も恐るる」ものであったのか、と納得はしたが、如何《いかん》せんこのネーミングである。どうすれば、人も恐るる蝶々雲として重く暗く不気味に詠めるのか、これまた新しい難題が降りかかってきた絶滅委委員長、困惑の夜である。

蝶々雲指さす人の増えてくる

夏井いつき

煮凝　にこごり❖三冬❖人事

※寒い夜に、魚を煮汁とともに置いておくと固まるが、これを煮凝という。

なんで「煮凝」が絶滅寸前季語なのかと鼻で笑っている読者諸氏よ。それは全くもって素人の楽観視である。まずは『図説大歳時記』のこの解説を読みたまえ。

（前略）煮凝りになる魚はフナなどの小魚か、骨のついた切り身である。骨にはゼラチンが多量にふくまれているので、ある程度冷却すると凝結する。寒中のフナは特においしいので、よくこれをつくって賞味する。これが凝り鮒である。材料としてはコイ・フナ・タイ・カスベ・カレイ・サメ・スケソウダラなどが用いられ、肉類では鶏肉がよい（後略）

これを読んだとたんに、胸の奥を衝かれるような危機意識を持てない人間は絶滅寸前季語保存委員会のメンバーとして名を連ねる資格はない。

煮凝や慙愧の念のごと凝る

尾美束禰

まずは、「骨のついた切り身」という言葉に注目してみよう。過日、ある町の学校給食で骨の無い魚を出そうという考えが物議を醸した。若いお母さんの中には、喉に骨が刺さるといけないからそれはグッドアイデアだと賛成した向きも多かったらしいが、よく考えてみてくださいよ。魚に骨があって当たり前、下手な食べ方してたら喉に骨を立てるのも当たり前。そんな当たり前なことを子供たちから遠ざけ、それで一体、何を教育するつもりなのか。これと似たような話はいくらでも出てくる。

すでに私のライフワークとなっている、俳句の授業《句会ライブ》。教材ケースを担いで、全国津々浦々の小・中・高校を回る日々を続けているのだが、最近、「ちょっとそりゃ違うんじゃないの？」と言いたくなるケースにぶつかることが間々ある。

俳句の授業《句会ライブ》とは、誰でも五分で一句できる技をレクチャーし、実際に参加者全員で五分で一句作り、それを皆で議論しながら、その日のグランプリを決めようという言葉の授業である。ある日の某小学校ＰＴＡ役員さんたちとの打ち合わせの席上、お母さん方からこんな要望？　が出てきた。「子供たちは、それぞれが一生懸命俳句を作るわけですから、全校児童の前で優劣をつけるようなやり方はどうなんでしょうか。うちの学校では、優劣をなくした句会ライブをしていただきたいのですが」。彼女たちの言い分は、一人一人が頑張ることが大切なのだから、作品に優劣を付けわざわざ子供たちを傷つけることはない、ということらしかった。私は啞然とした。

俳句は短い。短い故に、ちょっとしたコツを覚えると、誰でも大ホームランの一句が作れる可能性を持っている。普段は評価され難い子供たちが、十七音の作品を褒められ、それをきっかけに小さな自信を手に入れることがあるというメリットよりも、選ばれなかった者が傷つくかもしれないというデメリットを重視することが、教育的配慮だと彼女たちは、本当に信じているのだろうか。いや、万が一傷つく子供がいたとしても、この程度の傷に対する治癒能力も持たずして、一体どうやってこの社会を生き抜いていくのか。

煮凝の尾鰭離れて固まりぬ　　加根兼光

骨のついた魚を与えないことも、優劣をつけて傷つけるようなことはするなという主張も、根本的な考え方は同じだ。そんなお母さんたちは、昨夜の煮付けにぷるぷると美味そうな煮凝りができていても「あら、これ冷たいから駄目ね。チンしましょうね」と電子レンジで温め「ハイどうぞ」で終わり。煮凝りなんて季語があることすら一生知らないまま生きていくに違いないのだ。

煮凝や日本人として生きる　根塚澪

鶏初めて交む　にわとりはじめてつるむ❖晩冬❖時候

※七十二候の一つ。二十四節気でいう大寒の初候。陽暦一月二十日から二十四日の頃。鶏がその頃に初めて交わるということから。

一年が、二十四節気に分けられ、その一節気をそれぞれ三分したのが、この七十二候。だから一候はだいたい五日間ということになる。この七十二候を改めて丁寧に読んでみると、昔の暦とは地上の万物との呼吸をはかりながら暮らしてきた人々の営みそのものであるよと、実感する。

例えば、二十四節気の立冬は、「地始氷《ちはじめてこおる》」からはじまり、小雪には「虹蔵不見《にじかくれてみえず》」、虹が見られなくなる。大雪の頃には「熊蟄穴《くまあなにちつす》」、熊が穴にこもって冬眠を始め、冬至には「雪下出麦《せっかむぎをいだす》」、雪の下で麦が芽を出し始める。小寒ともなれば「水泉動《すいせんうごく》」、凍りついていた泉が活動を始め、そして大寒には「鶏始乳《にわとりはじめてにゅうす》」、鶏が卵を産み始める。

キリストを信じようが仏陀を信じようが、アラーの神であろうが八百万の神々にひれ伏そうが、誰がこの世を創ったとか創らなかったとか、そういうことに私の興味は動かない。が、この宇宙船・地球号に乗っている生きとし生ける命には大いなる興味がある。いつだれが落としたかもわからない種が一輪のスミレとなり、季節を感じとったかのように鳥たちは愛を語り始める。まだ産み立てのほのぬくい鶏の卵を初めて手にしたときの小さな感動が、この地球上には満ちあふれているのだと思うと、退屈している暇なんかないのだ。

拝啓鶏初めて交む候の凪　　夏井いつき

はなひり　はなひり❖三冬❖人事

❖「嚔《くさめ》」の副題。

この「はなひり」というのは、古語。洟放《はなひ》る、つまり鼻水を飛ばしてしまうからクシャミってことだ。高校の時の授業で『枕草子』を朗読させられていた時、「クシャミ（はなひり）してまじないを唱えるなんて全くにくらしい」という一節にさしかかったとたん、私の後ろに座っていた男の子が大クシャミをしたので、教室中爆笑になったことがあった。そんなつまらない事件一つでこのヘンチクリンな古語を覚えているのだから、人間の記憶というのも侮れない。

『図説大歳時記』によると『徒然草』関連でこんな記述もある。

鼻ひたときには、「くさめくさめ」とまじないを唱えると止まるという俗信があって、すぐそのまじないをせねば死んでしまうとさえ信じられていたことをしるしてある。くさめをするのは短命の相などといったのは、生命力がその際に体外に飛び出すという考え方かと思われる。

私はイネ科の花粉症で、秋になると鼻水とクシャミとに悩まされるのだが、この考え方でいくとほとんど瀕死で暮らしていることになる。

「はなひり」なんて季語、またどうせ誰も作ってないんだから自分で作るしかないか、と投げやりな気持ちで調べてみたら、なんとこの方が作ってらっしゃるではないか。句としては、なにやらパッとしないが、そんなことはどうでもいい。ここはネームバリューで押し切りましょう！

その中に殊に洟《はな》ひる老一人　　高濱虚子

氷海　ひょうかい❖晩冬❖地理

※凍った海や一面流氷の海をいう。

ここにこんな季語を見つけて、「なぜ氷海が絶滅寸前季語なんだ？」と不思議に思われる読者もいらっしゃるに違いない。が、しかし、私の意図をストレートに汲んでくれた絶滅委のメンバーもいた。

氷海に無念の色の青さかな　　岩宮鯉城

北極点単独歩行で一躍名をはせた冒険家・河野兵市《ひょういち》さんが、再び北極点から故郷・愛媛まで歩いて帰ってくるという壮大な冒険に踏み出して間もなく、彼からの定時連絡が入ってないというニュースが飛び込んだ。

松山二十一世紀委員会のメンバーでもあった兵市さん行方不明の続報は、その夜同会議で集まっていた私たちにも報告され、委員長のビンさん（河野兵市後援会メンバーでもある）が、最新の情報と後援会が描いている最も良いシナリオとを丁寧に話してくれた。「クレバスの状況を調べるために、橇《そり》を置いて自分だけ向こう側に渡っているうちに、その隙間が広がって、元の場所に戻れなくなったことも考えられるんです。となると、無線機を積んである橇を置いたまま、最も近い避難小屋を目指していることもあり得るわけです」。彼の説明は、力強くて、その予測どおりのことも充分あり得ると思ったが、誰もが口にしない最悪のシナリオが頭の中にちらついていたことも確かだった。

氷海の言葉少なき会話かな　　小谷左円

彼が最初の北極点への冒険に出発する前、NHKの仕事でご一緒したのが最初の出会いだった。人なつっこくて、熱くて、なんの衒《てら》いもなく自分の夢を語るこの男に、スタジオに居合わせた誰もが魅了された。彼のためにできることがあれば何か役に立ちたいと思わせる、不思議なオーラを持った男だった。

彼とは、それ以来の付き合いなのだが、私の句集出版記念パーティーには、小さな薔薇の花束を持って駆けつけてくれた。夏井いつきという名前が、夏木いつきだの夏井五月だのと間違われると愚痴をとばした私の挨拶に対し、乾杯の音頭を取るために壇上にあがった彼は、「僕も、『南極に行った河野洋平さん』なんて言われることもあるんです」と会場を笑わせたりもする、大らかなユーモアの持ち主でもあった。

氷海の押し寄せてくる音がする　　梅田昌孝

彼は、置き去りにされた橇のあった場所で発見された。海中に転落していたという最悪のシナリオだった。今までにだって何度も海に足を突っ込むことはあったと、彼本人が笑いながら話してくれたものだったが、なんで今度はこうなってしまったのか……と、絶句した。兵市さんが、出発前から氷が柔らかいことをしきりに気にしていたことや、地球の温暖化に人一倍強い危機感を抱いていたことも知ってはいたが、まさか彼自身がその生け贄になるなんて、冗談じゃないよ！　と叫びたい思いだった。

「氷海」が絶滅寸前季語だなんてことはないよと、のほほーんと暮らす私たちの日々の所業が、「氷海」を絶滅に追い込む未来に向かって舵を取っているのだとしたら……宇宙船・地球号の行く手を憂うばかりである。

氷海の音に目覚むる指の先　　杉山久子

雪坊主　ゆきぼうず❖晩冬❖天文

❖「雪女」の副題。

副題にはほかに「雪女郎《ゆきじょろう》・雪鬼・雪の精・雪男」などがあるが、「雪坊主」なんてのは初めて知った。今のいままで気づかなかった。これは何者なんぢゃ？　と……あれこれひっぱり出して調べてみるが「雪国の妖怪」であること以外は、なんの情報も見つけられず。いちかばちか、インターネットで検索してみるとスノーボード協会のネット版機関誌の名前として出てきたのには驚いた。彼らは、このネーミングが妖怪だということを知っているのだろうか。妖怪の名を付けても平気で笑っていられるのは、さすがは勇者・スノーボーダーたちである。

南国・愛媛で生まれ、育ち、住み、雪がたくさん降る場所に行くことすらあまりなかったので、スキーだのスノーボードだのとはとんと縁なく過ごしてきた人生であったが、この間初めてNHKのロケでスノーボードをした。松山局制作の『愛媛県百五十万人総俳人化計画』という番組のロケをスキー場でやることになり、総俳人化シスターズの妹分・木本あさが、「ついでにスノーボードに挑戦してみませんかぁ？」なんて耳元で囁くものだからついついその気になった。何から何まで借りられますから心配要りません、夏井さんは体一つでOKです、スノーボードの先生役にADのタマノイ君まで付けましょうという至れり尽くせりのご配慮。意気揚々とゲレンデを目指した。

しかし、スノーボードというのは厄介なものであった。まず、立てない。たかがあんな模様付きの洗濯板みたいなものの上に立てない。立てたと思うと尻もちをつく。お、今度こそと思うと前のめりに膝をついてしまう。人類が四つ足から二本足歩行へと進化していく過程を恐ろしいスピードで辿っているような苦難の末、やっと立てるようになる。緩い傾斜のところでちょっとずつバランスが取れるようになったかな？……と思ったら、ちょっとばかし経験のある木本あさ&井門ディレクターが二人並んでにっこりとこう言う。「さあ、リフトに乗って上に行ってみましょう！」「……も、もちろん！」

ゲレンデの頂上というのはこんなに急傾斜であったとは知らなかった。これは傾斜などという生易しい日本語で表現してはいかん……などとつまらんことを考えているうちに、さあ行ってみましょうやってみましょうとカメラはすでに回り始めている。回りを凄いスピードで通り過ぎていくスノーボーダーたちは、上手に私を避けてくれる者もいれば、避け損ねて自ら転倒する者もいる。しかし彼らのことを気にしてやる余裕は微塵《みじん》もない。あっちに行っちゃ駄目だと思う方向になぜかボードは勝手に進む。あああ〜ぁ！と叫んでいるうちに山際に張られたネットに突っ込み、そっちに行っちゃ絶対に駄目ぇえ〜、と心に念じれば念じるほど引き寄せられるようにカメラさんに向かって加速していき、カメラさんを恐怖のどん底に陥れる。その言葉どおり、七転八倒のロケとなった。

あの急傾斜をなんの躊躇《ちゅうちょ》もなく風を切って下っていくスノーボーダーたちは、たしかに現代の「雪坊主」かもしれないよと、抱腹絶倒ロケと翌日の筋肉痛をありありと思い出すワタクシである。

雪坊主恋はここから走り出す

西沖あこ

夜着　よぎ❖三冬❖人事

※着物の形をした夜具。袖と襟がついており、厚く綿を入れた。「掻巻《かいまき》」は、入っている綿の量が夜着よりも少ない。

そんなん知らんぞ……と思いつつ『図説大歳時記』を開いてみると、さすがは図説ちゃ！　と誉めたくなる写真に出会った。「朝日と夜着」という妙なキャプションの付いた写真には、夜着を着た少年。……うーん、これって要は大型着物なのね。しかし着物というには分厚く、布団というには頼りなく、どう評価していいのか迷ってしまうシロモノ。今のように軽くて暖かい綿が出てくるようになれば、こんな中途半端な商品が廃れていくのは致し方ない話だ。

夜着を絶滅させないための方法をあれこれ考えてみたが、どれもイマイチ。うーむと唸っていたら、ニューヨークに住んでいる妹一家から電話。この間送ってやった日本人形が届いたという知らせだ。「いつきおばちゃん、ありがとう！　今日はね、パジャマパーティーで、お友達が来てるんだけど、日本のお人形びっくりしてるよ！」と弾んだ声が、受話器の向こうから……ん？　おっ、これぢゃ！　俳句集団「いつき組」の夜着パーティー句会ってのはどうぢゃ？

冬の寒い夜、皆がマイ夜着を持って集まってくる。冬のお泊まり句会は必ず夜着持参。呑んだり喰ったり語り合ったりの句会の一夜を、色とりどりの夜着ファションで彩りませんか？……とここまで書く間に、ワタシの脳裏にはすでにリアルな現場が次々に浮かび上がる。分厚い夜着を担いだ組員がどんどん到着し、荷物はどこに置くの？　この人数じゃ酒足りないなあ？　と騒ぎ出し、賑やかな布団生地の色彩と綿の匂いが充満した部屋は足の踏み場もない状態で、句会をしようにも机も置けず、啞然と酒呑んでるうちにすぐに酔いつぶれるのが出てきて……嗚呼、やだやだ。却下ぢゃ。

曽祖父の夜着の紅牡丹かな　　夏井いつき

夜興引　よこひき❖三冬❖人事

❖冬の夜、猟のために犬を連れて山に入ること。

『図説大歳時記』の解説によると、猟師や猟犬たちは「山に何日かこもっていて、食糧がなくなるともどって来る。山に何日こもっていても、はいって出て来るまでを一夜《ひとよ》といい、その間の獲物を一夜の猟と言った」のだそうな。例句を調べてみると、やはり勇壮かつ強健かつ厳しい句が多い中で一句、この方のこんな作品を発見。

はたと逢ふ夜興引ならん岩の角　　夏目漱石

なにがアヤシイってこの「逢ふ」という文字は意味深じゃないか？　この字はどうみても恋がらみの「逢う」でしょ。偶然驚いたように出会うのなら「遇ふ」もあるし、ごく普通に「会う」とするのが妥当じゃないのか。なのになぜ「逢ふ」？

あ、隣村のサキチさんだ！　俺、あの人にずっと憧れてんだよな。俺が猟師になったのも、山でサキチさんが時々声かけてくれるからなんだよな。今日という今日は、サキチさんの小屋に押しかけて……お、俺、告白しようかなぁ……なんて、そんなオチを想像してしまうワタシを、漱石さんは草葉の陰から睨んでいるだろうか。

夜興引の夜をもてあますばかりなり　　夏井いつき

ちなみに『図説大歳時記』では「よこびき」とルビ。こんな小さな違いを発見するだけで何やら楽しくなってくる絶滅寸前季語保存委員会委員長ことワタクシである。

新年

大服　おおぶく❖人事

❖元日の朝、雑煮より先に飲む、たっぷり注いだ茶。年賀の客にもふるまう。

この季語、てっきり「だいふく」と読むのだと思っていた。雑煮の前に茶をたっぷりと飲むとは、何故に？

頼りになる『大歳時記』にはこんな説明。「村上天皇の御代（九四六〜九六七）、疫病流行し大いにお悩みになられたが、平安時代の僧、空也《くうや》上人が六波羅蜜寺《ろくはらみつじ》本尊観世音のお告げにより仏供《ぶく》の茶を献じ、万民に施したところたちまち平癒したという故事に由来する」のだそうな。

こんな由来があるにしろないにしろ、ワタシの使命は絶滅寸前季語を守ること。もちろん、その季語を使った作品を作ることが主な任務であることは間違いないが、できるかぎり季語そのものを実施してみることも大切な啓蒙活動の一つである。今年の元日にうちを訪ねてくれた年賀客にも、この大服を飲ませてあげようじゃないの！　だって、たっぷりとお茶注いであげるだけで、絶滅寸前季語が守れるんだもーん。楽勝ぉ！

……と思ってたら、とんでもない落とし穴があった。この大服は、ただの水道水やペットボトルの水を使うのではなかった。『大歳時記』にはこんな記述もあった。「若水

（新年に初めて汲む水）で沸かした煎じ茶の中に梅干し、山椒、結《むすび》昆布などを入れ、一家で飲み、年賀客にも進ずる」

読者諸君、これがどうした？　と云うなかれ。若水とは、「元日の朝、初めに汲む水をいい、神聖な力を持つとして、若水汲みは年男の役目」とされているのだ。たかが、大服一杯を年賀客に飲ませるだけの季語ながら、元日の朝に霊力ある若水を汲みに行く年男を拉致してくることから始めねばならぬ。嗚呼、おそるべし絶滅寸前季語！

大服をたゞたぶ〳〵と召されしか　　高濱虚子

女礼者　おんなれいじゃ❖人事

※年賀に回る女性のこと。客の接待などがあり三が日には家を出にくいため、四日を過ぎてからが多い。

最初、なぜかこの季語を、女忍者「くのいち」が、自分の雇い主の殿様かなんぞのところに新年の挨拶をしに行くことを指すのだと思いこんでいた。で、なぜか水戸黄門の周りをウロウロしてた若き日の由美かおるが、なぜか松平健の暴れん坊将軍の前で、片膝ついてお辞儀してる姿が浮かんできてしまう。こうなるともうどうしようもない。発想が由美かおるから離れてくれない。果ては助さん・格さんから風車の弥七やハチベエまで出てきて、もうしっちゃかめっちゃかである。こんな状態で女礼者の例句なんぞ作ろうもんなら、こんなのしかできなくって、もうお手上げ。

女礼者のただものでなき一人　　夏井いつき

着衣始　きそはじめ❖人事

❖正月に新しい衣服を着ること。三が日のうち、吉日を選んで行われた。

「春着」と「着衣始」とどう違うのか。『大歳時記』によると、「正徳三年（一七一三）序の其諺《きげん》著〈滑稽雑談《こっけいぞうだん》〉に『和において、官位ある人は衣冠を改め、又は士農工商までも、礼服を整《ととのえ》て新年を祝する也。暦に云《いう》きそ、著衣とも又衣装とも書す』と詳説されている」とある（「春着」は『絶滅寸前季語辞典』ちくま文庫版三六七頁参照）。

つまり、着衣始は儀式的要素が濃いってことか。単なる正月の晴れ着ではなく、新しい礼服を着て新年を祝うことに意義を求めている季語ということだ。うーん、だとすると……「今年の着衣始の吉日って、どうも三日らしいのよね。二日の同窓会に着ていこうと思ってる着物、三日もついでに着回してから、クリーニングに出そうかな」なんてのは、着衣始の儀式に対する冒瀆《ぼうとく》ってことになる。となると……も、もう一着、新調しないといけないのか。相変わらず絶滅寸前季語を守るってのは、金のかかる任務である。

着衣始人となりたる袴かな　島田五空

鶏日　けいじつ❖時候

❖「元日」の副題。この日に鶏を祝うという中国の習俗から。

狗日　くじつ❖時候

❖「二日」の副題。

猪日　ちょじつ❖時候

❖「三日」の副題。

羊日　ようじつ❖時候

❖「四日」の副題。

牛日　ぎゅうじつ❖時候

❖「五日」の副題。

馬日　ばじつ❖時候

❖「六日」の副題。

こうやって並べてみると、これらの日の意味が分かる。もう一つ言えば、一月七日は「人日」といって、人のことを占ったり祝ったりする日であるらしい（『絶滅寸前季語辞典』ちくま文庫版三五二頁参照）。俳句の世界において、一月一日から七日までのこれらの季語の中、まだまだ健全だと言えるのは「人日」のみ。その他は瀕死もなにも、その存在すら知られてないと言っても過言ではない。その証拠に、『大歳時記』を例に取ると「元日」から「六日」までの項目で、鶏日・狗日・猪日・羊日・牛日・馬日の季語を使った句は、皆無。その反対に「七日」の項を見てみると、掲載されている例句十九句のうち「七日」の句は、二句のみ。残り十七句はすべて「人日」。家畜を占ったり祝ったりする風習はとっくの昔に忘れられたが、人が人を占う興味はなかなか廃りはしない。朝のテレビの占いコーナー見ては、「えー!?　牡牛座はワースト1か！」なんて叫んでいる俳人がいる以上、詠まれ続ける季語なのだろう。

それにしてもこの六つの動物シリーズ季語。やっぱり例句って一つ一ついるのかなあ……なんて、ブツブツ言っててても仕方ない。よし、こんな焼酎シリーズで、どうや！

夏井いつき

「百年の孤独」鶏日暮れゆかん
「元老院」さげて狗日の石畳
「森伊蔵」ころがしてある猪日かな
「魔王」より来る羊日の案内状
「爆弾ハナタレ」牛日笑いころげるのみ
「野うさぎの走り」よ馬日なる雲よ

幸木　さいわいぎ❖人事

❖門松の根もとに割り木を三本から十数本立てかけるもの。年神が宿るといわれる門松にあやかる信仰。また、庭に杉などの丸太を横に渡して、鯛や大根などをかけ、正月二十日頃までに少しずつ取って食べる風習も指す。

新年の歳時記を繙《ひもと》くと、次から次にへエーッと驚く風習やら風俗やらが出てくるので、ほんと退屈しない。この幸木なんてのは、門松の足元のボロ隠しぐらいにしか思ってなかったし、横木にダイコンやらワカメやら鯛やらを括り付けてる歳時記の写真を見ても、「派手やなあ！」のひと言ですませていた。

なんでこんな風習が行われるようになったのか、『図説大歳時記』をどっこらしょっと繙いてみれば、「食物をかける幸木は食物のゆたかであることを祈り、薪《たきぎ》を積み重ねておくのはその年の薪がじゅうぶんにあることを祈ったものである」とある。なるほどなあ。実行しようと思えば実行できなくもない季語だが、新年の庭やベランダにこんなものを吊るして過ごすのはちょっと勇気がいる。

絶滅寸前季語例句募集キャンペーン第六弾として取り上げたこの季語。ネット俳人たちはどう読みこなしてくれるのか。

本家にも負けぬ仕上がり幸木　杉本とらを

二世帯に趣向違えて幸木　郁

やるからには「本家」に負けないよう、しっかりと伝統継承してみせようという心意気の分家。やるからには「趣向」を凝らして楽しもうという二世帯家族。どんなやり方でも結構、絶滅寸前季語「幸木」を来年の正月には是非実施していただきたい。

荒神に焼酎二升幸木　まくわ2号

山海の産物を賑やかにくくり付けた「幸木」が完成すれば、あとは竈の神である「荒神」さまに酒を供えるだけ。「二升」という量を思えば、どっしりと大きな竈のある厨が思い浮かんでくる。

なにもかも飾れば楽し幸木　のり茶づけ

こう言い放つとまるでクリスマスツリーみたいだなあ。「なにもかも飾れば楽し」という手放しに素直な言葉が「幸」の字を明るく響かせる。が、なんでも飾ればほんとに楽しいのか？　と懐疑的な気分にさせられた句も届いた。

使用済み昆布干しゐる幸木　みかりん

包帯も若布もゆらり幸木　だいりあっ

てるてる坊主もついでに掛けたれ幸木　ねこ

幸木夫のスペア子のスペア　しんじゅ

「幸木」は一種の民間信仰でもあるわけで、出汁とった後の「昆布」だの「包帯」だの「てるてる坊主」なんぞを面白がって吊るしているような家に、新年の幸は訪れるはずがない。

ましてや「夫のスペア」だ「子のスペア」だと騒ぐ女は言語道断！　と思ったが、ひょっとすると家庭内暴力に悩む女の「幸木」に託す涙の一句かもしれない……と思えてきたら、思わず怯《ひる》んでしまった。

昼飯の幸木には吊れぬもの　めろ

幸木忘れたころにやってくる　ゆかり

赤きもの落ちてさびしき幸木かな　桜井教人

「昼飯」で「幸木」に「吊れぬもの」ってなんだろう？　「忘れたころにやってくる」モノってなんだろう？　「幸木」から落ちた「赤きもの」ってなんだろう？　たった十七音の中にある小さな謎を推理してみるのも俳句の楽しみ方の一つだ。

幸木乾けば窪むさかなの眼　樫の木

「幸木」に掛けられたモノは、たしかに日に日に乾いてくるわけだが、そのさまをこのように描写できるとは見事。「乾けば窪む」までは何がどう窪んでいるのか分からないが、それが「さかなの眼」だと分かった瞬間、乾いた魚臭が鼻腔に押し寄せてくる。青黒く乾き窪んだ「眼」のリアリティーに圧倒された一句だ。

佐竹の人飾　さたけのひとかざり❖人事

❖正月の門飾りの代わりに、家中の武士を並ばせた秋田藩主佐竹家の風習。

幸木を調べるために、『図説大歳時記』を捲《めく》っていたら、こんな季語に遭遇した。これぞ完全絶滅季語である。解説には「江戸の武家屋敷でも門松を立てないところがあり、秋田藩主佐竹家もその一つで、門飾りをしない代わりに、礼服を着た家中の武士を正門から玄関まで並ばせるしきたりであった」とある。やけにあっさり書いてあるが、こりゃあ他人迷惑なというか、部下泣かせというか、とんでもない風習ではないか。礼服着たまま、じっと立ち続ける仕事なんて苦痛以外の何ものでもない。道路工事で一日中立ってるオジサンだって大変だとは思うけど、オジサンたちはまだ旗振ったり、トランシーバーで向こうにいる旗振りオジサンと連絡取り合ったりしてるみたいだから、多少の変化ってもんがある。が、たぶんこの人飾りの任務は、微動だにせずそこに立っていることを要求されるに違いない。
それに、訪ねていく側にしたって、武士が何十人も正門から玄関まで、身動きもしないで等間隔に無表情で並んでるんだよ、そんな中を一人コツコツ歩いていくとこなんか想像しただけで、身構えてしまう。申し訳ないが佐竹家をお訪ねしたいとは思わない。知ってる人形が一個もない蠟人形館に放り込まれたみたいで、面白くないというより、薄気味悪い。秋田藩主佐竹さんちの人間門松！　嗚呼、恐るべしである。

目を合はさざりて佐竹の人飾　　森川大和

尾類馬　じゅりうま❖人事

❖ジュリ（尾類）は沖縄の方言で遊女を指す。陰暦の正月二十日、那覇市の旧辻遊郭で遊女を二組に分け、練り歩いたもの。獅子舞と弥勒《みろく》神をそれぞれ先頭に、板でできた馬首を腰にくくりつけ、紫の長布と紅型《びんがた》衣装を着て手綱をもち、「ユイユイユイ」と囃《はや》す。春駒（『絶滅寸前季語辞典』ちくま文庫版三六八頁参照）の一種。那覇三大祭にも数えられる伝統行事である。

『図説大歳時記』からさらに仕入れた情報によると、那覇市にある三百年の歴史を持つ辻という遊郭が、陰暦正月二十日の鎮守祭余興として、遊女三千人を二組に分け練り歩かせたというんだから、長崎の「絵踏」(『絶滅寸前季語辞典』ちくま文庫版三一頁参照)にも匹敵する豪華絢爛絵巻ではないか。

が、果たしてこの「尾類馬」の行事が生き残っているのかどうか、早速ネットで調べてみる。白黒写真のかつての尾類馬行列、琉球踊りの先生たちが尾類に扮しているとの添え書きがあるカラー写真、さらにはユーチューブに映像もアップされているという情報が次々にでてくる。紅型の鮮やかさに魅了される。

尾類馬や紅型の浪《なみ》泡立ちて　破障子

よし、これなら、絶滅寸前季語に取り上げる必要はない！　とホッと安心した目に飛び込んできたのが一編の論文。宗教人類学者塩月亮子氏の「沖縄における尾類馬行列の歴史社会学的考察〈都市祝祭とセクシュアリティ〉研究に向けて」と題された論文は二〇〇〇年に書かれたものだという。

戦後、尾類馬が中止された時期が三回あり、前二回の中止は予算不足と人手不足であったと述べたその後の部分に、こんな記述があった。

その後、昭和五十三年には観光資源になるとして那覇市が援助した結果、市民の祭りとして尾類馬行列は新たに復活したのであるが、年々どんどん賑々しく行われていったにもかかわらず、平成一年、祭りは突然中止となった。これが祭り中止の第三回目である。そのきっかけは、女性団体や学校関係者などが「尾類馬行列は尾類という公娼制度の名残であり、その祭りを行うことは売買春のＰＲである」という反対の声をあげたからである。それに答え、祭りの主催者側は昭和六十二年から尾類馬行列という祭りの名称を「那覇旧二十日正月祭り」に変更し、その翌年の昭和六十三年まで祭りを挙行したが、その次の年の平成一年からは、市民の参加や寄付が少なくなったことを理由に中止している。この中止の背景には、「行政が売春に係わる行事を文化としてバックアップしてもいいのか」という女性団体等の非難を受け、那覇市が援助を取りやめて費用が不足したことも大きいといえる。（※ドメス出版『都市祝祭の100年』日本生活学会叢書　第二巻）

尾類馬や江戸傾城と競ひ合ふ　yattiy

尾類馬や化粧で隠す涙痕　ふわり

尾類馬や傾城蹟《けいせいせき》の無縁仏　やす火子

なるほどなあ、季語「尾類馬」はこの時期（一九八九年～二〇〇〇年の十二年間）に女性団体等の非難を受けて中止され、その十年後にはまた復活しているというわけか。となれば、今後中止派の主張が再び盛り返してくる時期もあるかもしれず、となれば一気に絶滅の崖っぷちに立たされるという際どい位置にいる季語だったのか、尾類馬……。

尾類馬の赤いお尻を追いかける　りーぶす

尾類馬や命の色は赤という　猫ふぐ

紅型の「赤」は鮮やかに継承され確かな生き残りの道が約束されているが、「尾類馬」という季語の「命」はこんなにも揺るぎやすいものであったとは。となれば、我が絶滅寸前季語保存委員会としては、名句を詠む！　という芸術的な観点から、この季語の側面支援をするべきではないのか。

尾類馬の打ち振る鈴の清しすがし　樫の木

先ほど紹介した論文には「尾類馬」の起源として次のような伝説が附されている。

むかし首里の身分ある娘（一説には王女、お姫様）が生活苦により（あるいは中国人と関係を持ち）遊女となって辻で生活をしていた。しかし、なんとかして彼女は遊女という汚れた身でも親兄弟（王たち）に会いたいという切なる願いから、辻の遊女を集めて華やかな尾類馬行列を催し、それを見に来る人々に紛れて親兄弟が自分の姿を見、また自分も彼らの姿を見ることができるようにしたという話である。

「遊女」でありながらも、「王女」の血を継ぐ存在であるという「尾類」。この季語の向こうにある物語が心を切々と打つ。

尾類馬の一本道の長すぎる　　小木さん

尾類馬の賑やかに孤独を開くな、

「尾類」たちの人生を思う時、長い長い「一本道」として続く彼女たちの時間が想起され、「賑やか」にして艶やかな「尾類馬」行列の横顔にある「孤独」の翳りが偲ばれる。

尾類馬を眺むアンマー爪立ちて　　杉本とらを

「アンマー」とは、母さんの意。売られた子どもと買い主の関係は、擬制的親子関係を結ぶことになるのだという。わが子同然の「尾類」たちの晴れ姿を人垣の外から眺める

「アンマー」の姿。

尾類馬やいたりばちょーでーするちあしばな　理酔

沖縄の季語だから沖縄の言葉を使ってみよう、という発想は佳しとするにしても、ここまで沖縄言葉を使われるとワタクシお手上げ。どういう意味なのか、教えていただきたいよ～。

尾類馬や視界に消えぬ軍用機　亀城

「尾類馬」という伝統行事と、空を飛び交う「軍用機」。遊女と戦争、紅型と軍服、馬と機、さまざまなイメージの対比が、沖縄の現実と共に滲み出てくるような一句だ。

ぢゆうぢゆうと沈む太陽尾類馬に　チィープ

尾類馬の夜の嘶《いなな》きの烈《はげ》しかり　桃心地

音を立てて沈むかのような沖縄の「太陽」。ジュリウマという音に対する「ぢゆうぢゆう」というオノマトペが痛いように響く。

かたや、「尾類馬」の行事を終え横たえられた「馬」の型板が、夜になれば「嘶き」

をあげるのだという発想に驚く。見物客の波を隔てて相まみえた肉親の顔を、嬉しくも切なくも胸に抱きつつ泣く尾類たちの密やかな「夜」が思われてならない。

大根祝う　だいこんいわう❖人事

❖宮中では元日に、鏡餅の上に輪切りの大根を飾る。大根が「鏡草」とも言われるのはこれに由来する。一般家庭の正月にも、大根は歯固めや雑煮の材料として、昔から欠かせなかった。

解説に「宮中」という言葉があるせいか、皇室ネタの投句がわんさか集まった。

雅子さま大根祝う産着かな　　石丸風信子

愛子様ご生誕の慶事からこのかた、「ご皇孫」なんて言葉があることを知り、その笑顔とご成長ぶりに目を細めてきたのは、日本国民共有の体験であったはず。決して巧い句だとは言わないが、こんな句を思いつくような時代の一頁に居合わせたこともまた、貴重な経験である。……が、やはり、どうみても……下手くそな句ぢゃ。

ほおー、これも皇室ネタだったのかと興味深く読んだ、こんな句もあった。

大根祝う海に沈みし鯛の島　　　梶田泰弘

「愛知県知多半島の篠島の沖合に、その昔、鯛島という島があったと言われています。この辺りは鯛漁が盛んで、今でも篠島は伊勢神宮へ奉納する鯛をつることで、有名です。その島が江戸時代に沈んでしまったことは、史実でも明らかにされています」

島が沈むっていう事件は、恐ろしくもドラマチック。「大根祝う」も「鯛の島」もめでたそうな空気満杯だけど、では、この句が佳句であるか？　と問われると、うーむ、と唸ってしまう。一見、何かありげにみえるが、よーく考えてみると、季語と地名と説明があるだけのような気もしてくる。結局どっちの句も、「宮中では～」という解説の文章にとらわれすぎて、静かに沈没したとも言える。

父も娘も老いて大根祝うなり　　　かたと

大根祝ふ太き眉毛の人ばかり　　　大塚桃ライス

そもそも、宮中でなくても、鏡餅の上に大根をのせるなり、飾るなりすれば、こんな季語はすぐに実現できる。つまり、この季語が死にかけているとすれば、それは、しきたりや風習に対する意識の風化にほかならない。

「父も娘も老いて」なお、この風習を淡々と続けているという一句は、作品そのものは地味だが「大根祝う」という季語の一面を淡々と物語っている。また、大塚桃ライスの一句も、「太き眉毛の人ばかり」である一族郎党が、なんかよく分からんが毎年やっていたので……という消極的な理由で、「大根祝ふ」風習を続けているに違いないと思わせられる。

祝う気もなくて大根引きに出る　　今川ただし

そして、この一句。「大根祝う」という縁のない季語を、こんなふうにストレートに詠むのも、たしかにありだ。祖父《じい》ちゃん祖母《ばあ》ちゃんが黙々と受け継いできた新年の行事や風習も、こんな子孫が一人出てくれば、あっという間に風化し始めるに違いないが、それもまた時代の流れというものである。

帳綴　ちょうとじ❖人事

※正月四日または十一日に、商人が新年に使う新しい帳簿を作り、一年の商売繁盛を願って祝うこと。大福帳などと表紙に書くことを「帳書《ちょうがき》」という。

ほう、なるほど。よくテレビの時代劇に出てくる大福帳ね。『図説大歳時記』には、この帳簿の作り方や材質について以下の記述。「小さな店では得意の程度を見計らい、九枚、十一枚、十五枚と紙数を半目にして白元結《しろもつとい》か紙撚《こより》でつづり、紙も半紙を用い」ていたというし、大店《おおだな》ともなれば「十日の閉店後夜中までかかって、店の若衆や子供衆が西の内の上質の和紙で帳を綴じ、店の隠居が表紙を書き」、そうして出来上がるのが新しい大福帳というわけだ。

「大福」といえば、読んで字のごとく「大いに富んで福の多いこと」だが、これに「帳」をつけたってのは、いかにも儲けまっせ！　頼んまっせ！　みたいな景気のいいネーミング。ちなみに大辞典によると「大福」という語を冠している単語にはこんなのがある。

大福餅↓小豆餡を薄い餅の皮で包んだ菓子。
大福耳↓大きくて耳たぶのふくらんだ耳。福相であるという。
大福徳↓大きい福徳。大きな福利。
大福者↓非常な金持ち。大福長者。
大福長者↓非常に富裕な人。大金持。金満家。大富長者。

うーん、書き抜いてるだけで、大福な気持ち？　になってくる。なんでもかんでもこうドッカーンと成功しそうな気がしてくる。「夏井さん、毎月連載百句十二か月なんて企画どうでしょう」なんて依頼がきたら「おお！　いいですなあ！」と即答してしまいそうなぐらい大福な太っ腹？　になってしまう。そして、思わず、西の内の上質の和紙を白元結で綴じた句帖を作り始めるかもしれない。で、「今日から、ワタシを大福俳人と呼んでください」なんて言いだしそうな……自分が、コワイ。

帳綴の紙撚のすぐに切れにけり　　夏井いつき

勅題菓子　ちょくだいがし❖人事

❖宮中歌会始の題を勅題《ちょくだい》といい、その題にちなんだ菓子のこと。祝賀の意味が込められている。

へえ、こんな商売もあったんだ。歌会始のお題が出たとか、入選した歌が発表されたとかいうニュースは目にするが、こんなお菓子が発売されてるなんて話は、とんと聞いたことがない。そんな優雅な世界とはあまりにも程遠いので、ワタシが知らないだけなのかなぁ。もし、この御菓子を発売するとなれば、イマドキの売れ筋に乗っかるかもしれない。と、いうのもね……。

いつぞや名古屋駅から新幹線に乗り、次の仕事が待っている岡山県に移動しようとしていた時の出来事。名古屋駅の新幹線ホームに続く通路には物々しい数の警察官。しかもホームに上がる階段下にはロープが張ってあって立ち入り禁止状態。冗談じゃない！次の新幹線に乗らないとワタシゃあ、講演の時間に間に合わなくなる。なんの事件が起こってこんな大げさな封鎖をしているのか知らないが、責任者出てこぉおい！　という気迫で、張ってあるロープの所までカツカツと靴音高く歩いていくと、商社マン風の男性が、私の主張と全く同じようなことを警察官に向かってまくし立てているので、ワタシはちょっと上品ぶったまま傍で聞いていることにした。すると背広姿の刑事らしき男が、横からぬっと現れ、「もうすぐ上のホームから天皇皇后両陛下が降りてこられます。皆さんが乗られる新幹線は、両陛下の新幹線が着いてからの出発になりますので、ご安心ください」と丁寧に頭を下げてくれた。商社マン風の男と刑事らしき男のやりとりを聞いてると、目立つところから降りると駅全体がパニックになってもいけないので、こんな隅っこの気付かれにくいところからの出入りになったというような話であった。たしかに、見回してみるとたまたま偶然ここに通りかかったという風情の客が二十人ほど、足止めをくらっているというカンジである。と、ところが、その怒濤《どとう》の集団はいきなり現れた！

小さなナップサックを背負いカメラを片手に持ち「おお！　ここよ、ここよッ」と叫ぶオバサンを先頭に、五人の女性。「お巡りさん、ここよね。ここを陛下は通られるのよね⁉」と念押ししたかと思ったら、いきなりナップサックの中から日の丸の小旗を数本取り出した。そして三十秒後、たまたま彼女のすぐそばに立っていた例の商社マンと私の手には、日の丸の小旗が握らされていた。

「天皇陛下、ご機嫌いかがですか！」というウグイス色の高らかな裏声の歓声が上がる。天皇皇后両陛下がゆっくりと階段を降りてこられる。「皇后さまぁああ！　こっち向いてくださぁ〜い」という絶叫。ゆっくりと振り向かれ、小首をかしげ、手を振られる皇后さま。思わず手にした小旗を振っている商社マンと私？？　ほんの二メートルばかりの距離をテレビで拝見した通りの笑みを浮かべ両陛下が通り過ぎられたとたん、例のオバサンは私と商社マンの手から、日の丸の小旗をもぎ取った。そして、「あなた方、こんな近くでお会いできてシアワセだったわよ」と言い捨て、「ばっちり撮れたわ〜！」「次は、どこに移動？」と口々に騒ぎながら怒濤のごとく去っていった。

あの手のワイドショーウォッチャーにして皇室ファン世代のオバサンたちならば、「今年の勅題菓子、先行予約受付中」なんて看板みたら、あっという間に予約いっぱいになるに違いない。それほどの迫力と熱意と厚顔に圧倒された、行きずりの商社マンとワタシの一夏の経験であった。

厚顔や喉に詰まりし勅題菓子　　夏井いつき

手毬　てまり❖人事

※正月の女の子の遊び。毬は綿などの芯に糸を巻き付け、色とりどりの糸をかがって美しく作る。唄を歌い、リズムをとりながら毬をついて遊ぶ。

この続編を書き始めてこの方、ワタシの傍らには常に、『図説大歳時記』こと昭和三十九、四十年版『図説俳句大歳時記』(角川書店)があった。かれこれ、この本もあと一息で書き上がるところまできているが、相変わらずワタシはこの歳時記の虜のままである。例えば「手毬」の解説なんてのは、なんとも懇切丁寧で涙がちょちょぎれそうになる。引用が長くなるが、とにかく読んで欲しい。

「中世から正月の子どもの遊びに、男の子に揚げ弓、女の子に手毬があった。手毬は家庭でこしらえたが、江戸時代にはその商品もみられた。毬のしんには綿・芋がら・こんにゃく玉や鉋屑《かんなくず》を用いた。ハマグリの殻に砂などを入れて、音の出るようにくふうしたりした。これらに糸を巻きつけ、さらにその上を五色の絹糸などで綾にかがった、美しい毬であった。大きなのをつくって飾り物にもした。明治の半ばに西洋毬と称してゴム毬が輸入されたが、そのゴム毬にも絵の具で糸毬のように彩色したのが売られた。日なたの縁側あたりで、向かいあって膝をたててつきあったもので、毬の音を伴奏のようにして歌をうたいながら、数をついて、相手へ毬を渡したりして遊んだ。良寛の和歌には手毬をよんだものが多くある。手毬歌は地方によりさまざまで、情緒ゆたかなおもしろいものが多い」

広縁に祖母のかがりし手毬かな　　むらさき

手毬から響くよ母の手毬唄　　福岡重人

「江戸時代に江戸で広くうたわれたものの一つに、「本町二丁目の糸屋の娘、姉は二十一、妹ははたち、妹ほしさに宿願かけて、伊勢へ七たび熊野へ三たび、愛宕様へは月参り」などというのがあった」

ばあちゃんのとぎれとぎれの手毬唄　梅田昌孝

お四国は時計回りよ手毬唄　岩宮鯉城

「初正月の祝いに女の子に毬を贈るふうができ、京阪では美しく五色の絹で巻いた飾り用の手毬も作られた。この式のものは、今日、四国その他で作られて輸出品となっている。また、昔ながらの手毬も郷土玩具として山形県・長野県、あるいは沖縄など各地にわずか作られている。

今日手毬は投げるものとなったが、江戸時代から明治のはじめまではつくものであった。江戸時代の川柳に、「毬も突き飽きると屋根へなげて見る」(安永ごろ)というのがある」

地べたから力をもらふ手毬かな　梅田昌孝

手毬つく音より強き手毬唄　律川エレキ

毬をつく子なんてとんと見かけなくなってしまった。ボールで遊んでいる子がいるとすれば、キャッチボールか、壁にぶつけて遊んでいるか、はたまた三角ベースの類か。

「手毬つく」なんて行為は、せいぜいバスケットボールのドリブルぐらい。ドリブルしながら「手毬唄」なんぞ悠長に唄ってられるはずがない。

手毬つく工事現場の静かなり　大塚桃ライス
民生委員手毬をついてばかりゐる　阿南さくら
ゼミ室の女工哀史と手毬歌　舘ひろし

絶滅寸前季語保存委員会の精鋭による、絶滅寸前季語を現代に生き残らせようという意欲満々の作品たち。「手毬つく」ことを楽しむための空き地が、休日の「工事現場」であることや、「民生委員」が訪問した家で「手毬」を懐かしんでいるさまや、「女工哀史」も「手毬歌」もすでに歴史の一齣として調べるべきものになってしまった事実。それもこれも、現代との切り結び方の一つの方法である。

手毬唄母の音痴が移りけり　高橋白道
小川には小川のひかり手毬唄　風早亭鴒

最後に推したいのが、この二句。「母の音痴」という俗な取り扱いで、「手毬唄」を現代のものとして甦らせているのがアイデアであるし、「小川のひかり」という叙景でもって「手毬唄」を響かせようとしたことが手柄である。

綯初　ないぞめ❖人事

❖正月の業《わざ》始めの一種。縄を一把だけ綯《な》う、仕事始めの儀式。日取りは地方によって異なる。

農作業にまつわる季語の絶滅傾向は著しいものがある。最近、学校の授業で地域のお年寄りに来ていただいて、草鞋《わらじ》作り・お手玉作りなどを教えてもらう話題も耳にするが、その授業をきっかけに、「趣味・縄綯い」なんて履歴書に書く大人に育つとは思えない。「縄を綯う」技術がやがて廃れてしまっても、ワタシたちの生活そのものには何ら不便はないのだろうが、神社の大注連縄《おおしめなわ》がただの紐になったり、「草鞋で歩こう龍馬脱藩の道」（愛媛県大洲《おおず》市でやっている坂本龍馬ファンによる坂本龍馬ファンのためのウォーキング・イベント。参加すると、手作りの草鞋と竹筒の水筒が貰える）で草鞋が貰えなくなったりするのは、やはり心寂しいことである。

しかも、さらに寂しいことに、『大歳時記』『図説大歳時記』ともに例句が一句もない。

絢初のああだこうだと揉めはじむ

夏井いつき

成木責　なりきぜめ❖人事

❖柿の木などの豊熟を願って小正月に行われる呪《まじな》い。年男が木にのぼり、もう一人が鉈や棒を持って木の下に立つ。下にいる男が「なるかならぬか、ならねば切るぞ」と木の根を打つと、年男が木に代わって「なりますなります」と答える。実際に木を傷つけ、そこに小豆粥《あずきがゆ》を塗る風習が残っている地域もある。

ほ、ほんとにこんな風習残っているのだろうか。非常に懐疑的な気分だ。が、しかし、この季語ならば実践できそうだ！　とも思う。第一お金がかからないのがいい。その年の年男を探してきさえすれば、あとは簡単に実施できるではないか。……と書いてはみたものの、やっぱりどう見ても変だ。声高らかにこんなことやってる男たちに出会ったら、アブナイおじさんたちだと思うに違いない。そばに近寄らない方がいいと思うに違いない。

ラジオ番組『夏井いつきの一句一遊』の兼題としてこの季語を出題してみる。これも絶滅寸前季語保存委員会委員長としての大切な啓蒙活動だ。が、そんなワタクシの親心とは裏腹にとんでもないお便りがわんさか届いた。「組長、あの季語ヤバイですよ」「お昼の番組なのにこんな季語を連呼してもエエんですか⁉」「『ひめ始め』って季語にも驚いたけど、ＳＭ系の季語があったとは吃驚《びっくり》です！」歳時記の一冊も持ってないリスナーたちからの大いなる誤解と妄想にタジタジとなる。

正しい季語の意味が分かったリスナーたちですら、この季語の前に立ち往生。迷句珍句が山のように寄せられた。

生らぬならえいと抜いちゃえ成木責　ダブルＭママ

「成木責」の信長バージョンか。これがありなら「生らぬなら生らせてみよう成木責」の秀吉バージョン、「生らぬなら生るまで待とう成木責」の家康バージョンもあるわけで、この手の類想句がわんさか届く。超低レベルにして類想まみれの句を公共の電波に乗せることは罪としかいえない……。

私なら生ってやらない成木責　ミズスマＰ

成木責め桃栗三年わしゃ何年　猫岡子規

生る生らぬはアンタがたの勝手。何年かけて生ろうが、どうぞ気長にやって下さい、というしかない。

成木責助さん格さん飛んでくる　もも

成木責安心いたせ峰打ちじゃ　西条のユーホ吹き

あまりのバカばかしさに、「助さん格さん」を叱りつけたくなる。こんな句の数々は「峰打ち」どころか真剣で滅多切りにしてやりたいぐらいだが、そこはグッと我慢の絶滅寸前季語保存委員会委員長。それもこれも俳句の種まき運動、こんなヘンな季語があるんだよ、という話題がどこかの誰かの興味をそそるかもしれない。へえー季語って面白いんだ！　と、歳時記を手にとってくれる人が現れるかも知れない。

そんな声が山彦のように広がり、すべての日本人の心に届く日まで、ワタシたち絶滅寸前季語保存委員会の活動は続くのだ。

山彦の鳴きやみ終える成木責　ドクトルバンブー

初駅　はつうまや❖人事

❖駅《うまや》とは大化の改新で設けられたもので、駅馬・伝馬を備えた後の宿場のこと。よって元日の宿場の車馬の往来のさま。

これもまた完全絶滅季語。この季語を守るとなると、これは国をあげてのプロジェクトになる。となれば、実行部隊の隊長には、これ以上高速道路を造るなと主張なさっている猪瀬直樹さんに白羽の矢を立てるしかない。彼のホームページを覗いてみると、「行革担当相諮問機関・行革断行評議会委員。道路関係四公団民営化推進委員会委員。政府税制調査会委員。司法改革国民会議運営委員。日本ペンクラブ理事・言語表現委員会委員長。日本文芸家協会理事」と見事な肩書きがズラリ（当時）。まさに「初駅」保存運動のために生まれてきたような御仁ではないか。

この大事業、まずは馬の需要が増えることを見込んだ牧場作りに始まり、馬を調達し、かつての宿場町を復活させ、日本全土を覆う駅《うまや》網を張り巡らせ……と考えていくと、こりゃますますとんでもない大事業だ。……うーん、どう考えてもワタクシのような一介の俳人の出る幕ではない。ここは猪瀬直樹実行部隊長に全権を委ね、私ゃ、例句でもヒネルとするか。

初駅にて殴られる端役かな　　夏井いつき

初竈　はつかまど❖人事

❖元日に、初めて竈を焚くこと。竈の神、荒神《こうじん》に酒肴を献じて、一年の安全を祈ったのち火をつける。これで雑煮を作る。

子供の頃住んでいた巨大な箱みたいな母屋には、大きな竈が二つあった。私が物心ついた頃には、その竈で煮炊きすることはほとんどなくて、竈の上には広い板が敷かれ調理台として使われていた。年に一度、餅つきの日だけ、祖母は竈の上の板を取り、大釜で湯を沸かした。竈の上で蒸し上がってゆく餅米のムッとするような匂いと、広い土間に入り乱れるにぎやかな男衆のかけ声をありありと思い出す。
「初竈」にしても「竈猫」（『絶滅寸前季語辞典』ちくま文庫版二九三頁参照）にしても、竈そのものが絶滅しつつある現在、時代の流れに抗うすべもないが、絵本の昔話に出てくる竈の光景が、絵本を読む子供たちの心にとどめられることが可能ならば、俳句にだってそれができる力があるではないかと夢想したりもするのだ。

一家十三人初竈を拝む

夏井いつき

菱葩餅　ひしはなびらもち❖人事

❖宮中の新年お祝い料理に出される餅で、花弁をかたどっている。直径約十五センチ、厚さ約六ミリの丸い白餅を火であぶり、その上に長さ約十四センチ、厚さ九ミリのあずき色の菱餅のあぶったのを重ね、二つに折って合わせ、甘く練った白みそをまぶしたごぼうの砂糖煮をはさむ。白い美濃紙に包んで、天皇・皇后に勧めた。雉子酒《きじざけ》と一口ずつ交互に、二つ召し上がるのがしきたり（「雉子酒」は『絶滅寸前季語辞典』ちくま文庫版三四六頁参照）。

まことに皇室というのは興味深い場所である。この絶滅寸前季語保存委員会の活動を始めるようになって、絶滅季語と皇室との深い縁に感銘を受ける。皇室の皆様は「菱葩餅は絶滅しておりません！」と、お怒りになられるかもしれないが、俳句界におけるこの季語は、絶滅どころか「こんな季語もあったのか」というレベル。絶滅を危惧する前に、「こんな季語もあるんだけどお試しキャンペーン」でも打たなければならない程度の認知度である。その証拠に、『大歳時記』『図説大歳時記』ともに例句は一句もない。今、ここでワタシが喉に菱葩餅を十ほど詰め込んだぐらいの苦しみで一句ヒネルとそれが、初めての例句として一人歩きし始めるはず。なんとも名誉なことではないか。が、しかし、やはり喉に詰めた餅十個は、ツライもんがある……。

菱葩餅に残りし御《おん》歯型　　夏井いつき

振振　ぶりぶり❖人事

❖「振振毬打《ぶりぶりぎっちょう》」あるいは「玉振振《たまぶりぶり》」ともいう。正月の飾り。左右に玉がはめこまれ、長い紐がついた六角形または八角形の木槌のようなもの。江戸時代の初めは、紐でぶら下げ玉を打って遊んだ。やがて紐が柄に、玉が車に変わり、正月の飾り物になった。

まずは、この物体がどんな形をしているのか、頭の中でシミュレーションしてみる。六角形か八角形の木槌の頭、左右に玉、長い紐、紐でぶら下げて玉を打つ？　が、紐が柄になり、玉が車にかわる？　……嗚呼、ここでもうついていけなくなる。玉が車？

わ、分からん。誰か実物を見せてくれ。

この物体の形は謎に包まれているが、この音には惚れる。「ブリブリ」と書いただけで、アニメ・クレヨンしんちゃんが、お尻を出してぶりぶり横歩きしているさまが、ドッカーンと浮かんでくる。そしてこんな例句を見つけた日にゃあ、もうゴメンナサイってカンジ。


ぶり〳〵でさゆるひゞきもこだま哉　寺田重徳

御代の春　みよのはる❖時候

❖「初春《はつはる》」の副題。

それにしてもまあ、時代がかった季語である。まるで暴れん坊将軍が馬に乗って浜辺を走ってそうな勢いである。「御代」という言葉自体がすでに瀕死の状態であるからして(右翼団体がこれを読んで「そんなことはない！」と怒鳴り込んできたらすぐに謝ろう！　とは思うが……)、この季語の生き残りを願うこと自体に無理がありすぎる。

が、「初春」の副題の種類には、微妙なニュアンスに富んだものが多く、なかなか楽しい。例えば江戸時代の俳人の皆さんのこんな作品。

天秤や京江戸かけて千代の春　　松尾芭蕉
古家《ふるいえ》に雑巾かけつ松の春　　馬場存義《ぞんぎ》
大雪のもの静《しずか》さや明の春　　高井几圭《きけい》
目を明て聞《きい》て居る也四方の春　　炭　太祇《たいぎ》
ほうらいの山まつりせむ老の春　　与謝蕪村

「老の春」なんて季語は、イマドキの老人たちの恋愛とか再婚とかって話題を彷彿《ほうふつ》とさせるようで、そのうち使える歳になったら使ってやろうと秘かにこの季語を胸にストックしつつここまで書いて、やれやれ、この厄介な季語があっさり終わってよかったと汗を拭ったとたん、肝心の「御代の春」の句がないのに気づいた。歳時記をあれこれ調べ直してみるが、やはり例句は見つからない。こんな季語なんて、将軍を狙う闇の間者の仕業のごとく極秘裏に抹殺してやりたいが、それではこの辞典の存在意義そのものがなくなってしまう。嗚呼無情の御代の春である。

御代の春遠く天守の風に立つ

夏井いつき

料の物　りょうのもの❖人事

※「開豆《ひらきまめ》」と「開牛蒡《ひらきごぼう》」を盛った小さな土器を正月の祝い膳の近くに置いた、古い風習。「両の物」とも書く。開運の縁起を祝う。

「開豆」とは、茹でた大豆のこと。これまた『大歳時記』の解説によると「『開』は開運の縁起で、大豆が膨れるのを開くといった」らしい。「開牛蒡」は、算木《さんぎ》牛蒡とも呼ばれ、三センチぐらいの算木形にナマの牛蒡を切ったもの。

一度結婚した時、実家の母が、お屠蘇道具からお節用の重箱・取り皿までが揃った正月道具セットをプレゼントしてくれた。雛道具のホンマモンみたいな感じで、一つ一つのお道具に付けられた家紋も可愛く、「大年《おおとし》」の夜には紅白歌合戦もそこそこに、腕をフルっていた年月があった。

が、次第に我が正月行事は、行政機関とは比べ物にならないスピードで簡素化がすすみ、最近は出来合いのお節《せち》を買ってきてチョチョイと詰め、それっぽい気分を味わうのみ。料の物を、正月の祝い膳のかたわら、土器にちょんと盛って置くなんて粋なことは、なかなかねぇ……。開運が願えることはこの際なんでもしておきたいが、そこまでマメになれないのが、カナシイ性である。
この絶滅寸前季語を守るためのワタクシ的実行可能対策として考えられるとすれば、次の再婚相手に「あ、僕そーゆーのマメにやるのが趣味なんです」ってな男を選ぶってことぐらいか。

料の物置いて再嫁の話など　夏井いつき

礼帳　れいちょう❖人事

❖年賀の客用の記名帳。玄関先や店先に机を置き、二つ折りの奉書紙《ほうしょがみ》を水引で綴じたものと筆・硯を添える。

いまさら改めていうまでもないが、平成十一、十二年第一版『大歳時記』と昭和三十九、四十年初版『図説大歳時記』の解説を比較してみると、『図説大歳時記』の方が圧倒的に丁寧で詳しい。解説と考証に分けて書かれているのだが、この考証の方は特に不必要なほど（失礼！）詳しい。何がスゴイって、例えば「ひめ始め」の解説なんてのは堂々二頁にわたって詳しい考証が書いてあるぐらいである。やたらに読み応えはある。が正直なところ疲れる。もうこのくらいで勘弁してくれと言いたくなるが、そんなことはさておき。この『図説大歳時記』のおかげでまたまた分かったことが一つ。

この礼帳、なんで挨拶しにきてるのにいちいち氏名を書いて帰れって言われないといけないのか、個展を見にきた客じゃあるまいし？……と思ってたのだが、その小さな疑問が解けた。年賀に来た人全員が書くのではなくて「年賀客で特に主人に面接を求めない客が、これに姓名を記して帰った」ということだったようなのだ。

なるほどこれはとても合理的なやり方だ。形だけの挨拶をするためにお互いの貴重な時間を無駄にするなんて、愚の骨頂。そうだ、ウチもこんなの置こうかな。「ちょっと近くまで来たもんですから」なんて嘘言って、様子見に来る編集者のための日めくり礼帳ってのはどうだ？　会わなくてもご用件わかってますから、お名前だけ書いてとっととお帰りくださいって主張しても、そうは問屋が卸さない……か？

礼帳に知らぬ名のある湯呑かな　　夏井いつき

若夷　わかえびす❖人事

❖江戸時代、元日の朝に物乞いによって売られた夷《えびす》が刷られた札。「福神を得る」と人々は競って求めた。歳徳棚《としとくだな》（正月の神を迎えるために作った棚）に供え、門口に貼った。

ちょっと吃驚！　お目出度そうな札であるが、たちどころに疑問が浮かんでくる。何故、物乞いの人たちによって売られるのか、物乞いの人たちはどうやって印刷したその札を手に入れる（あるいは買い取る）ことができるのか。うーむ、これはひょっとすると、元日の早朝から働いてくれる安い労働力として物乞いの人たちを束ねる元締めがいたのではないか。それでもって、その元締め一派が一年がかりで刷った手作り札を物乞いたちに渡し、売り上げ額の五パーセントぐらいしか還元してやらないなんて暴利をむさぼっていたのではないか？　さらにその裏で糸を引いてるのが幕府お出入り商人・越後屋、さらにその背後には悪徳代官。「越後屋、おぬしも悪よのー。うっほっほっほっ」なーんて……い、いかん。女礼者のあたりから、水戸黄門と暴れん坊将軍が頭の中で暴れ続けてて、どうしようもないまま、いよいよ終わりに差し掛かってしまった。

終わり佳きことを願いて若夷　夏井いつき

若潮　わかしお❖人事

※元日早朝、年男や家長が海水を汲んできて神に供えることをいう。一家を清める意味があり、海砂や海藻を用いるところもある。

海はいつもそこにあるし、空はいつも広がっているし、何も変わらないいつもの光景がそこにあるだけなのに、これが季語だと知ったとたん、目に映る光景ががらりと違って見える。

元日の朝、家長が一家を清めるために汲んでくる海水が「若潮」であるのだよと教えてもらったとたん、その季語の現場へ私の心と体は飛ぶ。真っ暗な時空を越えたその先には、夜明けの海の匂いがしてくる。一年の大漁と無事を祈り、汲み上げた手桶からは若潮がなみなみとこぼれる。そんな俳句的時空間移動を楽しむことで、絶滅寸前の季語たちにささやかな命の時間を与えてやれるとすれば、こんなに幸せな仕事はない。

若潮に濡れし踝《くるぶし》匂ひけり　夏井いつき

文庫本化に寄せてのあとがき

前著『絶滅寸前季語辞典』の続編として本著も文庫本化されることが決まったため、ほぼ十年ぶりに『続・絶滅寸前季語辞典』（東京堂出版）を読み直したのだが、あまりにも時代遅れなネタがあったり、若気の至りでフザケ過ぎていたり、ほとほと恥ずかしくなった。気になる部分をかなり書き直し、項目も少し入れ替え、新たな例句を沢山ヒネり、やっと心がスッキリしたところである。

前著に引き続き例句収集は以下のルールに則った。

① 著作権の切れている俳人の作品

② 絶滅寸前季語保存委員会メンバーの作品

さらに新しい動きとして、ブログ『夏井いつきの100年俳句日記』における絶滅寸前季語例句募集キャンペーンへの投句、ラジオ番組『夏井いつきの一句一遊』への投句からも、採用させていただいた。

インターネット、ラジオ、テレビ等を通じての啓蒙活動は、一気に沢山の人たちへ思いを伝えることができる有効な手段。絶滅寸前季語保存委員会としては、今後も十分に活用していきたいツールである。

尚、凡例を兼ねて以下の点をお断りしておきたい。

① 例句の表記は、原句の表記に準ずる。

② 歴史的仮名遣い、現代仮名遣いが混在するのは①の理由によるものである。

もう一歩突っ込んで言わせていただくと、私自身の句にも歴史的仮名遣いもあれば現代仮名遣いもある。何故なら、一句の表記・文体・韻律等は、一句の内容（＝心）によって決定されるべきだと考えるからだ。口語で書きたい句もあれば、文語がしっくりはまる句もある。現代仮名遣いで軽やかに表現したい心もあれば、歴史的仮名遣いで趣深く伝えたい心もある。俳句が一句独立の文学である以上、それらの表記・文体・韻律は一句ごとに意思的に選び採られてしかるべきだという考えからの試みでもある。

前著に引き続き、筑摩書房編集局の榊原大祐さんには多大なサポートをいただいた。優秀な編集者に恵まれるのは物書きとしての最大のシアワセであると、有難く心に沁みた日々であった。

そんな彼との打ち合わせの席で、「貴方も一句、挑戦してみるべきじゃないの？」とけし掛けたら「やってみます」と案外素直に応じてくれた。そのつつましやかな処女作も本書の片隅に掲載した。

俳句なんて自分の人生とは何の関わりもないよ、と思っている人たちに、俳句のある人生の楽しさをお伝えするのが私のライフワーク。本書に多少なりとものの興味を覚えてくださり、彼のように気軽に絶滅寸前季語で一句ヒネっていただけるならば、著者としてこんなに嬉しいことはない。

解説

古谷徹

夏井いつき先生とは、昨年七月NHKラジオの『オトナの補習授業』という番組で初めてお会いした。僕にとっては俳句など全く興味もない未知の世界だったし、演技ではなくフリートークで生の自分が出てしまうラジオのパーソナリティ自体、上手く出来る自信もなく、あまり好きな仕事ではなかったのだが、以前、たまたま見たNHKの俳句番組に先生が出演していて、その分かり易い教えぶりとざっくばらんな人柄にとても面白い講師だと、ちょっと興味を持っていた。

これを機会にパーソナリティとしての自分の可能性にもチャレンジしてみようかと思い、受けた仕事だった。実際に先生にお会いした印象も思っていた通りで、とても親しみやすい下町のおばちゃん（先生ごめんなさい！）みたいだった。

一緒に番組を進行したシンガーソングライターの熊木杏里ちゃんの天然ぶりも番組を盛り上げてくれて、未知の世界に興味津々で楽しくお喋りしているうちに、自然に俳句に興味を持つことが出来た。この番組が好評でその後、なんと生放送を二回やり、今では季節ごとの定期番組にまでなった。

先生から出題された季語を用いて僕と杏里ちゃんが作った俳句を先生に評価してもらい、ラジオ句会としてリスナーから募集した句から三人がそれぞれ三句選び読み解く。感性の違いによって全く違う解釈になるのが面白く新鮮だ。

さて、今回、本の解説文を書くのも僕としては初めての体験！　コラムのつもりで良いというので解説にはなっていないと思うが、お許しいただきたい。

驚いたのは俳句の歴史の長さと、季語の数だ。同じ事象や意味を表す季語もいくつもあり、日本語というのはなんと複雑で粋なのかと改めて感じた。きっと古《いにしえ》の俳人は自分の思いを俳句に託す際に、どストライクな季語が無かった場合、創作したのに違いない。それが出来るのが俳句の自由なところであり、日本語という言葉なのだろう。

創作の季語は当然、汎用ではないのだから、多くの人が共感できる秀逸なものだけが伝承されたのだと思う。その時代や社会、流行などによって、季語は新たに作り出され、消滅していくものなのかもしれない。

そんな絶滅に瀕している季語にスポットを当てた本書は夏井先生ならではの、豪快で親しみやすい解説、日陰の隅っこで消えつつある季語への愛情あふれる視線が温かく、心地よく読み進める事が出来る。

本筋は季語の紹介と解説、そして例句？　の披露だが、僕にとっては、かなりの割合で随所に吐露される先生の日常生活や交友録が面白かった。特にご家族とのやりとりで、日本を代表する現代の俳人でありながら、家庭では立場が非常に弱いというのも暴露されていて、とても親近感を感じる。

ニシンの漁獲量やら蛙の交尾やらといった生物、蘇鉄の花などの植物に関する知識や、各地のお祭りの詳細まで、様々な絶滅危急季語にまつわる情報も興味深く、読んでいるうちに雑学の本だっけ？　と思ってしまう。

番組で夏井先生が言っていた言葉を思い出した。「俳句は想像でも作れるけど、実際の情景に触れることも大切なの！」先生は取材旅行にはよく行かれるらしい。『百聞は一見にしかず』で、その際に得た生の知識や感覚が、俳句にも本書にも生かされている気がする。当然、古くからの季語も多く、歴史上の人物の生きざまや史実なども引用されている。先生ご自身に知識がなければ、解説のために思い浮かぶはずがなく、そのテリトリーの広さには脱帽させられる。元国語教師だった故、語彙の豊富なのは当然だが、もはや博識の域に達しているのではなかろうか！

笑ってしまうのは季語を蘇生させるためのアイデア！　先生らしく実に奇抜である。「この季語の響きを活用するとすれば、キャンペーン・キャラクターとして、やはりジャッキー・チェン氏に白羽の矢を立てたい。シャボン玉を吹きながら、水圏戯と名付けた新しい回転蹴り技なんぞを炸裂させていただけると、バッチリである」（季語『水圏戯』の解説文より）。

さらに、全ての絶滅危急季語に肯定的なわけではなく、まれに先生の好みに合わなかったり、理解不能だったりするとクソミソになるのが可笑しい。それでも、なんとか折り合いをつけようと工夫している姿は、心根の優しさからか。僕が無知なせいもあるかもしれないが、多くの季語の解説文に「へ〜っ！　そうなんだ！」と感嘆するばかりでなく、思わず爆笑もしてしまう！　この本は、明らかに辞書というよりもエッセイというか日記というか、お笑いのネタ帳というか、まさに夏井ワールド全開の素敵な魅力に溢れている。

季語索引

◎本索引は、本書に収録した季語を五十音順に配列し、その季を示したものである。太字は見出し季語を示す。

あ

秋渇《あきがわ》き……秋 212
秋寒《あきさむ》……秋 229
秋時雨《あきしぐれ》……秋 215
秋《あき》の村雨《むらさめ》……秋 214
朝顔《あさがお》……秋 151
朝顔《あさがお》の実《み》……秋 231
朝寒《あささむ》……秋 229
麻服《あさふく》……夏 121
梓《あずさ》の花《はな》……春 100
アスパラガス……春 28
汗《あせ》……夏 151
安達太郎《あだちたろう》……夏 120
あっぱっぱ……夏 121
あなじ……冬 218
海女《あま》……春 16
海女《あま》の笛《ふえ》……春 16
綾取《あやとり》……冬 248
鮎《あゆ》もどき……夏 108
荒南風《あらはえ》……夏 165
蟻吸《ありすい》……秋 215
石牡丹《いしぼたん》……春 14
いしわり……夏 114
磯巾着《いそぎんちゃく》……春 14
磯涼《いそすず》み……夏 148
磯嘆《いそなげ》き……春 16
五日《いつか》……新 298
糸遊《いとゆう》……春 98
いなさ……夏 165
稲妻《いなずま》……秋 178
稲光《いなびかり》……秋 178
妹《いも》がり行《ゆ》く猫《ねこ》……春 22、24、88
石見太郎《いわみたろう》……夏 120
浮《う》かれ猫《ねこ》……春 23
鶯合《うぐいすあわせ》……春 110
鶯《うぐいす》の押親《おしおや》……夏 110
鶯《うぐいす》の付子《つけご》……夏 110
鬱金香《うこんこう》……春 24
牛《うし》の舌《した》……夏 114
うそ寒《さむ》……秋 229
卯《う》の花《はな》……夏 116
卯《う》の花腐《はなくた》し……夏 116
卯《う》の花月《はなづき》……夏 116
うまのあしがた……春 26
梅干《うめぼし》……夏 117
梅筵《うめむしろ》……夏 117
温州蜜柑《うんしゅうみかん》……冬 253

神無月《かんなづき》……冬 256
ぎぎ……春 38
雉子酒《きじざけ》……新 142、328
着衣始《きそはじめ》……新 296
北窓塗《きたまどぬ》る……冬 258
北窓塞《きたまどふさ》ぐ……冬 258
啄木鳥《きつつき》……秋 215
狐《きつね》の提灯《ちょうちん》……冬 260
きつねのてぶくろ……夏 122
狐花《きつねばな》……秋 222
狐火《きつねび》……冬 260
木花《きばな》……冬 274
牛日《ぎゅうじつ》……新 298
経木帽《きょうぎぼう》……夏 128
行水《ぎょうずい》……夏 230
行水名残《ぎょうずいなごり》……秋 230
叫天子《きょうてんし》……春 43
曲水《きょくすい》……春 40
霧《きり》の花《はな》……冬 274
金魚《きんぎょ》……夏 183
金魚掬《きんぎょすく》い……夏 177
銀竹《ぎんちく》……冬 14
きんぽうげ……春 27
ぐぐ……春 38
嚏《くさめ》……冬 282
狗日《くじつ》……新 297
朽野《くだらの》……冬 262
くだり……夏 165
九年母《くねんぼ》……秋 253
熊蟄穴《くまあなにちつす》……冬 281
雲《くも》の峰《みね》……夏 120
グレープフルート……夏 153
黒牛《くろうし》の舌《した》……夏 114
黒南風《くろはえ》……夏 165
桑摘《くわつみ》……春 42
鶏日《けいじつ》……新 297
牽牛花《けんぎゅうか》……秋 232
牽牛子《けんごし》……秋 231
玄帝《げんてい》……冬 264
恋猫《こいねこ》……春 23
高野聖《こうやひじり》……夏 129
蚕飼《こがい》……春 42
ゴキブリ……夏 151
穀象《こくぞう》……夏 14
告天子《こくてんし》……春 43
こころぶと……夏 131
ご赦免花《しゃめんばな》……夏 132
小晦日《こつごもり》……冬 265
子持花椰菜《こもちはなやさい》……冬 268
声色《こわいろ》ながし……夏 167
ごんずい……春 38
昆虫採集《こんちゅうさいしゅう》……夏 157

さ

サイネリア……春 44、89
洒涙雨《さいるいう》……秋 234
幸木《さいわいぎ》……新 300
さくらんぼ……夏 103
佐竹《さたけ》の人飾《ひとかざり》……新 304
皐月《さつき》……夏 149

早苗月《さなえづき》……夏 149
朱欒《ざぼん》……秋 253
五月雨月《さみだれづき》……夏 149
小夜《さよ》時雨《しぐれ》……冬 266
三尺寝《さんじやくね》……夏 136
サンドレス……夏 121
紫苑《しおん》……秋 219
ジギタリス……夏 122
時雨《しぐれ》……冬 215
鹿垣《ししがき》……秋 232
舌鮃《したびらめ》……夏 114
信濃《しなの》太《た》郎《ろう》……夏 120
シネラリア……春 44、88、89
死人花《しびとばな》……秋 222
四万六千日《しまんろくせんにち》……夏 223
清水《しみず》……夏 186
霜月《しもつき》……冬 256
霜降月《しもふりづき》……冬 256
社会鍋《しやかいなべ》……冬 270
麝香連理草《じやこうれんりそう》……春 25
写真《しやしん》の日《ひ》……夏 138
社日《しやにち》……春 55
石鹼玉《しやぼんだま》……春 59
秋社《しゆうしや》……秋 55
秋分《しゆうぶん》……秋 227、241
尾類馬《じゆりうま》……新 305
春怨《しゆんえん》……春 49
春季闘争《しゆんきとうそう》……春 56
春窮《しゆんきゆう》……春 40
春興《しゆんきよう》……春 46
春恨《しゆんこん》……春 49
春社《しゆんしや》……春 55
春愁《しゆんしゆう》……春 49
春闘《しゆんとう》……春 56
小寒《しようかん》……冬 265、281
定斎売《じようさいうり》……夏 139
定斎屋《じようさいや》……夏 139
障子《しようじ》……冬 83
上巳《じようし》……春 40
小暑《しようしよ》……夏 265
小雪《しようせつ》……冬 265、281
蒸炒《じようそう》……夏 140
菖蒲《しようぶ》……夏 142
菖蒲酒《しようぶざけ》……夏 142
小満《しようまん》……夏 143
次郎《じろう》の朔日《ついたち》……春 80
白南《しろは》風《え》……夏 165
白日《しろひ》傘《がさ》……夏 170
白服《しろふく》……夏 121
人日《じんじつ》……新 299
新内《しんない》ながし……夏 167
水圏戯《すいけんぎ》……春 59
水泉動《すいせんうごく》……冬 281
煤払《すすはら》い……冬 267
涼《すず》み台《だい》……夏 148
涼舟《すずみぶね》……夏 148
雀大水《すずめうみ》に入《い》り蛤《はまぐり》となる……秋 67
簾《すだれ》……春 98
捨子《すてご》花《ばな》……秋 222
すててこ……夏 144

菫《すみれ》……春 61
相撲花《すもうばな》……春 61
青帝《せいてい》……春 62
清和《せいわ》……夏 207
積乱雲《せきらんうん》……夏 120
雪下出麦《せっかむぎをいだす》……冬 281
節季《せっき》……冬 272
瀬干《せぼし》……夏 156
瀬《せ》廻《まわ》し……夏 156
セル……夏 146
洗車雨《せんしゃう》……秋 234
蒼帝《そうてい》……春 62
爽籟《そうらい》……秋 236
そぞろ寒《さむ》……秋 229
蘇鉄《そてつ》の花《はな》……夏 132
粗氷《そひょう》……冬 274

た

大寒《だいかん》……冬 265、281
大根祝《だいこんいわ》う……新 311
大暑《たいしょ》……夏 265
大雪《たいせつ》……冬 265、281
橙《だいだい》……冬（秋・新年） 253
駘蕩《たいとう》……春 65
田植《たうえ》……春 68
田打《たうち》……春 68
鷹《たか》化して鳩《はと》となる……春 67
田搔牛《たがきうし》……春 68、98
田亀《たがめ》……夏 129
滝浴《たきあび》……夏 148
筍流《たけのこなが》し……夏 166
凧《たこ》……春 69
凧合戦《たこがっせん》……夏 98
たつみかぜ……夏 165
炭団《たどん》……冬 275
玉振振《たまぶりぶり》……新 329
たまや……春 59
ダリア……夏 153
太郎月《たろうづき》……春（新） 71
太郎《たろう》の朔日《ついたち》……春 80
戯《たわむ》れ猫《ねこ》……春 23
淡月《たんげつ》……春 73
端午《たんご》の節句《せっく》……夏 143
丹波《たんば》太郎《たろう》……夏 120
地始氷《ちはじめてこおる》……冬 281
致命祭《ちめいさい》……春 76
チューリップ……春 24
帳書《ちょうがき》……新 313
蝶々雲《ちょうちょうぐも》……冬 277
帳綴《ちょうとじ》……新 313
勅題菓子《ちょくだいがし》……新 315
猪日《ちょじつ》……新 298
月《つき》……秋 102
月涼《つきすず》し……夏 171
月見《つきみ》ず月《つき》……夏 149
衝羽根《つくばね》朝顔《あさがお》……夏 151
茅花流《つばなが》し……夏 166
つまくれない……秋 237
梅雨《つゆ》の星《ほし》……夏 198
吊床《つりどこ》……夏 152

な

煮凝《にこごり》……冬 278
虹蔵不見《にじかくれてみえず》……冬 281
二十六聖人祭《にじゅうろくせいじんさい》……春 76
ニセアカシア……夏 109
二星《にせい》……秋 238
二百十日《にひゃくとおか》……秋 222
鶏初《にわとりはじ》**めて交**《つる》**む**……冬 281
鶏始乳《にわとりはじめてにゅうす》……冬 281
寝《ね》網《あみ》……夏 152
猫《ねこ》の思《おも》い……春 23
猫《ねこ》の恋《こい》……春 22
猫《ねこ》の契《ちぎり》……春 23
猫《ねこ》の妻《つま》……春 23
猫《ねこ》の夫《つま》……春 23
子《ね》の月《つき》……冬 256
睡《ねむ》**れる花**《はな》……春 79
納涼《のうりょう》……夏 148
後《のち》の村雨《むらさめ》……秋 215
長閑《のどか》……春 65
のぼり……夏 165
蚤取粉《のみとりこ》……夏 172

は

はえ……夏 164
曝書《ばくしょ》……夏 175
箱釣《はこづり》……夏 176
橋涼《はしすず》み……夏 148
馬日《ばじつ》……新 298
肌寒《はださむ》……秋 229
はた神《がみ》……夏 178
肌脱《はだぬ》**ぎ**……夏 181
初駅《はつうまや》……新 326
初竈《はつかまど》……新 327
八朔《はっさく》……秋 239
初朔日《はつついたち》……春 80
初春《はつはる》……新 330
花《はな》……春 102
花筏《はないかだ》……春 92
花氷《はなごおり》……夏 182
花茣蓙《はなござ》……夏 184
はなひり……冬 282
パナマ帽《ぼう》……夏 128
花見茣蓙《はなみござ》……春 184
花椰菜《はなやさい》……冬 268
パラソル……夏 170
春《はる》……春 62
春《はる》かたまけて……春 87
春着《はるぎ》……新 267、296
バルコニー……夏 206
春駒《はるごま》……新 305
春障子《はるしょうじ》……春 83
春寒《はるさむ》……春 104
春手袋《はるてぶくろ》……春 103
春《はる》の恨《うら》み……春 49
春《はる》の限《かぎ》り……春 86
春《はる》**のかたみ**……春 86
春《はる》の泊《とまり》……春 86
春《はる》の名残《なごり》……春 86
春《はる》の果《は》て……春 86
春《はる》の湊《みなと》……春 86

春《はる》の行方《ゆくえ》……春 86
春《はる》まけて……春 87
春《はる》めく……春 88
坂東太郎《ばんどうたろう》……夏 120
ハンモック……夏 152
日傘《ひがさ》……夏 170
彼岸河豚《ひがんふぐ》……春 89
蟇《ひき》の傘《かさ》……春 26
比古太郎《ひこたろう》……夏 120
菱葩餅《ひしはなびらもち》……新 328
単衣《ひとえ》……夏 146
雲雀《ひばり》……春 43
氷海《ひょうかい》……冬 284
開牛蒡《ひらきごぼう》……新 332
開豆《ひらきまめ》……新 332
昼寝《ひるね》……夏 136
風船《ふうせん》……春 103
噴井《ふけい》……夏 186
仏手柑《ぶしゅかん》……秋 253
襖外《ふすまはず》す……夏 188

腐草蛍《ふそうほたる》となる……夏 67
二日《ふつか》……新 297
懐手《ふところで》……冬 181
舟《ふね》ながし……夏 167
冬《ふゆ》……冬 264
冬将軍《ふゆしょうぐん》……冬 264
冬《ふゆ》の雲《くも》……冬 277
振振《ぶりぶり》……新 329
振振毬打《ぶりぶりぎっちょう》……新 329
振舞水《ふるまいみず》……夏 189
ブロッコリ……冬 268
霹靂《へきれき》……夏 178
ペチュニア……夏 151
蛇《へび》の大八《だいはち》……春 90、116、129
ベランダ……夏 206
芳春《ほうしゅん》……春 62
鳳仙花《ほうせんか》……秋 237
干飯《ほしいい》……夏 190
蛍売《ほたるうり》……夏 192
牡丹百合《ぼたんゆり》……春 24

母衣蚊帳《ほろがや》……夏 193
椪柑《ぽんかん》……冬 253
盆節季《ぼんせっき》……秋 272

ま

まじ……夏 165
鱒《ます》……春 91
ますのすけ……春 91、93、116、129
松葉酒《まつばざけ》……冬 142
ままっこ……春 92
蝮蛇草《まむしぐさ》……春 90
蝮草《まむしぐさ》……春 90
曼珠沙華《まんじゅしゃげ》……秋 222
三日月《みかづき》……秋 224
水接待《みずせったい》……夏 189
水振舞《みずふるまい》……夏 189
三日《みっか》……新 298
緑《みどり》の週間《しゅうかん》……春 93
みどりの冬《ふゆ》……夏 194
水無月《みなづき》……夏 149

南風《みなみ》……夏 164
蚯蚓《みみず》鳴《な》く……秋 38
御代《みよ》の春《はる》……新 330
六日《むいか》……新 298
ムームー……夏 121
麦熟《むぎう》れ星《ぼし》……夏 198
麦星《むぎぼし》……夏 198
麦藁籠《むぎわらかご》……夏 201
麦藁帽《むぎわらぼう》……夏 128
虫篝《むしかがり》……夏 203
虫干《むしぼし》……夏 175
睦月《むつき》……春（新） 71
霧氷《むひょう》……冬 274
村雨《むらさめ》……夏 215
面蚊帳《めんがや》……夏 193
藻《も》に住《す》む虫《むし》の音《ね》に鳴《な》く……秋 242
諸肌脱《もろはだぬ》ぎ……夏 181

や

厄日《やくび》……秋 222
屋根替《やねがえ》……春 97
野馬《やば》……春 98
漸寒《ややさむ》……秋 229
遊糸《ゆうし》……春 98
夕涼《ゆうすず》み……夏 148
幽霊花《ゆうれいばな》……秋 222
雪《ゆき》……冬 102
雪男《ゆきおとこ》……冬 286
雪鬼《ゆきおに》……冬 286
雪女《ゆきおんな》……冬 286
雪女郎《ゆきじょろう》……冬 286
雪《ゆき》の精《せい》……冬 286
雪坊主《ゆきぼうず》……冬 286
雪待月《ゆきまちづき》……冬 256
雪見月《ゆきみづき》……冬 256
行《ゆ》く春《はる》……春 86
宵涼《よいすず》み……夏 148
陽焔《ようえん》……春 98
羊日《ようじつ》……新 298
陽春《ようしゅん》……春 62
夜着《よぎ》……冬 289
夜糞峰榛《よぐそみねばり》の花《はな》……春 100
夜興《よこ》引《ひき》……冬 290
夜桜《よざくら》……春 103
夜寒《よさむ》……秋 229
吉原《よしわら》の夜桜《よざくら》……春 102
夜涼《よすず》み……夏 148
四日《よっか》……新 298

ら

立春《りっしゅん》……春 222
立冬《りっとう》……冬 281
竜天《りゅうてん》に登《のぼ》る……春 241
竜淵《りゅうふち》に潜《ひそ》む……秋 240
料峭《りょうしょう》……春 104
料《りょう》の物《もの》……新 332
両《りょう》の物《もの》……新 332
緑化週間《りょっかしゅうかん》……春 96
霖雨《りんう》……秋 117
冷夏《れいか》……夏 194

礼帳《れいちょう》……新　333
ローマ字《じ》の日《ひ》……夏　204
露台《ろだい》……夏　206

わ

若夷《わかえびす》……新　335
若潮《わかしお》……新　336
若水《わかみず》……新　294
和清《わせい》の天《てん》……夏　207
われから……秋　242

本書は二〇〇三年九月、東京堂出版より刊行されました。
文庫化にあたり、新稿を加えるなど、再編集しています。

ひとはなぜ服を着るのか　鷲田清一

ファッションやモードを素材として、アイデンティティや自分らしさの問題を現象学的視線で分析する。「鷲田ファッション学」のスタンダード・テキスト。

9条どうでしょう　内田樹／小田嶋隆／平川克美／町山智浩

「改憲論議」の閉塞状態を打ち破るには、「虎の尾を踏むのを恐れない」言葉の力が必要である。四人の書き手によるユニークな洞察が満載の憲法論！

山頭火句集　種田山頭火　村上護編　小崎侃・画

自選句集「草木塔」を中心に、その境涯を象徴する随筆も精選収録し、〝行乞流転〟の俳人の全容を伝える一巻選集！（村上護）

尾崎放哉全句集　村上護編

「咳をしても一人」などの感銘深い句で名高い自由律の俳人・放哉。放浪の旅の果て、小豆島で破滅型の人生を終えるまでの全句業。（村上護）

倚りかからず　茨木のり子

もはや／いかなる権威にも倚りかかりたくはない……話題の単行本に3篇の詩を加え、高瀬省三氏の絵を添えて贈る決定版詩集。（山根基世）

かんたん短歌の作り方　枡野浩一

自分の考えをいつもの言葉遣いで分かりやすく表現する――それがかんたん短歌。でも簡単じゃない！（佐々木あらら）

詩ってなんだろう　谷川俊太郎

谷川さんはどう考えているのだろう。その道筋にそって詩を集め、選び、配列し、詩とは何かを考えるおもとを示しました。（華恵）

事物はじまりの物語／旅行鞄のなか　吉村昭

長篇小説の取材で知り得た貴重な出来事に端を発した物語の数々。胃カメラなどを考案したパイオニアたちの話と旅先での事柄を綴ったエッセイ集の合本。

夏目漱石を読む　吉本隆明

主題を追求する「暗い」漱石と愛される「国民作家」をつなぐ資質の問題とは？　平明で卓抜な漱石講義十二講。第2回小林秀雄賞受賞。（関川夏央）

英単語記憶術　岩田一男

単語を構成する語源を捉えることで、語の成り立ちを理解することを説き、丸暗記では得られない体系的な英単語習得を提案する50年前の名著復刊。

こころ　夏目漱石

友を死に追いやった「罪の意識」によって、ついには人間不信にいたる悲惨な心の暗部を描いた傑作。詳しく利用しやすい語注付。（小森陽一）

美食倶楽部　谷崎潤一郎大正作品集　種村季弘編

表題作をはじめ耽美と猟奇、幻想と狂気……官能的な文体によるミステリアスなストーリーの数々。大正期谷崎文学の初の文庫化。種村季弘編で贈る。

三島由紀夫レター教室　三島由紀夫

五人の登場人物が巻き起こす様々な出来事を手紙で綴る。恋の告白・借金の申し込み・見舞状等、一風変ったユニークな文例集。（群ようこ）

命売ります　三島由紀夫

自殺に失敗し、「命売ります。お好きな目的にお使い下さい」という突飛な広告を出した男のもとに、現われたのは？（種村季弘）

方丈記私記　堀田善衞

中世の酷薄な世相を覚めた眼で見続けた鴨長明。その人間像を自己の戦争体験に照らして語りつつ現代日本文化の深層をつく。巻末対談＝五木寛之

小説　永井荷風　小島政二郎

荷風を熱愛し、「十のうち九までは礼讃の誠を連ねた中に、ホンの一つ」批判を加えたことで終生の恨みをかってしまった作家の傑作評伝。（加藤典洋）

てんやわんや　獅子文六

戦後のどさくさに慌てふためくお人好し犬丸順吉は社長の特命で四国へ身を隠すが、そこは想像もつかない楽園だった。しかしそこは……。（平松洋子）

娘と私　獅子文六

文豪、獅子文六が作家としても人間としても激動の時間を過ごした昭和初期から戦後、愛娘の成長とともに自身の半生を描いた亡き妻に捧げる自伝小説。

江分利満氏の優雅な生活　山口瞳

卓抜な人物描写と世態風俗の鋭い観察によって昭和一桁世代の悲喜劇を鮮やかに描き、高度経済成長期前後の一時代をくっきりと刻む。（小玉武）

落穂拾い・犬の生活　小山清

明治の匂いの残る浅草に育ち、純粋無比の作品を遺して短い生涯を終えた小山清。いまなお新しい、清らかな祈りのような作品集。（三上延）

せどり男爵数奇譚　梶山季之
せどり＝掘り出し物の古書を安く買って高く転売することを業とすること。古書の世界に魅入られた人々を描く傑作ミステリー。（永江朗）

川三部作　泥の河／螢川／道頓堀川　宮本輝
太宰賞「泥の河」、芥川賞「螢川」、そして「道頓堀川」と、川を背景に独自の抒情をこめて創出した、宮本文学の原点をなす三部作。

私小説 from left to right　水村美苗
12歳で渡米し滞在20年目を迎えた「美苗」。アメリカにも溶け込めず、今の日本にも違和感を覚え……。本邦初の横書きバイリンガル小説。

ラピスラズリ　山尾悠子
言葉の海が紡ぎだす、〈冬眠者〉と人形と、春の目覚めの物語。不世出の幻想小説家が20年の沈黙を破り発表した連作長篇。補筆改訂版。（千野帽子）

増補　夢の遠近法　山尾悠子
「誰かが私に言ったのだ／世界は言葉でできていると」。誰も夢見たことのない世界が、ここではじめて言葉になった。新たに二篇を加えた増補決定版。

兄のトランク　宮沢清六
兄・宮沢賢治の生と死をそのかたわらでみつめ、兄の死後も烈しい空襲や散佚から遺稿類を守りぬいてきた実弟が綴る、初のエッセイ集。

真鍋博のプラネタリウム　真鍋博　星新一
名コンビ真鍋博と星新一。二人の最初の作品『おーいでてこーい』他、星作品に描かれた插絵と小説冒頭をまとめた幻の作品集。（真鍋真）

鬼譚　夢枕獏　編著
夢枕獏がジャンルにとらわれず、古今の「鬼」にまつわる作品を蒐集した傑作アンソロジー。坂口安吾、手塚治虫、山岸凉子、筒井康隆、馬場あき子、他。

茨木のり子集　言の葉（全3冊）　茨木のり子
しなやかに凜と生きた詩人の歩みの跡を、詩とエッセイで編んだ自選作品集。単行本未収録の作品なども収め、魅力の全貌をコンパクトに纏める。

言葉なんかおぼえるんじゃなかった　田村隆一・語り　長薗安浩・文
戦後詩を切り拓き、常に詩の最前線で活躍し続けた伝説の詩人・田村隆一が若者に向けて送る珠玉のメッセージ。代表的な詩25篇も収録。（穂村弘）

ちくま日本文学（全40巻）　ちくま日本文学

小さな文庫の中にひとりひとりの作家の宇宙がつまっている。一人一巻、全四十巻。何度読んでも古びない作品と出逢う、手のひらサイズの文学全集。

ちくま文学の森（全10巻）　ちくま文学の森

最良の選者たちが、古今東西を問わず、あらゆるジャンルの作品の中から面白いものだけを基準に選んだ、伝説のアンソロジー、文庫版。

ちくま哲学の森（全8巻）　ちくま哲学の森

「哲学」の狭いワク組みにとらわれることなく、あらゆるジャンルの中からとっておきの文章を厳選。新鮮な驚きに満ちた文庫版アンソロジー集。

宮沢賢治全集（全10巻）　宮沢賢治

『春と修羅』、『注文の多い料理店』はじめ、賢治の全作品及び異稿を、綿密な校訂と定評ある本文によって贈る話題の文庫版全集。書簡など2巻増巻。

芥川龍之介全集（全8巻）　芥川龍之介

確かな不安を漠然とした希望の中に生きた芥川の全貌。名手の名をほしいままにした短篇から、日記、随筆、紀行文までを収める。

梶井基次郎全集（全1巻）　梶井基次郎

「檸檬」「泥濘」「桜の樹の下には」「交尾」をはじめ、習作・遺稿を全て収録し、梶井文学の全貌を伝える。一巻に収めた初の文庫版全集。（高橋英夫）

夏目漱石全集（全10巻）　夏目漱石

時間を超えて読みつがれる最大の国民文学を、10冊に集成して贈る画期的な文庫版全集。全小説及び小品、評論に詳細な注・解説を付す。

太宰治全集（全10巻）　太宰治

第一創作集『晩年』から太宰文学の総結算ともいえる『人間失格』、さらに『もの思う葦』ほか随想集も含め、清新な装幀でおくる待望の文庫版全集。

中島敦全集（全3巻）　中島敦

昭和十七年、一筋の光のように登場し、二冊の作品集を残してまたたく間に逝った中島敦——その代表作から書簡までを収め、詳細小口注を付す。

山田風太郎明治小説全集（全14巻）　山田風太郎

これは事実なのか？　フィクションか？　歴史上の人物と虚構の人物が明治の東京を舞台に繰り広げる奇想天外な物語。かつ新時代の裏面史。

名短篇、ここにあり　北村薫／宮部みゆき編

読み巧者の二人の議論沸騰し、選びぬかれたお薦め小説12篇。となりの宇宙人／冷たい仕事／隠し芸の男／少女架刑／あしたの夕刊／網／誤訳ほか。

名短篇、さらにあり　北村薫／宮部みゆき編

小説って、やっぱり面白い。人間の愚かさ、不気味さ、人情が詰まった奇妙な12篇。華燭／骨／雲の小径／押入の中の鏡花先生／不動図／鬼火／家霊ほか。

読まずにいられぬ名短篇　北村薫／宮部みゆき編

松本清張のミステリを倉本聰が時代劇に!? あの作家の知られざる逸品からオチの読めない怪作まで厳選の18作。北村・宮部の解説対談付き。

教えたくなる名短篇　北村薫／宮部みゆき編

宮部みゆきを驚嘆させた、時代に埋もれた名作家・長谷川修の世界とは？ 人生の悲喜こもごもが詰まった珠玉の13作。北村・宮部の解説対談付き。

世界幻想文学大全
幻想文学入門　東雅夫編著

幻想文学のすべてがわかるガイドブック。澁澤龍彦、中井英夫、カイヨワ等の幻想文学案内のエッセイも収録し、資料も充実。初心者も通も楽しめる。

世界幻想文学大全
怪奇小説精華　東雅夫編

ルキアノスから、デフォー、メリメ、ゴーチエ、ゴーゴリ……時代を超えたベスト・オブ・ベスト。岡本綺堂、芥川龍之介等の名訳も読みどころ。

日本幻想文学大全
幻妖の水脈　東雅夫編

『源氏物語』から小泉八雲、泉鏡花、江戸川乱歩、都筑道夫……。妖しさ蠢く日本幻想文学、ボリューム満点のオールタイムベスト。

日本幻想文学大全
幻視の系譜　東雅夫編

世阿弥の謡曲から、小川未明、夢野久作、宮沢賢治、中島敦、吉村昭……。幻視の閃きに満ちた日本幻想文学の逸品を集めたベスト・オブ・ベスト。

60年代日本SFベスト集成　筒井康隆編

「日本SF初期傑作集」とでも副題をつけるべき作品集である(編者)。二十世紀日本文学のひとつの里程標となる歴史的アンソロジー。（大森望）

70年代日本SFベスト集成1　筒井康隆編

日本SFの黄金期の傑作を、同時代にセレクトした記念碑的アンソロジー。SFに留まらず「文学の新しい可能性」を切り開いた作品群。（荒巻義雄）

沈黙博物館　小川洋子

「形見じゃ」老婆は言った。死の完結を阻止するために形見が盗まれる。死者が残した断片をめぐるやさしくスリリングな物語。（堀江敏幸）

星間商事株式会社社史編纂室　三浦しをん

二九歳「腐女子」川田幸代、社史編纂室所属。恋の行方も友情の行方も五里霧中。仲間と共に「同人誌」を武器に社の秘められた過去に挑む!?（金田淳子）

通天閣　西加奈子

このしょーもない世の中に、救いようのない人生に、ちょっぴり暖かい灯を点す驚きと感動の物語。第24回織田作之助賞大賞受賞作。（津村記久子）

この話、続けてもいいですか。　西加奈子

ミッキーこと西加奈子の目を通すと世界はワクワク、ドキドキ輝く。いろんな人、出来事、体験がてんこ盛りの豪華エッセイ集！（中島たい子）

水辺にて　梨木香歩

川のにおい、風のそよぎ、木々や生き物の息づかい。カヤックで水辺に漕ぎ出すと見えてくる世界を、物語の予感いっぱいに語るエッセイ。（酒井秀夫）

ピスタチオ　梨木香歩

棚（たな）がアフリカを訪れたのは本当に偶然だったのか。不思議な出来事の連鎖から、水と生命の壮大な物語「ピスタチオ」が生まれる。（管啓次郎）

冠・婚・葬・祭　中島京子

人生の節目に、起こったこと、出会ったひと、考えたこと。冠婚葬祭を切り口に、鮮やかな人生模様が描かれる。第143回直木賞作家の代表作。（瀧井朝世）

図書館の神様　瀬尾まいこ

赴任した高校で思いがけず文芸部顧問になってしまった清（きよ）。そこでの出会いが、その後の人生を変えてゆく。鮮やかな青春小説。（山本幸久）

僕の明日を照らして　瀬尾まいこ

中2の隼太に新しい父が出来た。優しい父はしかしDVする父でもあった。この家族を失いたくない！隼太の闘いと成長の日々を描く。（岩宮恵子）

君は永遠にそいつらより若い　津村記久子

22歳処女。いや「女の童貞」と呼んでほしい——。日常の底に潜むうっすらとした悪意を独特の筆致で描く。第21回太宰治賞受賞作。（松浦理英子）

アレグリアとは仕事はできない　津村記久子
彼女はどうしようもない性悪だった。すぐ休み単純労働をバカにし男性社員に媚を売る。大型コピー機とミノベとの仁義なき戦い！　（千野帽子）

こちらあみ子　今村夏子
太宰治賞と三島由紀夫賞、ダブル受賞を果たした異才、衝撃のデビュー作。3年半ぶりの書き下ろし「チズさん」を収録。　（町田康／穂村弘）

すっぴんは事件か？　姫野カオルコ
女性用エロ本におけるオカズ職業は？　本当の小悪魔とはどんなオンナか？　世間にはびこる甘ったれた「常識」をほじくり鉄槌を下すエッセイ集。

絶叫委員会　穂村弘
町には、偶然生まれては消えてゆく無数の詩が溢れている。不合理でナンセンスで真剣だからこそ可笑しい、天使的な言葉たちへの考察。　（南伸坊）

ねにもつタイプ　岸本佐知子
何となく気になることにこだわる、ねにもつ。思索、奇想、妄想はばたく脳内ワールドをリズミカルな名短文でつづる。第23回講談社エッセイ賞受賞。

杏のふむふむ　杏
連続テレビ小説「ごちそうさん」で国民的な女優となった杏が、それまでの人生を、人との出会いをテーマに描いたエッセイ集。　（村上春樹）

うれしい悲鳴をあげてくれ　いしわたり淳治
作詞家、音楽プロデューサーとして活躍する著者の小説&エッセイ集。彼が「言葉」を紡ぐと誰もが楽しめる「物語」が生まれる。　（鈴木おさむ）

つむじ風食堂の夜　吉田篤弘
それは、笑いのこぼれる夜。――食堂は、十字路の角にぽつんとひとつ灯をともしていた。クラフト・エヴィング商會の物語作家による長篇小説。

小路幸也少年少女小説集　小路幸也
「東京バンドワゴン」で人気の著者による子供たちを主人公にした作品集。多感な少年期の姿を描き出す。単行本未収録作を多数収録。文庫オリジナル。

包帯クラブ　天童荒太
傷ついた少年少女達は、戦わないかたちで自分達の大切なものを守ることにした。生きがたいと感じるすべての人に贈る長篇小説。大幅加筆して文庫化。

尾崎翠集成（上・下）　尾崎翠　中野翠 編

鮮烈な作品を残し、若き日に音信を絶った謎の作家・尾崎翠。時間と共に新たな輝きを加えてゆくその文学世界を集成する。

クラクラ日記　坂口三千代

戦後文壇を華やかに彩った無頼派の雄・坂口安吾との、嵐のような生活を妻の座から愛と悲しみをもって描く回想記。巻末エッセイ＝松本清張

甘い蜜の部屋　森茉莉

天使の美貌、無意識の媚態。薔薇の蜜で男たちを溺れ死なせていく少女モイラと父親の濃密な愛の部屋。稀有なロマネスク。（矢川澄子）

貧乏サヴァラン　森茉莉　早川暢子 編

オムレット、ボルドオ風茸料理、野菜の牛酪煮……。食いしん坊茉莉は料理自慢。香り豊かな〝茉莉ことば〟で綴られる垂涎の食エッセイ。文庫オリジナル。

ことばの食卓　武田百合子　野中ユリ・画

なにげない日常の光景やキャラメル、枇杷など、食べものに関する昔の記憶と思い出を感性豊かな文章で綴ったエッセイ集。（種村季弘）

遊覧日記　武田百合子　武田花・写真

行きたい所へ行きたい時に、つれづれに出かけてゆく。一人で。または二人で。あちらこちらを遊覧しながら綴ったエッセイ集。（巖谷國士）

わたしは驢馬に乗って下着をうりにゆきたい　鴨居羊子

新聞記者から下着デザイナーへ。斬新で夢のある下着を世に送り出し、下着ブームを巻き起こした女性起業家の悲喜こもごも。（近代ナリコ）

神も仏もありませぬ　佐野洋子

還暦……もう人生おりたかった。でも春のきざしの蕗の薹に感動する自分がいる。意味なく生きても人は幸せなのだ。第3回小林秀雄賞受賞。（長嶋康郎）

問題があります　佐野洋子

中国で迎えた終戦の記憶から極貧の美大生時代、読まずにいられない本の話など。単行本未収録作品を追加した、愛と笑いのエッセイ集。（長嶋有）

老いの楽しみ　沢村貞子

八十歳を過ぎ、女優引退を決めた著者が、日々の思いを綴る。齢にさからわず、「なみ」に、気楽に、と過ごす時間に楽しみを見出す。（山崎洋子）

色を奏でる　志村ふくみ・文　井上隆雄・写真

色と糸と織——それぞれに思いを深めて織り続ける染織家にして人間国宝の著者の、エッセイと鮮かな写真が織りなす豊醇な世界。オールカラー。

遠い朝の本たち　須賀敦子

一人の少女が成長する過程で出会い、愛しんだ文学作品の数々を、記憶に深く残る人びとの想い出とともに描くエッセイ。（末盛千枝子）

性分でんねん　田辺聖子

あわれにもおかしい人生のさまざま、また書物の愉しみのあれこれ。硬軟自在の名手、お聖さんの切口がますます冴えるエッセー。（氷室冴子）

「赤毛のアン」ノート　高柳佐知子

アンの部屋の様子、グリーン・ゲイブルズの自然、アヴォンリーの地図など、アン心酔の著者がカラー絵と文章で紹介。書き下ろしを増補しての文庫化。

おいしいおはなし　高峰秀子編

向田邦子、幸田文、山田風太郎……著名人23人の美味な思い出。文学や芸術にも造詣が深かった往年の大女優・高峰秀子が厳選した珠玉のアンソロジー。

うつくしく、やさしく、おろかなり　杉浦日向子

生きることを楽しもうとしていた江戸人たち。彼らの紡ぎ出した文化にとことん惚れ込んだ著者がその思いの丈を綴った最後のラブレター。（松田哲夫）

るきさん　高野文子

のんびりしていてマイペース、だけどどっかヘンテコな、るきさんの日常生活って？　独特な色使いが光るオールカラー。ポケットに一冊どうぞ。

それなりに生きている　群ようこ

日当たりの良い場所を目指して仲間を蹴落とすカメ、迷子札をつけているネコ、自己管理している犬。文庫化に際し、二篇を追加して贈る動物エッセイ。

玉子ふわふわ　早川茉莉編

国民的な食材の玉子、むきむきで抱きしめたい！　森茉莉、武田百合子、吉田健一、山本精一、宇江佐真理ら37人が綴る玉子にまつわる悲喜こもごも。

なんたってドーナツ　早川茉莉編

貧しかった時代の手作りおやつ、日曜学校で出合った素敵なお菓子、毎朝宿泊客にドーナツを配るホテル、哲学させる穴……。文庫オリジナル。

ちくま文庫

絶滅《ぜつめつ》危急《ききゅう》季《き》語《ご》辞《じ》典《てん》

二〇一一年八月 十 日 第一刷発行
二〇一六年六月三十日 第三刷発行

著 者 夏井いつき（なつい・いつき）
発行者 山野浩一
発行所 株式会社 筑摩書房
東京都台東区蔵前二―五―三 〒一一一―八七五五
振替〇〇一六〇―八―四一二三
装幀者 安野光雅
印刷所 三松堂印刷株式会社
製本所 三松堂印刷株式会社

乱丁・落丁本の場合は、左記宛にご送付下さい。
送料小社負担でお取り替えいたします。
ご注文・お問い合わせも左記へお願いします。
筑摩書房サービスセンター
埼玉県さいたま市北区櫛引町二―六〇四 〒三三一―八五〇七
電話番号 〇四八―六五一―〇〇五三

ISBN978-4-480-42839-4 C0192